ANTONG WENHUA
HIHUI

节日的故事

传统文化故事会（第一辑）

《传统文化故事会》编委会 编

大连出版社
DALIAN PUBLISHING HOUSE

© 《传统文化故事会》编委会 2018

图书在版编目（CIP）数据

传统文化故事会. 第一辑 /《传统文化故事会》编委会
编 . 一大连：大连出版社，2018.3
ISBN 978-7-5505-1321-1

Ⅰ . ① 传… Ⅱ . ① 传… Ⅲ . ① 故事—作品集—中国
Ⅳ . ① I247.81

中国版本图书馆 CIP 数据核字（2018）第 055986 号

出 版 人：刘明辉
策划编辑：卢 锋 代剑萍
责任编辑：尚 杰 乔 丽 姚 兰
封面设计：林 洋
插图绘制：胡 军 刘 星
版式设计：高长敏
责任校对：金 琦 李玉芝
责任印制：曹荣跃

出版发行者：大连出版社
地址：大连市高新园区亿阳路 6 号三丰大厦 A 座 18 层
邮编：116023
电话：0411-83620490 / 83621075
传真：0411-83610391
网址：http://www.dlmpm.com
邮箱：dlcbs@dlmpm.com
印 刷 者：大连金华光彩色印刷有限公司
经 销 者：各地新华书店

幅面尺寸：160mm×220mm
印 张：30
字 数：275 千字
出版时间：2018 年 3 月第 1 版
印刷时间：2018 年 3 月第 1 次印刷
书 号：ISBN 978-7-5505-1321-1
定 价：60.00 元（全三册）

前言

　　中华文化源远流长、灿烂辉煌。在五千多年文明发展中孕育的中华优秀传统文化，积淀着中华民族最深沉的精神追求，是中华民族生生不息、发展壮大的丰厚滋养，是最深厚的文化软实力。党的十八大以来，以习近平同志为核心的党中央高度重视中华优秀传统文化的传承发展，使之成为实现"两个一百年"奋斗目标和中华民族伟大复兴中国梦的根本性力量。

　　为了深入挖掘中华文化蕴含的思想观念、人文精神、道德规范，促进优秀传统文化精神、理念、智慧的传承发展，我们组织编写了这套中华文化普及读物《传统文化故事会》。丛书主要以讲故事的方式向读者介绍优秀传统文化，通过节日、姓氏、诗歌、节气、发明发现等文化元素，反映其丰富内涵和精神本质。

　　《传统文化故事会（第一辑）》包括《节日的故事》《姓氏的故事》《发明发现的故事》，共三册。《节日的故事》描述了中华民族的重要传统节日，如春节、元宵节、清明节等的起源、习俗、影响，以及由节日所产生和流传下来的经典故事、文化传统；《姓氏的故事》讲述了关于中华姓氏的文化知识和历史故事；《发明发现的故事》介绍了中国自古以来重要的科学发明和发现，以及围绕发明和发现的一些有趣故事等。丛书内容通俗易懂，形式图文并茂，兼具知识性、故事性、可读性，不仅适合在广大民众中普及传统文化知识，也有助于中小学生拓展知识面，通过阅读一个个有趣的故事，接受优秀传统文化教育。

目录

春　节 ································ 1

元宵节 ································ 31

清明节 ································ 51

端午节 ································ 71

七夕节 ································ 91

中秋节 ································ 106

重阳节 ································ 129

春节

春节起源

　　春节是中华民族最隆重、最喜庆的传统佳节，俗称"年"，其最初的含意来自农业。《说文解字》中有："秊（同'年'），谷孰（熟）也。"可见"年"的本义是指谷物的生长周期，谷子一年一熟，所以"过年"含有庆贺丰收的寓意，同时又有"一元复始，万象更新"之意。

　　春节一般指除夕和正月初一。但在民间，传统意义上的春节是指从腊月初八的腊祭或腊月二十三或二十四的祭灶，一直到正月十五，其中以除夕和正月初一为高潮。春节有着悠久的历史，早在汉武帝太初元年（公元前104年）时，就定夏年（农历）正月初一为"岁首"（即"年"），春节的日期由此正式固定下来，一直延续到今天。

春节习俗

祭灶神

我国的春节，一般是从祭灶揭开序幕的。祭灶，是在我国民间影响大、流传广的一项习俗。古人相信我们日常生活中的户、灶、门等皆有灵性，均需祭祀。民谚有"二十三，祭灶关"，即祭祀灶间的神灵——灶王爷。在祭灶时间上，南北方稍有差异，北方腊月二十三祭灶，南方则推迟一天。

对于灶王爷的来历，民间流传着一个有趣的故事。

据说，古代有一户姓张的人家，兄弟二人，哥哥是泥水匠，弟弟是画师。哥哥的绝活是盘锅台，他垒灶手艺高，人们都尊称他为"张灶王"。张灶王不仅手艺好，还爱评理。遇到吵架他会劝，遇到不孝顺他要说，好像是个长辈。张灶王活了整整七十岁，去世时正好是腊月二十三日。

张灶王是一家之主，他一去世，家里可乱了套，几个侄媳妇、儿媳妇都吵着要分家，张灶王的弟弟张画师无可奈何，整日愁眉苦脸。有一天，他终于想出个好办法。就在腊

月二十三日张灶王亡故一周年的祭日深夜，张画师忽然把全家人喊醒，说大哥显灵了。他将全家老小带到厨房，只见黑漆漆的灶壁上，飘动着的烛光若隐若现，显出张灶王和他已故妻子的容貌，家人都惊呆了。张画师趁机说："我梦见大哥和大嫂已成了仙，玉帝封他为九天东厨司命灶王府君。你们平时好吃懒做，不敬不孝，闹得家神不安。大哥知道你们在闹分家，很生气，准备禀告玉帝，大年三十晚上下界来惩罚你们。"儿女侄媳们听了这番话，惊恐不已，忙取来张灶王平日爱吃的甜食供在灶上，跪地恳求灶王爷饶恕。此后，全家平安相处，和谐度日。街坊邻友知道此事后，一传十，十传百，都赶来张家打探虚实。

其实，腊月二十三日晚上灶壁上的灶王，是张画师预先绘制的，他假借大哥显灵来吓唬儿女侄媳，不料此法居然灵验。当乡邻来找张画师探听情况时，他只得假戏真做，把画好的灶王像分送给邻居。如此一来，乡中广为流传，家家户户的灶房都贴上了灶王像。

放鞭炮

春节期间放鞭炮已成为具有民族特色的娱乐活动。鞭炮的用处有很多，祭祀祖先要放，祭灶要放，从初一到初五的连续几天里都要放，尤其是除夕夜里，更是集中燃放鞭炮的时间。到了除夕子时，男人们会把鞭炮拿到院子里挂在比较高的地方，家里的主妇便开始生火做饭，待水开下饺子时，男人们才能点燃鞭炮。此后几个小时里，噼里啪啦的鞭炮声不绝于耳，将节日气氛烘托得格外热闹。

鞭炮又名"爆竹""爆仗""炮仗"。最初的"爆竹"其实是火中噼啪作响的竹子。相传，唐代时瘟疫四起，有个叫李田的人，把硝石装在竹筒里，点燃后使其发出更大的声响和更浓烈的烟雾，驱散瘟疫。这便是火药爆竹的雏形。后来，人们用纸筒代替竹筒，并用引线把爆竹编成串，名称也渐渐变成了"鞭炮"。

随着时间的推移，鞭炮的应用

越来越广泛，品种花色也越来越繁多，每逢重大节日、喜事庆典，及婚嫁、建房、开业等，都要燃放鞭炮以示庆贺，图个吉利。

贴春联

　　贴春联是过年最重要的习俗之一。据史书记载，春联的原始形式是"桃符"。据《后汉书·礼仪志》所载，桃符长六寸，宽三寸，桃木板上书写降鬼大神"神荼（shēn shū）""郁垒（yù lǜ）"的名字，以求辟邪。五代十国时期，宫廷里有人在桃符上题写联语。辛寅逊书写的"新年纳余庆，佳节号长春"，便是我国历史上第一副春联。宋代，桃符由桃木板改为纸张，叫"春贴纸"。明朝以后，春联习俗在民间普及开来。到了清代，春联的思想性和艺术性都

有了很大的提高，出现了不少脍炙人口的名联佳对。

关于春联的由来，民间有一个说法。相传，孔子带领三千弟子周游列国，走到陈蔡时没有粮食了，众人陷入饥荒。孔子没有办法，只好让弟子颜回向老子借粮。老子欣然答应，命令弟子庄周拿来一个用一节竹子做的笔筒，装了半笔筒稻米送给颜回，并嘱托："吃多少向外倒多少，千万不要底朝上倒净。只要不倒净，笔筒里的米总会源源不断。笔筒要还回来，我们师徒世代都要依赖它吃斋修道。"

颜回回去，还未来得及解释，众人看见只借来半笔筒米，非常失望。一弟子抢过笔筒底朝天往外倒，只见稻米

像洪水一样从笔筒里源源不断地流出来，堆了一座米山又一座米山，止也止不住。直至笔筒倒干，米粒不剩。

众弟子靠此米渡过难关，陈蔡地区的百姓也不再缺粮。孔子因无法归还道家之米，日夜忧愁，待老子上门讨要时，孔子只好说："借了总是要还的，但米实在太多，我一次还不清，只能子子孙孙一直还下去。"老子不放心："若你子孙不认账，该怎么办？"孔子说："以后，我儒家子孙皆在门口贴上用红纸写的对联作为标记，你道家子孙见对联皆可登门讨要。"老子没有别的办法，只好应允。

此后，道家子孙后代见到贴对联人家，便上门讨债。贴春联的习俗也由此而来。

贴窗花

窗花，最初是与立春有密切联系的，是自古以来人们迎春的方式。唐代诗人李商隐曾在诗中写道："镂金作胜传荆俗，翦彩为人起晋风。"宋、元以后，剪贴窗花迎春的时间由立春改为春节，人们用剪纸表达自己庆贺春来人间的欢乐心情。

窗花的内容丰富、题材广泛，戏剧人物、历史传说、花鸟鱼虫、山水风景、现实生活及吉祥图案均可成为窗花的表现内容，可谓无所不有。但最多的是花卉动物、喜庆吉祥纹样，常以"吉祥喜庆""丰年求祥""五谷丰登""六畜兴旺""年年有余""贵花祥鸟"等为主体。

关于贴窗花的由来，还有一个神话故事。

相传，历经三皇五帝之后，太阳在这万年时间里，不断吸取天地精华，蕴化出了自己的精魂——金乌。它有三翼四足，背上一翼为护体金翼，可以保它不受天地万物的伤害；它还能口吐炽熔，吞化万物。随着法力的提高，金乌渐渐不把万物看在眼里，竟生出了九个太阳，为害天下。玉皇大帝得知十日祸天后，派后羿射除九日。由于金乌有护体金翼，众神与它大战三千多天，却始终对它无可奈何。幸亏女娲将月亮神化为一把极阴的劈地剑给了颛顼（zhuān xū），以纯阴之力克破金乌的纯阳之翼，这才将金乌的护体金翼砍伤。一场天昏地暗的千日之战终于结束了，可天地却陷入一片阴寒黑暗之中。于是女娲重新将剑

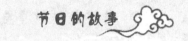

化回月亮，又取出金乌的心，化作新的温纯如初的太阳，天地才又恢复了光明。为了纪念并让后人珍惜这来之不易的光明，人们用剪纸将这场战斗记录下来，贴在窗户上，便形成了贴窗花的习俗。

压岁钱

关于压岁钱，民间有一个流传很广的故事。古时候，有一种小妖叫"祟（suì）"，大年三十晚上出来用手去摸熟睡孩子的头，孩子受惊后头疼发热，变成傻子。因此，每户人家都在这一天点着灯坐着不睡，叫作"守祟"。有一家，夫妻俩老年得子，视为宝贝。到了大年三十晚上，他们怕"祟"来害孩子，就拿出八枚铜钱同孩子玩。孩子玩累睡着了，他们就把八枚铜钱用红纸包着放在孩子的枕头下边，夫妻俩不敢合眼。半夜里一阵阴风吹开房门，吹灭灯火，随风而至的"祟"刚要伸手去摸孩子的头，枕头边进发出一道闪光，"祟"吓得转身就逃。第二天，夫妻俩把用红纸包八枚铜钱吓退"祟"的事告诉了大家。从此以后，大年三十晚上大家都学着做，孩子就太平无事了。因为"祟"与"岁"谐音，人们便称这八枚铜钱为"压岁钱"。

　　最早的压岁钱出现于汉代，是为了佩戴玩赏而专铸成钱币形状的避邪品。钱的正面铸有文字和各种吉祥语，如"千秋万岁""天下太平"等；背面铸有各种图案，如龙凤、龟蛇、双鱼、斗剑、星斗等。

　　唐代，宫廷里春日散钱之风盛行。当时春节是"立春日"，是宫内相互朝拜的日子，民间并没有这一习俗。宋元以后，正月初一取代立春日，称为"春节"，春日散钱的习俗就演变成为给小孩压岁钱的习俗。到了明清时期，压岁钱大多数是用红绳串着送给孩子，到了近代则演变为用红纸包钱送给晚辈。

　　压岁钱的风俗源远流长，它代表着一种长辈对晚辈的美好祝福。

除夕守岁

　　我国民间有在除夕守岁的习俗。守岁，是指人们在除夕终夜不眠，等候新年的到来。守岁从吃年夜饭开始，这顿年夜饭要慢慢吃，从掌灯时分入席，有的人家一直要吃到深夜进入新的一年。据史书记载，至少在南北朝时已有吃年夜饭的习俗。

　　大年三十守岁，俗称"熬年"。为什么称作"熬年"呢？民间曾流传着这么一个有趣的故事。传说很久以前，每逢大年三十晚上，玉皇大帝便会把天门打开，将天库里的金银珠宝撒向人间。所有的石头、瓦块都变成了财宝，遍地金银。人们在此时可捡拾一些金银放在屋里，但不得贪多，并且到天亮才能开门，否则金银会悉数变为石块。

有一李姓男子懒惰嗜财，三十晚上他事先在门前堆放了很多石头、瓦块。三更一到，天门打开，遍地金光闪闪，李姓男子迅速将其搬入屋内。他看着满屋的金银，暗自高兴，幻想着自己变成了天下最富有的人，一时忘了"不到天亮不开门"的规矩。他将门打开，屋内的金光顿时消失，金银都重新变回了石头。玉皇大帝见此情景，便不再开启天门。尽管玉皇大帝关闭了抛撒财富的天门，但人们对美好生活的期盼和信念却依然真切。此后，每到大年三十晚上，人们便点上蜡烛，全家人团聚在一起守岁，直到天亮。

拜 年

拜年是中国民间的传统习俗，拜年之风，汉代已有。古时"拜年"一词原有的含义是为长者拜贺新年，包括向长者叩头施礼、祝贺新年如意、问候生活安好等内容，遇到同辈亲友，也要施礼道贺。古时有拜年和贺年之分：拜年是向长辈叩岁，贺年是平辈互相道贺。宋代时，人们渐渐厌倦了拜年的繁杂和客套，发明了用帖子拜年的新方式，称为"飞帖"。据说"贺年卡"就是从此发展而来

的。到了清代，拜年又添"团拜"的形式。

拜年时，一般要准备四样礼物，象征"事事如意"。这四样礼物各地的内容并不一样。东北地区一般送烟、酒、糕点、水果。通常，初一拜年的还在少数，初二至初五是拜年的高峰。

据说，拜年的习俗也跟"年"兽的传说有关。古时，每年腊月三十晚上，"年"兽都要从深海爬上岸来，掠食噬人。人们只好千方百计躲避这个怪兽，直到初一早上怪兽离开，人们才敢出来。因此在初一相见时，人们免不了要相互道贺，恭喜对方没有被"年"吃掉。久而久之，便形成了拜年的风俗。

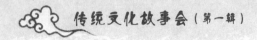

春节舞龙

春节舞龙，又名"耍龙灯""龙灯舞"，是中国独具民族特色的传统民俗活动。传说龙能行云布雨、消灾降福，象征祥瑞，所以以舞龙的方式来祈求平安和丰收就成为全国各地的一种习俗。经过千百年的沿袭、发展，舞龙已成为一种形式活泼、表演优美、带有浪漫色彩的传统舞蹈。

关于舞龙的来历，民间有这样一个传说。

一天，龙王忽然感到腰部剧痛，吃遍了龙宫中的药

物，仍不见好转。龙王只好变成一个老头儿的模样来到人间求医问药。一位医术高明的大夫给他诊脉，觉得他的脉象奇特，便对他说："你不是凡人！"

龙王见无法隐瞒，只好向大夫说出实情。大夫让龙王变回原形，并从其腰间的鳞甲中取出一条蜈蚣。经过大夫的悉心治疗，龙王完全康复了。为了答谢大夫的救命之恩，龙王对大夫说："只要照我的样子扎一条假龙，让人们举着假龙跳舞，就能风调雨顺，五谷丰登。"

这件事渐渐传开了，人们就认为龙能普降甘霖，每逢干旱时，人们便舞龙祈雨，以求有好的收成。

◎ 吃饺子

饺子和年联系紧密，这一节日佳肴在给人们带来年节欢乐的同时，已成为中国饮食文化的一个重要组成部分。饺子一般要在大年三十晚上十二点之前包好，到半夜子时吃，这时正是农历正月初一的开始。人们用饺子象征团聚合欢，又取更岁交子之意。此外，饺子的模样很像元宝，过年吃饺子，也带有"招财进宝"的吉祥寓意。

吃饺子的习俗，早在汉朝就开始流传。关于饺子的传说有很多，其中一个是"医圣"张仲景"包娇耳治冻伤"的故事。

东汉时期，张仲景见到百姓们饥寒交迫，许多人还被冻烂了耳朵，心里十分难过，决心为百姓解除病痛。由于伤者众多，张仲景很难逐一救治，而且冻伤每年冬天都容易复发，难除病根。怎样才能治好所有百姓的病呢？张仲景想出一个好办法。每年冬天刚到，他就让弟子在南阳东关支起帐篷，把羊肉、辣椒和驱寒药材一起放到大锅里煮，煮烂后捞出来切碎，做成馅儿。然后用面皮包上馅

儿，捏成形似人耳朵的"娇耳"，再煮制成"祛寒娇耳汤"。喝一碗这种汤，人会全身血液上涌，两耳发热，寒气全消，冻伤的耳朵也很快就痊愈了。千百年来，每年冬至，人们就包"娇耳"来纪念张仲景的恩泽。

吃年糕

　　春节，我国很多地区都吃年糕。年糕谐音"年高"，含有期望生活一年比一年美好幸福的意思。据传，过年吃年糕的习俗从周代开始，已有三千多年的历史。最早年糕为午夜祭神、岁朝供祖所用，后来才成为年节食品。

　　在我国江浙一带，至今流传着一个关于年糕的故事。

　　春秋时期，吴国大夫伍子胥死前嘱咐亲信："我死了以后，要是国家有难，百姓缺粮，你们到象门城墙挖地三尺，就可以得到粮食。"伍子胥死后，越王勾践进攻吴国。吴国战败，城中粮尽，军民饿死无数。这时，伍子胥的亲信按他生前嘱咐，到象门挖地三尺，果然挖到许多可以充饥的"城砖"。原来这些城砖都是用蒸熟的糯米压制而成的，十分坚硬，而煮熟后可以食用。靠这些特殊的"城砖"，吴国终于渡过了难关。从此，每逢过年，当地家家户户都要蒸制像"城砖"模样的米糕来纪念伍子胥。因为这种"城砖"一样的食物是

在过年的时候制作食用的，因而得名"年糕"。

由于地域不同，北方、南方年糕的口味差异很大。北方人通常制作甜年糕，蒸或炸都可以，也可以直接蘸糖吃。南方的年糕则有甜有咸，除了蒸、炸以外，还可以切片炒着吃或是煮汤吃。

春节故事

● "年"兽传说

据说在很久很久以前，有一种凶猛的怪兽，叫作"年"。这种怪兽头上长着弯角，还有尖锐的牙齿和锋利的爪子。最吓人的是，它长着一张大嘴，吼叫起来震得地动山摇。"年"兽常年居住在大海深处，每年除夕晚上都会爬上岸，吞食牲畜，破坏庄稼，还伤人性命。因此，每到除夕这天，人们只好扶老携幼逃到大山深处，以躲避"年"兽的伤害。

又到一年除夕，人们又要离家避难了。大家忙着收拾行李，驱赶牛羊，到处是一片慌乱的景象。这时，来了一个乞讨的老人，只见他拄着拐杖，手臂上搭着个袋子，留着长长的白胡子。当时大家都忙作一团，虽然看见老人在乞讨，可是根本没有心思施舍他。只有一位老婆婆觉得老人可怜，送给他一些吃的东西，还劝他赶紧上山躲避。老人捋着白胡子，笑着说："谢谢您给我食物！可是我老了，走不动了，请让我在您家住一晚吧。"

老婆婆赶紧劝道："大家都躲出去了，若你一个人留在我家，万一被'年'兽发现非丧命不可。你还是跟我们一起走吧。"

可是无论老婆婆怎么劝说，白胡子老人就是坚持不走，并说："'年'兽要是来了，我把它赶跑就是了。"

老婆婆见劝说无效，只好留了些食物给老人，然后自己上山去了。

到了夜里，"年"兽从大海里爬了出来，闯进村庄。它已经习惯村里空无一人的场景，但还是要到每家屋子里破坏一番。当它来到老婆婆家的时候，发现门上贴着大红纸，屋内烛火通明。"年"兽怪叫了一声，朝老婆婆家冲去。这时，院子里突然传来噼里啪啦的响声，"年"兽吓得浑身发抖，再也不敢上前了。原来，"年"兽最怕红色、火光和炸响。这时，老婆婆家的门大开，只见院内站着一个身披红袍、哈哈大笑的老人。"年"兽大惊失色，吓得狼狈而逃。

第二天是正月初一，人们从山上回到村里。老婆婆也回到家，她发现那个白胡子老人已经不见了，家里的一切没有丝毫被破坏的痕迹，只是门上多了红纸，地上还有些未燃尽的竹子，不时发出噼啪的炸响，屋子里几根尚未熄灭的蜡烛发着红光。老婆婆忽然想起白胡子老人说要把"年"兽赶跑的话，心想：难道这就是赶跑"年"兽的方法？于是她赶紧把这些告诉大家。就这样，村民们终于找到了战胜"年"兽的方法。

从此，每年除夕家家都贴红对联、放鞭炮，户户烛火通明、守更待岁。初——大早，人们还要走亲串友，互相道贺平安度过一年。这些风俗一直沿袭下来，越传越广。

万年创建历法的传说

相传古时候，有个青年名叫万年，他看到当时节令很乱，就想把节令定准，但是苦于找不到计算时间的方法。一天，他上山砍柴累了，坐在树荫下休息，树影的移动启发了他，于是他设计了一个测日影计天时的晷（guǐ）仪来测定一天的时间。后来，山崖上的滴泉启发了他的灵感，他又动手做了一个五层漏壶，来计算时间。天长日久，他发现每隔三百六十多天，四季就轮回一次，天时的长短就重复一遍。

当时的国君叫祖乙，也常为天气风云的不测感到苦恼。万年知道后，就带着晷仪和漏壶去见祖乙，并讲清了日月运行的道理。祖乙听后大悦，于是把万年留下，在天坛前修建日月阁，筑起日晷台和漏壶亭。祖乙希望他能测准日月规律，推算出准确的晨夕时间，创建历法，为天下的黎民百姓造福。

有一次，祖乙去了解万年测试历法的进展情况。当他登上天坛时，看见天坛边的石壁上刻着一首诗："日出日落三百六，周而复始从头来。草木枯荣分四时，一岁月有十二圆。"他知道万年创建历法已成，便高兴地登上日月阁。万年指着天象对祖乙说："现在正是十二个月满，旧岁已完，新春复始，请国君给今天定个节吧。"祖乙说："春为岁首，就叫春节吧。"据说这就是春节的来历。

万年经过长期观察，精心推算，制定出了准确的太阳历，当他把太阳历呈给继任的国君时，已是满面银须。国君深为感动，为纪念万年的功绩，便将太阳历命名为"万年历"，封万年为日月寿星。此后，人们在过年时挂上寿星图，据说就是为了纪念德高望重的万年。

春节接财神的传说

民间传说正月初五是财神的生日，过了大年初一，就要接财神。在财神生日到来的前一天晚上，各家置办酒席，为财神贺辰。

关于财神，民间有诸多传说：

宋朝蔡京非常富有，民间传说他是富神降生，而他恰生于正月初五，所以民间把他当作财神来祭拜。后来蔡京被贬，民间另换财神。而根据《封神榜》，财神姓赵名公明，他原在峨眉山罗浮洞修道，因助纣攻打武王，死后被封为神，并统领"招宝天尊""纳珍天尊""招财使者""利是仙官"四个部下。同样，道教供奉的财神也是赵公明。据道教传说，赵公明本为终南山人，自秦时就隐居深山，精修至道。功成之后，玉皇大帝封他为

"正一玄坛元帅"，简称"赵玄坛"。

除了赵玄坛被尊为"正财神"外，民间还有"偏财神"五显财神、"文财神"财帛星君和"武财神"关圣帝君的说法。

倒贴福字的传说

每逢新春佳节，家家户户都要在屋门上、墙壁上、门楣上贴上大大小小的"福"字。春节贴"福"字，是我国民间由来已久的风俗。

传说明太祖朱元璋当年用"福"字作暗记准备杀人，好心的马皇后为消除这场灾祸，令全城所有人家在天明之前在自家门上都贴上一个"福"字。马皇后的旨意自然没人敢违抗，于是家家门上都贴了"福"字。其中有一户人家不识字，竟把"福"字贴倒了。第二天，皇帝派人上街查看，发现家家都贴了"福"字，还有一家把"福"字贴倒了。皇帝听了禀报大怒，立即命人把那家满门抄斩。马皇后一看事情不好，忙对朱元璋说："那家人知道您今日来访，故意把福字贴倒了，这不是'福到'的意思吗？"皇帝一听有道理，便下令放人，一场大祸终于消除了。从此人们便将福字倒贴起来，一求吉利，二为纪念马皇后。

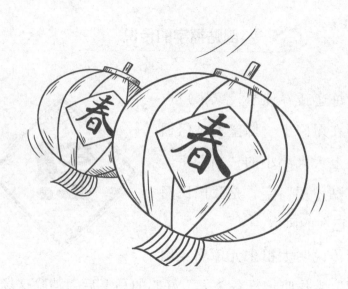

春节诗文

元 日

［宋］王安石

爆竹声中一岁除，春风送暖入屠苏。
千门万户曈曈日，总把新桃换旧符。

田家元日

［唐］孟浩然

昨夜斗回北，今朝岁起东。
我年已强仕，无禄尚忧农。
桑野就耕父，荷锄随牧童。
田家占气候，共说此年丰。

◎ 守 岁

[宋]苏 轼

欲知垂尽岁，有似赴壑蛇。

修鳞半已没，去意谁能遮。

况欲系其尾，虽勤知奈何。

儿童强不睡，相守夜欢哗。

晨鸡且勿唱，更鼓畏添挝。

坐久灯烬落，起看北斗斜。

明年岂无年，心事恐蹉跎。

努力尽今夕，少年犹可夸。

◎ 除夜雪

[宋]陆 游

北风吹雪四更初，嘉瑞天教及岁除。

半盏屠苏犹未举，灯前小草写桃符。

玉楼春·己卯岁元日

[宋] 毛 滂(pāng)

一年滴尽莲花漏，碧井酴酥沉冻酒。

晓寒料峭尚欺人，春态苗条先到柳。

佳人重劝千长寿，柏叶椒花芬翠袖。

醉乡深处少相知，只与东君偏故旧。

春节别称荟萃

元日：先秦时的称呼。由于春节为由旧岁进入新年，所以又有改岁的说法。

上日：两汉时期，春节又称为上日。而古人认为正月一日是岁、月、日之始，故春节又称为三朝、岁旦。

元辰：魏晋南北朝时期春节被称为元辰。也有元首的说法，指岁之始。

正日：唐宋时期春节被称为正日。也有新正这样的说法。

元旦：唐宋以后对春节称谓的变化就不多了，基本常用的为元旦、岁日、新元。

元宵节

元宵节起源

元宵节，是我国重要的传统节日。元，原指人头，引申为第一，故农历正月又称元月；宵，就是夜晚。正月十五是一年中的第一个月圆之夜，所以这一天叫作"元宵节"。

元宵节的形成经历了一个较长的过程。汉武帝正月上辛夜在甘泉宫祭祀"太一"（指主宰宇宙一切的神）的活动，被视为元宵节的先声。元宵节真正成为全国范围的民俗节日则是在汉魏后期，东汉佛教文化的传入加速了其形成过程。

按照民间传统，在元宵节的夜晚，人们要点起万盏彩灯，以示庆贺。人们出门赏月、喜猜灯谜、共吃元宵，合家团聚，同庆佳节。

元宵节习俗

◎ 吃元宵

　　"元宵"作为食品，在我国由来已久。唐代有吃"粉果"的习俗，粉果应该算是元宵的前身。宋代民间流行一种元宵节吃的新奇食品，这种食品最早叫"浮元子"，后称"元宵"。元宵以白糖、玫瑰、芝麻、豆沙、黄桂、核桃仁、果仁、枣泥等为馅，用糯米粉包成圆形，可荤可素，风味各异。

　　关于正月十五吃元宵的来历，民间有一个传说。

　　很久以前，玉皇大帝为了一统天下，特派灶神长驻人间了解人间的情况。每月逢三上天庭汇报工作。有一年腊月二十三日，灶神向玉帝回禀道："人间百姓一年三百六十五天都吃粗茶淡饭，而且每天还要辛勤劳作，从不歇息，这样下去，我担心百姓会因劳累过度而倒下。这样劳作的人就少了，必将影响对神仙的供奉。"

　　玉帝一听，马上召集群臣商量此事。太白金星启奏："陛下可命衲陀祖师下凡，给百姓们下点儿药，叫他们时不时生个病，人病了自然就会休息的。"

　　玉帝觉得这个办法可行，便命衲陀祖师下凡去下药。

　　腊月初八早上，衲陀祖师悄悄潜入凡间，在百姓们的锅里丢下了疯人药，药一下锅就变成大豆、豌豆、蒜苗、豆腐和肉粒，百姓们吃了，不知不觉就"疯"了起来：女的缝新衣、绣花鞋，男的杀猪、宰羊，都不想下地干活了。等到腊月二十四日，疯人药药性大发，人们就互相请客吃饭。到了大年三十日中午，百姓们都拿出各种好吃的食物围在桌旁，全家人大吃大喝起来。从正月初一起，男女老少不光吃好的，还到处溜达，四处拜年。

　　正月十三日，灶神上天禀奏："陛下，不好了，百姓们全疯了！只知道吃喝玩乐，都不干活，这样下去更糟糕了！"

　　玉帝听后内心惶恐，立即命令群臣再商量对策。太白金星奏道："药王菩萨可以设法治好百姓的疯病。"玉帝即令药王菩萨去给人们治病。

　　正月十五日晚，药王菩萨将百姓的晚餐变成了元宵，里面放些芝麻、核桃、白糖等令人清醒的食材，第二天早上百姓们的疯病就全好了，家家户户都恢复了劳作的状态。

就这样，吃元宵成了正月十五一项重要的习俗，并且一直延续下来。

✑ 赏花灯

按照中国的年俗，正月十五元宵节各地都要举办灯会。而观灯的习俗，据说跟汉明帝尊崇佛教有关。东汉明帝时，有一位使者从印度求得佛法归来，称说印度摩揭陀国每逢正月十五，僧众纷纷云集瞻仰佛舍利，可见正月十五是参佛的好日子。汉明帝为了弘扬佛法，下令正月十五夜在宫中和寺院里燃灯，以示礼佛。此后，元宵节便有了观灯的习俗。原来观灯只在宫廷中举行，后来传到了

民间。

元宵节观灯的习俗，在唐代发展成为盛况空前的灯市。人们观灯赏灯，狂欢一个通宵。到了宋代，元宵灯会的规模、花灯的精美程度都比唐代有了飞跃的发展，灯节的时间也延长到十天。在这一时期，还留下许多观灯的故事，"只许州官放火，不许百姓点灯"就是其中之一。

宋代有个叫田登的人做了州官，为人专横跋扈。因为他名字里有个"登"字，为了避讳，他不准别人说"登"字，连跟"登"同音的字也不准说。"点灯"要说成"点火"。谁要是犯了忌讳，田登就会大发雷霆，他手下的吏卒大多因此挨过板子。元宵节快要到了，吏卒书写告示，公布在集市上："本州依照惯例，放火三日。"

老百姓们看到这张告示都气愤地说："只许州官放火，不许百姓点灯，这是什么世道？！"

猜灯谜

元宵节还有一种娱乐方式，那就是猜灯谜。据记载，猜灯谜自南宋开始流行，至今不衰。在花灯上写下各种谜语，人们在观灯、赏灯的同时，开动脑筋猜谜语，的确是一举两得。花灯为什么会跟谜语联系到一起呢？民间流传着这样一个故事：

很久以前，有个势利的财主，看到衣着光鲜的富人就巴结讨好，看到衣衫褴褛的穷人就横眉冷对。有人看不惯财主的做法，元宵节时做了一盏花灯挂在财主家门口，花灯上写着几句话："头尖身细白如银，论秤没有半毫分。眼睛长在屁股上，光认衣裳不认人。"财主看到花灯上的字，知道这是在讽刺自己，大为恼火，怒气冲冲地去找挂灯的人算账。可是挂灯的人却不慌不忙地说："您发什么火呀？我不过是在花灯上写了一个谜语，谜底就是'针'。"财主听了无法反驳，只好灰溜溜地走了。围观的人们都大呼痛快。第二年元宵节，许多人都纷纷效法，把谜语写在花灯上，供赏灯的人猜谜取乐。从此以后，元宵节观灯就多了一个游戏项目——猜灯谜。

迎紫姑

在民间，有"正月十五迎紫姑"的风俗。据传，紫姑是唐代民间一个善良、贫穷的姑娘，姓何名媚，字丽卿，山东莱阳人。武则天当政时期，寿阳刺史李景害死何媚的丈夫并把何媚纳为侍妾，引起李景正妻的忌恨。在正月十五元宵节夜里，李景正妻将何媚秘密杀害于厕所中。武则天听说这件事后，非常同情何媚，便封她为厕神。百姓们为了纪念这个不幸的女子，便在正月十五这天举行迎紫姑仪式。

迎紫姑的风俗大约盛行于唐朝。李商隐有诗云："昨日紫姑神去也，今朝青鸟使来赊。"到了宋代，这一风俗更为流行，苏东坡《子姑神记》云："依草木，为妇人，而置箸手中，二小童子扶焉。"至明清，该风俗已较为固定。

　　迎紫姑的方式各地有所不同，一般在这天夜晚，人们用稻草、布头等扎成真人大小的紫姑肖像，妇女们纷纷站到紫姑常做活的厕所、猪圈和厨房旁边迎接她，像对待亲姐妹一样，跟她说着贴心话，流着眼泪安慰她，情景十分生动。紫姑的故事真实地反映了劳苦人民善良、忠厚、同情弱者的思想感情。

走百病

　　"走百病"，也叫游百病、散百病、烤百病、走桥等，是一种消灾祈求健康的活动。元宵节夜晚妇女们相约出游，结伴而行，遇到桥就要通过，认为这样能祛病延年。

　　走百病是明清以来北方的习俗，有的地区在十五日进行，但多在十六日。这天，妇女们穿着节日盛装，成群结队走出家门，走桥、登城、摸钉，直到半夜才回家。民间普遍认为，在走百病时还要摸钉，才能求吉除疾。摸钉是指到寺观用手触摸庙中大门上的门钉，以此祈盼家庭人丁兴旺。

元宵节故事

◎ 破镜重圆

　　南朝陈后主陈叔宝有一个妹妹乐昌公主，嫁给太子舍人徐德言为妻。当时隋文帝杨坚已经登基，采取了一系列措施巩固统治，陈叔宝的小朝廷已经岌岌可危。

　　徐德言担心将来会和公主分离，就把一面铜镜破成两半，夫妻二人各留半片。徐德言说："国家形势非常危险，以你的才貌，国破后必被掠入京城。倘若你我今世缘分不断，每到正月十五那天，你就把你的半片铜镜拿到街市去卖。如果我也侥幸存活，一定赶到那里，尽力寻找你的下落。"说罢，夫妻二人抱头痛哭。

　　589年，隋军攻破了陈的都城建业，俘虏了陈后主及其嫔妃、亲戚，其中包括乐昌公主。才貌出众的乐昌公主作为战利品被分配给权臣杨素。

　　徐德言在战乱中活了下来。虽然颠沛流离，但他始终牢记誓言。这一年的正月十五，他历尽千辛万苦终于赶到京城的街市，果然看见一个老头儿拿着半片铜镜高声叫卖，而且要价不低。

徐德言看到这半片铜镜，知道妻子尚在人间，不禁泪如雨下。他取出另一半铜镜，一核对，果然严丝合缝。通过卖镜老人的讲述，徐德言得知妻子已经在杨素府中。他百感交集，提笔在拼合的铜镜上写道：

镜与人俱去，镜归人不归。

无复嫦娥影，空留明月辉。

乐昌公主看到拼合的铜镜，读了丈夫的题诗，知道丈夫尚在人间，不禁十分欣喜，但想到侯门似海，虽然知道了丈夫的下落，依然相见无期，又由喜转悲，泣不成声。

杨素得知了其中情由，立即派人将徐德言召入府中，让他们夫妻二人团聚。夫妻相见，抱头痛哭，在场者无不为之落泪。杨素被二人的真情深深打动，就赠给徐德言夫妻一笔钱，让他们回归故里，徐德言夫妇感激不尽。人们听说了这件事也都称赞杨素成人之美。

点彩灯的来历

很久很久以前，有一只神鸟因为迷路而降落人间，却意外地被不知情的猎人射伤了。天帝知道后震怒，随即命令天兵于正月十五夜里到人间放火，将地上所有的人畜烧毁。有一位心地善良的仙女，不忍心看到无辜的百姓遭难，就冒着生命危险来到人间，把天帝要毁灭人间的消息告诉了人们。人们听后如遭晴天霹雳，吓得不知如何是好。过了许久，有个老头儿站出来说："在正月十四、十五、十六日这三天，每户人家都在家里张灯结彩、点响爆竹、燃放烟火。这样一来，天帝就会以为大家都被烧死了。"

人们听了纷纷赞同，便分头准备去了。到了正月十五这天夜里，天帝看到人间一片红光，响声震天，连续三个夜晚都是如此，以为自己的目的达到了，心中大快。人们就这样保住了自己的性命。为了纪念这次劫后余

生，从此每到正月十五，家家户户都悬挂灯笼、燃放烟花爆竹来庆祝。

东方朔与元宵姑娘

汉武帝有个宠臣名叫东方朔，他是个善良风趣的青年。一年冬天，东方朔来到御花园，想折梅花献给汉武帝。他刚进门，就发现有个宫女泪眼汪汪地准备投井。东方朔赶忙上前制止，并问明她要投井的原委。原来，这个宫女名叫元宵，因擅长做汤圆而被选入宫中。她家中还有

年迈的双亲，自从她进宫以后，就再也无法和家人见面。近日，她听说父母生了重病，心急如焚却无法出宫，觉得自己此生无法在双亲跟前尽孝，不如一死。东方朔听了她的话，很是同情，就向她保证一定设法让她和家人团聚。

这天，东方朔出宫在长安街上摆了一个占卜摊。大家都抢着找他占卜求卦，可是每个人所占所求得到的都是"正月十六火焚身"的签语。一时间人心惶惶，人们纷纷向东方朔询问破解的办法。东方朔说："正月十三日傍晚，火神君会派一位赤衣神女下凡寻访，她就是奉旨烧长安的使者，我把抄的偈语给你们，你们去求求当今天子，让他想办法吧。"说完，扔下一张红帖便离开了。人们赶紧请人将它送给汉武帝。汉武帝接过来一看，只见上面写着：长安在劫，火焚帝阙，十五天火，焰红宵夜。

汉武帝吃了一惊，连忙请来了东方朔。东方朔装模作样地想了想，说道："听说火神君最爱吃汤圆，宫女元宵不是经常给圣上做汤圆吗？正月十五晚上可让元宵做好汤圆，万岁焚香上供，并下令京城里家家户户都做汤圆，一齐敬奉火神君。再传谕百姓一起在十五晚上挂灯，满城点鞭炮、放烟火，好像满城大火，这样就可以瞒过玉帝了。而且，还要通知城外百姓十五晚上进城观灯，杂在人群中

消灾解难。"

　　武帝听后十分满意，立刻按照东方朔的方法安排下去。

　　到了正月十五，长安城里张灯结彩，游人熙熙攘攘、热闹非凡。元宵的父母也进城观灯，当他们看到写有"元宵"字样的大宫灯时，惊喜地喊起来："元宵！元宵！"元宵听到喊声，终于和双亲见上面了。

　　就这样，热闹了一夜后长安城平安无事。汉武帝非常高兴，便下令以后每到正月十五都做汤圆供奉火神君，正月十五全城挂灯放烟火。因为元宵做的汤圆最好，人们就把汤圆叫作元宵，这天也被称为元宵节。

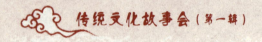

纪念"平吕"

汉高祖刘邦死后，吕后之子刘盈登基为汉惠帝。汉惠帝生性懦弱，优柔寡断，大权渐渐落在吕后手中。汉惠帝病死之后，吕后独揽朝政，把刘氏天下变成了吕氏天下，朝中老臣、刘氏宗室深感愤慨，但都惧怕吕后残暴而敢怒不敢言。

后来吕后也病死了，诸吕害怕遭到伤害和排挤，他们在上将军吕禄家中秘密集合，共谋作乱之事，以便彻底夺取刘氏江山。

此事传至刘氏宗室齐王刘襄耳中，刘襄为保刘氏江山，决定起兵讨伐诸吕。他与开国老臣周勃、陈平取得联系，设计除掉了吕禄，"诸吕之乱"终于被彻底平定。

平乱之后，众臣拥立刘邦的第二个儿子刘恒登基，称汉文帝。汉文帝深感太平盛世来之不易，便把平息"诸吕之乱"的正月十五定为与民同乐日，京城里家家张灯结彩，以示庆祝。从此，正月十五便成了个普天同庆的民间节日——"元宵节"。

元宵节诗文

青玉案·元夕

[宋]辛弃疾

东风夜放花千树，更吹落、星如雨。宝马雕车香满路。凤箫声动，玉壶光转，一夜鱼龙舞。

蛾儿雪柳黄金缕，笑语盈盈暗香去。众里寻他千百度，蓦然回首，那人却在，灯火阑珊处。

生查子·元夕

[宋]欧阳修

去年元夜时，花市灯如昼。
月到柳梢头，人约黄昏后。
今年元夜时，月与灯依旧。
不见去年人，泪湿春衫袖。

正月十五夜

[唐]苏味道

火树银花合，星桥铁锁开。
暗尘随马去，明月逐人来。
游伎皆秾李，行歌尽落梅。
金吾不禁夜，玉漏莫相催。

十五夜观灯

[唐]卢照邻

锦里开芳宴，兰红艳早年。
缛彩遥分地，繁光远缀天。
接汉疑星落，依楼似月悬。
别有千金笑，来映九枝前。

蝶恋花·密州上元

　　[宋] 苏 轼

　　灯火钱塘三五夜，明月如霜，照见人如画。
帐底吹笙香吐麝，更无一点尘随马。

　　寂寞山城人老也，击鼓吹箫，却入农桑社。
火冷灯稀霜露下，昏昏雪意云垂野。

元宵节别称荟萃

春灯节：自从元宵节张灯之俗形成以后，历朝历代都以正月十五张灯观灯为一大盛事，故有春灯节的名称。

灯节：元宵之夜，大街小巷张灯结彩，人们点起万盏花灯，携亲伴友出门赏灯、逛花市、放焰火，载歌载舞欢度元宵佳节，故有灯节之称。

灯夕：旧俗于农历正月十五日元宵节夜张灯游乐，故称其夕为灯夕。

上元节：俗以农历正月十五日为上元节。

烧灯节：旧俗于正月十五晚张灯结彩，供人通宵观赏，故称烧灯节。

小正月：民间习惯称元宵节为小正月。

元夕：正月十五日是一年中第一个月圆之夜，故称正月十五为元夕。

元夜：农历正月十五是春节后的第一个月圆之夜，故称元夜。

正月半：正月十五，即元宵节。

清明节

清明节起源

　　清明，在我国的节日岁时中含有双层意义，既是节气，又是节日。清明节大约始于周代，已有二千五百多年的历史。相传大禹治水后，人们就用"清明"之语庆贺水患已除，天下太平。清明一到，气温升高，正是春耕春种的大好时节，故有"清明前后，种瓜种豆""植树造林，莫过清明"的农谚。后来，由于清明与寒食的日子接近，而寒食是民间禁火扫墓的日子，渐渐地，寒食与清明就合二为一了，而寒食既成为清明的别称，也变成清明时节的一个习俗。清明之日不动烟火，只吃凉的食品。

清明节习俗

👁 荡秋千

荡秋千是中国古代清明节习俗。据传，"秋千"一词源自北方山戎，原名"千秋"。齐桓公北征山戎后，把"千秋"带入中原。到了汉武帝时期，皇宫里以"千秋"为祝寿之词，取"千秋万寿"之意。而为避忌讳，就将"千秋"二字颠倒，写作"秋千"。

关于秋千起源还有一个颇具神话色彩的传说。

很久以前，每逢过年的时候，家家户户都要杀猪。那时候杀猪的方式是在院子的宽敞处竖起木架，把猪用绳子吊在木架上宰杀。猪对自己的命运感到非常不满，心想：凭什么我们就该被人们吊起来，干等着挨刀子呢？于是，猪跑到天神

那里去告状，要求人们每年也把自己用绳子吊起来一次，尝尝这种滋味。天神觉得猪的要求合情合理，便命令人们照办。人们既不敢违背天神的命令，又不愿像猪一样被吊起来，很是为难。幸好有个聪明人想出了一个两全其美的办法：在广场上竖起一个高高的木架，用两根绳索吊起一块木板。人们可以站在木板上，也可以坐在上面。天神看到人们在木架子上晃悠，就以为自己的命令已经被执行，便不再追究这件事了。从此，便有了荡秋千的习俗。

踏 青

踏青，古时也叫行青、探春、寻春等，古人在春季都有踏青游乐的习俗。

清明踏青的风俗是从上巳节发展而来的。据古书记载，古代的巳日是在每年三月初三。在周朝，巳日是除灾求福的日子。随着时代的变迁，除灾求福的习俗变成了"三月三日踏青节"，男女到野外踏青郊游、嬉戏、观赏大自然的风光。随着上巳节和清明节合而为一，清明节也就自然而然地增加了踏青这一项活动。

关于清明节踏青还留下一个感人的爱情故事。

唐朝时，有一位年轻书生崔护清明时到郊外踏青，在一座宅院里遇见了一位美丽的姑娘，暗生爱慕，却不好意思表白。

第二年，崔护又来到那座宅院，却见大门紧闭。他徘徊了很久仍不见人，便提笔在门上写道："去年今日此门中，人面桃花相映红。人面不知何处去，桃花依旧笑春风。"写完他遗憾地离开了。

过了几天，崔护再次来到那座宅院，遇到了姑娘的父亲，姑娘的父亲伤心地说，因为看了崔护的诗，自己的女儿得了相思病，已经死了。崔护情不自禁地抱着姑娘的尸体大哭，没想到这时姑娘却醒了过来，原来她只是昏倒而已。后来，崔护便与姑娘结为夫妻。

植 树

　　清明前后，春暖花开，万物复苏，种植树苗的成活率高，树苗成长快。因此，自古以来，我国就有清明植树的习俗。有人还把清明节叫作"植树节"。

　　植树的民俗源于丧葬习俗。早在西周时期，封建统治者便开始在坟头栽种树木，不过那时的植树只是统治者显示地位的一种标志。到了春秋时期，民间才开始仿照统治者的行为在坟头植树，而此时的植树也只是作为祖坟的一种标志而存在。真正将清明与植树两者结合到一起的，则归功于汉高祖刘邦了。

　　相传西汉初期，汉高祖刘邦因多年在外征战，无暇回故乡，直到他做了皇帝之后才回乡祭祖，但却一时找不到祖先的坟墓。后在群僚的帮助下才在乱草丛中找

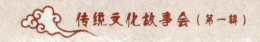

到一块破旧的墓碑，于是便命人修坟立碑，并植以松柏以做标记。恰巧这天正是农历二十四节气中的清明，刘邦便根据儒士的建议，将清明定为祭祖节。此后每逢清明，他都要荣归故里，举行盛大的祭祖、植树活动。后来此习俗流传民间，人们便将清明祭祖与植树结合在一起，逐渐形成了一种固定的民俗。

放风筝

清明放风筝是普遍流行的习俗。人们不仅在白天放风筝，也在夜间放。夜里在风筝下或风筝线上挂上一串串彩

色的小灯笼，像闪烁的星星，被称为"神灯"。在古人的心里，放风筝不但是一种游艺活动，还可以通过放风筝祛病消灾，所以很多人把风筝放上天后，便剪断牵线，任凭清风把它们送往天涯海角，象征着自己的疾病和晦气都让风筝带走了。

民间传说风筝是鲁班发明的。鲁班是木匠的始祖，他刚刚结婚不久，一位高僧就请他去外地修佛塔，而且两年才能完工。鲁班不愿意离开新婚的妻子，可又不好拒绝高僧的请求，于是想出了一个既不耽误修塔又能回家的办法。

他制作了一只精巧的木鸟，这只木鸟能驮着人在天上飞行。每天收工之后，鲁班便骑着木鸟回到家中跟妻子团聚。第二天清晨，鲁班又乘坐木鸟回去修塔。

因为鲁班每次回来时父母都已经睡下了，所以二老并不知道儿子晚上回来过。

时间不长，鲁班的妻子就怀孕了。儿子不在家中，媳妇竟然怀孕了，鲁班的父母便责骂媳妇有不轨的行为。媳妇非常委屈，便把鲁班每天晚上骑木鸟回家的事说了。可是二老并不相信，非要亲自看个真假。

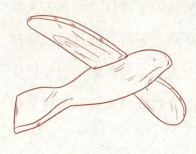

果然，这天天黑以后鲁班骑乘木鸟飞回家中，二老相信了媳妇没有说谎。父亲对神奇的木鸟非常好奇，想第二天骑着木鸟飞一圈。鲁班满口答应，对父亲说："如果去近处，只需要敲一下机关。若想飞到远处，就多敲几下。"

鲁班的父亲心想：近处我走着就能去了，还是骑着木鸟到远处玩一趟吧。想到这儿，鲁班的父亲骑上木鸟，敲了几十下机关。木鸟嗖的一声飞上高空，吓得鲁班的父亲紧闭双眼，死死抱住木鸟的脖子。也不知飞了多久，他感觉木鸟落到地上了，这才把眼睛睁开。谁知一睁眼就看到一群手持刀棒的村民，不由分说上来就对他一阵乱打。原来，村民看到一只怪鸟驮着一个老头儿从天而降，还以为是妖怪呢，就把他给打死了，又用刀把木鸟砍坏了。

后来，鲁班得知父亲身亡的消息，就再也不造木鸟，木鸟便从此失传了。

食彩蛋

　　清明节吃鸡蛋的起源是先秦时代某些地区有禁火习俗，多日的禁火寒食，煮熟的鸡蛋是度过这一时期最好的食品储备。节蛋，大致分为两种，一种是"画蛋"，另一种则是"雕蛋"。前者能吃，民间认为吃了这种鸡蛋，一整年都能有好身体；后者仅供赏玩，增添节日气氛。

　　清明节吃蛋还有一个有趣的传说。古时的孝感地区是一片水乡泽国，人们都以打鱼为生。因为天天在湖里吹湖风，许多人得了头痛病。一天，神农路过这里，看到一些人因头痛在湖滩上打滚，因为可怜他们，神农就到处找草药为这些人治头痛病。可是，人们吃了好多药都没有效果。三月初三这天，神农从山上捡来几个野鸡蛋，又挖了一大把荠菜，拿到船上煮给人们充饥，人们吃了用荠菜煮的鸡蛋后，忽然感到头不痛了。后来，三月初三吃荠菜煮鸡蛋的习俗就形成了，并且延续至今。

吃青团

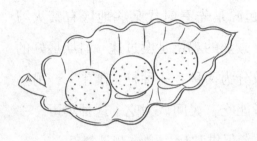

清明节还有吃青团的习俗。在我国江南一带，清明节一到，家家户户采艾草，蒸糯米团子。将艾草捣烂后挤压出汁，用这种汁同晾干后的水磨纯糯米粉拌匀揉透，然后包上豆沙、枣泥等馅料，入笼蒸熟。蒸熟出笼的青团色泽鲜绿，清香扑鼻。

传说吃青团跟太平天国的将领有关。有一年清明节，李秀成得力大将陈太平被清兵追捕，附近耕田里的一位农民上前帮忙，将陈太平化装成农民模样，与自己一起耕地。没有抓到陈太平，清兵并未善罢甘休，于是在村里添兵设岗，每一个出村人都要接受检查，防止他们给陈太平带吃的东西。回家后，那位农民在思索带什么东西给陈太平吃时，一脚踩在一丛艾草上，滑了一跤，爬起来时，只见自己的手和膝盖都染上了绿莹莹的颜色。他顿时计上心头，连忙采了些艾草回家洗净煮烂挤汁，揉进糯米粉内，做成一只只糯米团子。然后把青溜溜的团子放在青草里，混过村口的哨兵。陈太平吃了青团，觉得又香又糯且不黏牙。天黑后，他绕过清兵哨卡安全返回大本营。后来，李秀成下令太平军都要学会做青团以御敌自保，吃青团的习俗就此流传开来。

清明节故事

◎介子推的传说

　　春秋时期，晋献公的妃子骊姬为了让自己的儿子奚齐继位，就设毒计谋害其他公子。太子申生被迫自杀，申生的弟弟重耳逃出晋国，四处流亡。在此期间，他颠沛流离，备尝辛苦，而一群部下一直追随他的左右，不离不弃。

　　有一次，重耳一行人好几天粒米未进，眼看着就要饿死了。重耳的部下介子推偷偷从自己腿上割下了一块肉，做熟了给重耳吃。

后来，重耳在秦穆公的帮助下，回到晋国做了君主，就是"春秋五霸"之一的晋文公。

晋文公执政后，对那些和他共患难的臣子都大加封赏，不知道为什么，他唯独忘了介子推。后来，晋文公忆起旧事，觉得非常对不起介子推，就亲自上门，去请他出来做官。谁知来到介子推家一看，大门紧闭。邻居说介子推不愿意受封做官，背着老母躲进了绵山。

晋文公派人上绵山搜索，没有找到。于是，有人出了个主意：放火烧山，三面点火，留下一方，介子推一定会自己走出来的。

晋文公觉得这办法不错，吩咐手下人照做。谁知大火烧了三天三夜，介子推始终没有出现。

晋文公心知不好，待大火熄灭派人上山一看，介子推母子俩抱着一棵烧焦的大柳树，已经死了。晋文公不禁放声大哭。事已至此，无可挽回，只得厚葬了介子推母子。

为了纪念介子推，晋文公下令把绵山改为介山，把这一天定为寒食节，晓谕全国，每年这天不许动烟火，只能吃寒食。

临走时，晋文公伐了一段烧焦的柳木，回到宫中，把它做成一双木屐，每天望着它叹道："悲哉足下！""足下"这个尊称据说就是来源于此。

第二年，晋文公领着群臣来祭奠介子推。行至坟前，只见那棵大柳树死树复活，绿枝千条，随风飘舞。晋文公看着柳树感慨万千，给它赐名为"清明柳"，又把这天定为清明节。

后来，由于寒食节与清明节相隔很近，两个节日就逐渐合并成一个节日了。

寒食与钻木取火

一些历史学家认为，寒食节的真正起源应该与钻木取火有关。

传说很久以前，人们就懂得用火烧煮食物、防御野兽以及驱寒取暖。可是那时人们还不知道如何生火，只能依靠自然界的天火，比如打雷、闪电燃起的山林大火来采集火种。人们小心翼翼地保存火种，可是火种仍然难免熄灭。

有一位圣人一心想找出生火的方法，于是，他开始云游四方。有一天，他来到一个叫燧明国的地方。

燧明国实在太遥远偏僻了，就连太阳和月亮的光辉都无法到达，所以这个国度是不分昼夜的。没有光亮，燧明国的人靠什么来照明呢？原来，这个国家的中央长着一棵神奇的大树——燧木。它的树干直插云霄，树冠一直延伸到几十里以外的地方。更神奇的是，这棵大树可以发出火光，闪烁的火光如夜明珠般照亮了黑暗的燧明国。

燧木为什么能发出火光呢？圣人问遍了燧明国的人，可是没有人知道。他坐在燧木下观察了几天，终于发现了其中的奥秘。原来燧木上栖息着许多像猫头鹰一样的鸟，它们长着像石头一样坚硬的嘴巴，每当它们用嘴巴敲击树干，树干就会迸发出明亮的火光。

圣人灵机一动，折下一小段枝条去钻燧木树干，耀眼的火光顿时迸射出来。可惜的是，这种火光只能用来照亮，却无法燃起火焰。不过圣人却从中受到了启发，他回到自己的国家后，用石头、木材反复摩擦，终于发明了钻木取火的方法。

人们为了纪念圣人的伟大功绩，便尊称他为燧人氏。

在原始社会，古代先民们钻木取火，火种来之不易，

取火的树种也往往依季节的变化而变换，因此，改火与换新火种是古人生活中的一件大事。阳春三月正是古人改火的时节，人们在新火未到之时，要禁止生火。汉代称寒食节为"禁节"，因为这天百姓人家不得生火，到了晚上才由宫中点燃烛火，并将火种传到大臣们的家中。

清明节诗文

◎ 清 明

［唐］杜 牧

清明时节雨纷纷，路上行人欲断魂。
借问酒家何处有？牧童遥指杏花村。

◎ 寒 食

［唐］韩 翃（hóng）

春城无处不飞花，寒食东风御柳斜。
日暮汉宫传蜡烛，轻烟散入五侯家。

◎ 清江引·清明日出游

［明］王 磐

问西楼禁烟何处好？绿野晴天道。
马穿杨柳嘶，人倚秋千笑，探莺花总教春醉倒。

郊行即事

［宋］程　颢（hào）

芳草绿野恣行时，春入遥山碧四周。

兴逐乱红穿柳巷，困临流水坐苔矶。

莫辞盏酒十分劝，只恐风花一片飞。

况是清明好天气，不妨游衍莫忘归。

清　明

［宋］黄庭坚

佳节清明桃李笑，野田荒冢只生愁。

雷惊天地龙蛇蛰，雨足郊原草木柔。

人乞祭余骄妾妇，士甘焚死不公侯。

贤愚千载知谁是，满眼蓬蒿共一丘。

清明节别称荟萃

三月节：清明节在夏历三月间（日期有参差，而在公历则常常在4月4日或5日），故又名三月节。

柳节：清明时节，柳树新绿，传出春信，清明日就又称柳节。

秋千节：清明时换上春装，开始荡秋千，故又称秋千节。

踏青节：每年的4月4日至6日之间，正是春光明媚草木吐绿的时节，也正是人们春游（古代叫踏青）的好时候，所以清明日又叫踏青节。

寒食节：主要节俗就是禁火，不许生火煮食，只能吃备好的熟食、冷食，故而得名。又称熟食节、禁烟节、冷节。

上巳节：也称女儿节，古代以三月上旬的巳日为"上巳"，亦称为"三巳"。三国魏以后，把节日固定在三月初三，一直沿袭至今。

扫坟节、鬼节、冥节：与七月十五中元节及十月十五下元节合称三冥节，都与祭祀有关。

端午节

端午节起源

　　端午节是我国重要的传统节日，已有两千多年的历史。"端"有"初始"之意，所以"端五"就是"初五"。按照历法五月正是"午"月，因此"端五"也就逐渐演变成了现在的"端午"。端午节起源于中国，最初为古代百越地区（长江中下游以南）崇拜龙图腾的部族举行图腾祭祀的节日，百越之地春秋之前有在农历五月初五以龙舟竞渡形式举行部落图腾祭祀的习俗。后因战国时期的楚国人屈原在该日抱石跳汨罗江自尽，统治者为树立忠君爱国标杆将端午作为纪念屈原的节日；部分地区也有纪念伍子胥、曹娥等说法。

端午节习俗

插艾蒲

在端午节，人们把插艾草和菖蒲作为习俗的重要内容之一。端午当日，家家户户都在门上或墙上挂上一束艾草或菖蒲，讲究一点儿的人家还在自家角角落落里各放一束。艾草和菖蒲中含有芳香油，具有杀菌作用。端午时节接近夏至，正是寒气暑气相接的时候，人很容易生病，因此，古人插艾草和菖蒲是有一定防病作用的。

端午节挂艾草的由来，有一个民间传说。

唐朝时，黄巢率领农民起义军反抗朝廷。一时间战火四起，老百姓纷纷离家避难。这年五月，黄巢的军队杀进河南，兵临邓州城下，黄巢正在城外勘察地形，忽然看见一个妇女背着一个大包袱，手里抱着一个小男孩，看样子是在逃难。黄巢走到近前，问道："你一个人带着个孩子要去哪里呢？"

妇人回答说："官府说黄巢是杀人不眨眼的魔头，眼看他就要进城了。家里的男人都被征调去守城了，我只好

一个人带着孩子逃命。"

黄巢对她说："黄巢绝不会滥杀百姓，他起兵造反为的是杀贪官污吏，把他们的财产分给穷苦百姓，让老百姓过上好日子。官府造谣污蔑他是为了利用百姓来抵抗黄巢的正义之师。"

黄巢看见路边长着几株艾草，便伸手拔下一株递给妇人，并说："你把这草挂在你家大门上，黄巢的军队看见这株草就不会进屋伤害你们了。"

妇人听了这话，还是将信将疑。不过她还是拿着艾草回家了，并把这个消息告诉给街坊四邻。很快，城里的老百姓家门口都挂上了艾草。

五月初五端午节那天，黄巢开始攻城，凡是看见家门口挂着艾草的人家，黄巢的士兵就不进去惊扰，而那些没有挂艾草的官宦富贵人家全被士兵们洗劫一空。

从此以后，端午节挂艾草的风俗就保留了下来。

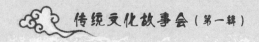

佩戴香囊

每逢端午节，各地的人们，尤其是妇女和儿童都佩戴香囊。节日一早，孩子们刚从睡梦中醒来便能看到他们的脖子上佩戴了香囊，手脖、脚脖上还缠绕了五彩线。有的香囊设计精致，外形像金鱼、小白兔、小老虎、小猫或桃子、葫芦和金瓜等，缝制的图案秀丽而夸张，线条流畅而别致。孩子们手上、脚上系的五彩线要戴到"六月六"才能剪下来，丢进河里。有些地方是在端午节后的第一个雨天，把五彩线剪下来扔在雨中，认为这样会带来一年的好运。

追溯香囊的起源，早在先秦时代，女子们就用五彩线制成饰物戴在头上，标志自己已经结婚，那时这种饰物被称为"香缨"。按照古时礼节，媳妇新年见公婆都必须佩戴"香缨"。到了南北朝，"香缨"发展为"香袋"。这香袋因添入香料而名副其实，而且它再也不是妇女专有品，就连出入朝廷的权贵也将它佩戴在身上以示高贵和儒雅。唐代，出现了装有香料的香球，球内主要装入雄黄、艾叶、薰草等。

挂钟馗像

端午节，江淮地区有在厅堂上悬挂钟馗像的习俗，用以镇宅驱邪。

相传，钟馗是唐代时的一位才子，虽然长得相貌丑陋，但是文采出众、武艺超群。这一年，钟馗赴京参加科举考试。他来到京城长安后，看到街边有测字的卦摊，便想测个前程。钟馗写了个"馗"字，对测字先生说："请你帮我测个字，看看我今年能否高中。"

测字先生看着钟馗写的字，好半天才说道："你这个字既是大吉之兆，又是大凶之兆。"

钟馗不解地问："能考中则吉，考不中则凶，怎么会既有吉又有凶呢？"

测字先生说："要说吉，你不但能考中，还能高中状元。只可惜你未必能保住状元的头衔，而且还会丧命。"

钟馗心想：我不过是去参加考试，就算考不上也不至于丢掉性命。因此他并没有把测字先生的话放在心上。

几天后，钟馗进考场应试。他看了考题，一气呵成写完一篇文章，交了上去。主考官是一位饱学之士，他看了钟馗的文章不住地赞叹，将钟馗录取为第一名。

当时的皇帝正好有个到了出嫁年龄的公主，听说今年的状元是个难得的奇才，便有意将公主许配给他。可皇帝一见这位状元的样貌，顿时大吃一惊，原来钟馗长得如同地狱里的阎罗，又丑又凶。这位以貌取人的皇帝不仅不让钟馗做驸马，就连状元也不让他当了。钟馗气得暴跳如雷，撞阶而死。

钟馗死后，玉皇大帝感其冤屈，将其任命为阴阳两界的判官。钟馗做了鬼王之后，恪守职责，兢兢业业铲除恶鬼。其间，有五个小鬼变身为蝎子、蜈蚣等五毒，每到端午便来危害人间。钟馗收了五鬼，使之变为五只蝙蝠，随其左右，助其捉鬼。蝙蝠之"蝠"谐音为"福"，后遂演变为五福。因此，人们悬挂的钟馗像里，总有五只蝙蝠相随，意喻驱邪降福。

龙舟竞渡

赛龙舟是端午节的重要习俗。相传，屈原死后，楚国百姓哀痛异常，纷纷涌到汨罗江边去凭吊屈原，但投入的食品多被鱼虾抢走了。于是，屈原便托梦给乡亲们说："你们在投放角黍的舟上，加上龙的标记就行了。因为水族都归龙王管，到时候，鼓角齐鸣，桨桡翻动，它们以为是龙王送来的，就不敢去抢了。"此后，人们每到端午节便按照屈原的意思打造大的龙舟，到江面上弄出很大动静来，逐渐形成了赛龙舟的习俗。

另有传说认为赛龙舟之俗起源于越王勾践。勾践为了消灭吴国复仇，日夜操练水军，战鼓阵阵，舟艇齐飞。如此兴师动众怕引起吴王夫差的猜疑，谋臣们便献上一计，用貌似嬉戏、娱乐的方式来训练水师，这就产生了龙舟竞渡。

　　其实，龙舟竞渡早在战国时期就有了。在急鼓声中划着刻成龙形的独木舟，做竞渡游戏，是祭祀礼仪中半宗教性、半娱乐性的节目。不同民族、不同地区，划龙舟的传说有所不同。直到今天在南方的一些临江河湖海的地区，每年端午节都要举行富有自己特色的龙舟竞赛活动。

吃粽子

吃粽子是端午的标志性
习俗，已流传了几千年。
在我国不同的地区，
包粽子的叶子大不相
同。有用艾叶的，有
用芦叶的，也有用笋叶
的。粽子的馅料也是多种多样，荤素兼有。大体来说，北
方的粽子以甜味为主，南方的粽子以咸味为主。甜味粽子
有糖粽、果脯粽和豆沙粽，咸味粽子中最出名的莫过于火
腿粽。

关于粽子的来历，还是和屈原联系在一起。公元前
278年，爱国诗人、楚国大夫屈原不堪忍受国破家亡之
痛，于农历五月五日抱大石投汨罗江自尽。人们非常痛
心，为了不让鱼虾啃食他的躯体，纷纷拿竹筒装米投入江
中。此后每年农历五月初五，为了纪念屈原，人们还是拿
来竹筒装了米，投江祭奠，据说，这种"筒粽"就是现代
粽子的雏形。

其实，粽子在更早以前就出现了，是一种祭祀神灵的祭品。古人的祭品以角为贵，因此粽子被包成三角、四角，这是在模仿动物的角。

传说古时候有一种神兽叫獬豸（xiè zhì），这种神兽长得像麒麟，全身披着浓密黝黑的毛。最特别的是，它的额上长有一角，俗称独角兽。獬豸智慧过人，通晓人言，能判断是非曲直、明辨善恶忠奸。

尧的大法官皋陶断案公正严明，凡是他经手的案子从来没有断错过。皋陶为什么能如此精准地断案呢？原来他有一位助手——獬豸。每次处理疑难案件的时候，皋陶就会让獬豸去分辨好人坏人。审案时，皋陶把獬豸带到当事人面前，獬豸低着头，摆动着头上的独角，缓缓地往人前走去。走到有罪的人面前，它就会用角狠狠地顶过去，而无罪的人它从不碰触。用这种方法办案不仅便捷，而且准确，绝不会冤枉好人，也绝不会放过坏人。

因为獬豸喜爱吃粽子，古人就有用粽子祭祀獬豸的习俗。

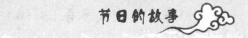

端午节故事

纪念屈原

　　屈原生活在距今两千三百年前的战国时期，他年轻时就表现出杰出的才能，因而做了楚怀王的左徒，掌管楚国的内政和外交。屈原主张改良内政、联齐抗秦，在他的努力下，楚国国力有所增强，他也因此颇得楚怀王信任，可这样却招来一些人的排挤和陷害。楚怀王听信谗言，疏远

了屈原，结果楚怀王被秦王骗去当了三年的阶下囚，最后死在异国。

一国之君客死他乡，是一个国家的奇耻大辱。屈原看到这一切，内心十分愤怒。他坚决反对向秦国投降，这让他遭到了政敌们更猛烈的迫害。楚顷襄王比他父亲还要昏庸无能，他把屈原放逐了。

屈原眼看祖国日益衰弱，不禁忧心如焚，常常徘徊在汨罗江边。有一天，屈原在江边遇见一个渔夫。渔夫说："您不是三闾（lǘ）大夫吗？怎么会弄到这步田地？"屈原说："这世上许多人都是污浊的，只有我是干净的；这世上许多人都喝醉了，只有我还清醒着。所以我被赶到这儿来了。"

渔夫说："既然这样，你就不该自命清高啊！"

屈原说："我听人说，刚洗过头的人总要弹掉帽子上的灰尘，刚洗过澡的人总要抖落衣上的灰尘。我宁愿跳进江心，葬身鱼腹，也不能拿自己干净的身子跳到污泥中。"

公元前278年，秦军攻破了楚国的都城郢（yǐng）都。屈原听到这个可怕的消息，悲痛欲绝。五月初五，在极度的失望和痛苦中，他抱着一块大石头投入汨罗江中自杀了。

屈原深受楚国百姓的爱戴，听到他的死讯，百姓非常哀伤，纷纷到汨罗江边去凭吊他。人们划着船在江上来来回回，寻找打捞他的尸身，但一无所获。人们用竹筒装米扔到江里，希望水中的动物吃饱了就不去伤害屈原的身体了。

这种纪念活动渐渐成为一种久传不衰的风俗，一直到现在，每年的五月初五，人们依然划龙舟、吃粽子，以此来纪念屈原。

纪念伍子胥

伍子胥是春秋时期楚国人。当时在位的楚平王听信谗言，杀了伍子胥的父兄。伍子胥逃了出来，楚平王要斩草除根，下令在各处悬挂图像捉拿他。

伍子胥来到吴楚交界处的昭关，见画像高悬，无法过关，心急如焚，一夜之间居然须发皆白。正在彷徨无计之时，伍子胥遇到了一个叫东皋公的人。东皋公有一个朋友皇甫讷，长得与伍子胥相像。于是皇甫讷先到关前，被关吏拿住。他大声辩白，东皋公也在一边帮腔，伍子胥就趁乱混出了昭关。

伍子胥逃到了吴国辅佐吴王阖闾（hé lú）。他建议吴王阖闾"先立城郭，设守备，实仓廪，治兵革"，并受命亲自督建吴国的都城。他经过细致考察选定了城址，然后合理规划设计，建造了阖闾大城，也就是今天的苏州城。

伍子胥有雄才大略，又深得吴王阖闾信任，在他的辅佐下，吴国进入鼎盛时期。吴王阖闾去世后，他的儿子夫差继承了王位，伍子胥又继续辅佐新主。伍子胥分析了吴国和邻国越国的形势，认为两国只能存其一，极力主张要灭掉越国。但是吴王夫差自矜功伐，听信伯嚭（pǐ）谗言，只打败了越国，并没有使之亡国。后来，夫差还赐死伍子胥，并让人在五月初五那一天把伍子胥的尸体装在皮袋里投入大江。伍子胥死后三年，吴国被越国灭国，夫差羞愧难当，自杀身亡。吴国百姓非常怀念伍子胥。至今，在江浙一带仍传说伍子胥死后忠魂不灭，最终化为"涛神"，而端午节就是为纪念伍子胥而设的。

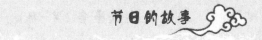

纪念孝女曹娥

　　端午节来历的第三个传说与前两个相比知名度不高，流传范围也较小，是纪念东汉孝女曹娥的。

　　曹娥的父亲是一个巫祝，于五月初五迎接潮神时溺于江中，数日不见尸体。当时曹娥年仅十四岁，她昼夜沿江号哭，后来也投入江中。几日后，她背着父亲的尸首浮出水面，父女皆亡。人们感佩曹娥的孝义，立碑纪念她的孝行，这就是曹娥碑。

　　传说三国时，曹操和杨修路过曹娥碑，看到石碑背面刻有"黄绢、幼妇、外孙、齑臼（jī jiù）"八个字。曹操问杨修："你知道这是什么意思吗？"杨修说："知道。"曹操说："你先别说，等我想一想。"走出三十里之后，曹操说："我明白了。"让杨修说出他的想法。杨修说："这是个谜语，谜底是'绝妙好辞'。"他解释说，"黄绢"是有颜色的丝绸，"色丝"，那便是"绝"字；"幼妇"是少女，即"妙"字；外孙是女儿之子，那是"好"字；"齑"是捣碎的姜蒜、韭菜等，是一种辛辣的调味品，而"齑臼"是捣齑的容器（"受辛之器"），"受"旁加"辛"就是"辞"（辭）。曹操听罢，赞叹说："我的才能比你差了三十里路啊！——你杨修一看就明白了，我却走出三十里地才想明白。"

端午节诗文

◎ 浣溪沙·端午

　　[宋] 苏　轼

　　轻汗微微透碧纨，明朝端午浴芳兰。流香涨腻满晴川。

　　彩线轻缠红玉臂，小符斜挂绿云鬟。佳人相见一千年。

◎ 乙卯重五诗

　　[宋] 陆　游

　　重五山村好，榴花忽已繁。
　　粽包分两髻，艾束著危冠。
　　旧俗方储药，羸躯亦点丹。
　　日斜吾事毕，一笑向杯盘。

和端午

[宋] 张 耒 (lěi)

竞渡深悲千载冤，忠魂一去讵能还。
国亡身殒今何有，只留离骚在世间。

端 午

[唐] 李隆基

端午临中夏，时清日复长。
盐梅已佐鼎，曲糵且传觞。
事古人留迹，年深缕积长。
当轩知槿茂，向水觉芦香。
亿兆同归寿，群公共保昌。
忠贞如不替，贻厥后昆芳。

端午节别称荟萃

据统计，端午节的叫法达二十多个，如端五节、端阳节、重五节、重午节、当五汛、天中节、夏节、五月节、菖蒲节、龙舟节、浴兰节、屈原日、解粽节、午日节、女儿节、地腊节、诗人节、龙日、午日、灯节、五蛋节等等。

端五节："端"字有"初始"的意思，因此"端五"就是"初五"。而按照历法五月正是"午"月，因此"端五"也就渐渐演变成了"端午"。

端阳节：因仲夏登高，顺阳在上，五月正是仲夏，它的第一个午日正是登高顺阳天气好的日子，故称五月初五为端阳节。

重午节：午，属十二地支，农历五月为午月，五、午同音，五、五相重，故端午节又名重午节或重五节，有些地方也叫五月节。

当五汛：在上海部分农村，习惯上称端午节为当五汛。

天中节：此名称根据阴阳术数而来。端午为天中节，是因为午日太阳行至中天，达到最高点，午时犹然，故称之为天中节。

菖蒲节：古人认为"重午"是犯禁忌的日子，此时五毒尽出，因此端午风俗多为驱邪避毒，如在门上悬挂菖蒲、艾叶等，故端午节也称菖蒲节。

龙舟节：赛龙舟是端午节的一项重要活动，在中国南方十分流行，尤其是广东地区，广东地区称之为扒龙船。

浴兰节：端午时值仲夏，是皮肤病多发季节，古人以兰草汤沐浴去污为俗。

解粽节：古人端午吃粽时，有比较各人解下粽叶的长度，长者为胜的游戏，故又有解粽节之称。

七夕节起源

在我国，农历七月初七就是人们俗称的"七夕节"，是我国传统节日中最具浪漫色彩的一个节日。

"七夕"最早来源于人们对自然的崇拜。从历史文献上看，至少在三四千年前，随着人们对天文的认识和纺织技术的产生，有关牵牛星、织女星的记载就有了。人们对星星的崇拜远不止是牵牛星和织女星，他们认为东西南北各有七颗代表方位的星星，合称二十八宿（xiù），其中以北斗七星最亮，可供夜间辨别方向。北斗七星的第一颗星叫魁星，又称魁首。后来，有了科举制度，中状元叫"大魁天下士"，读书人把七夕叫"魁星节"，保持了最早七夕来源于星宿崇拜的痕迹。

七夕节习俗

⊙ 穿针乞巧

　　七夕节最普遍的习俗，就是妇女们在七月初七的夜晚进行的各种乞巧活动。年轻的姑娘和少妇都要出来向织女乞巧，她们除了乞求针织的技巧，同时也乞求婚姻上的巧配。乞巧的方式大多是姑娘们穿针引线验巧，做些小物品赛巧，摆上瓜果乞巧，各个地区的乞巧方式不尽相同，各有趣味。

　　关于七夕乞巧活动的起源，也有一个动人的传说。

　　相传很早以前，长沙五美的一个村子里有个老木匠，夫妻俩有一个女儿。女儿聪明秀气，绣得一手好花，村里人叫她秀姑。有一年七月初七的晚上，秀姑在家乘凉，忽见天河上一大群喜鹊久久不散，它们架起了一座鹊桥，牛郎织女在鹊桥上相会了。秀姑望着望着，被那千姿百态的喜鹊、雄伟奇特的鹊桥，还有牛郎织女久别重逢格外亲热的情景感动了，并深深地印在了心坎上。

　　第二天开始，她就日夜不停地刺绣，足足绣了990只形态各异的喜鹊，绣成了一幅"牛郎织女七夕相会图"。父母亲连称："绣得好！绣得好！"就问她："这牛郎织女鹊桥会只在天上有，你哪里来的图样啊？"秀姑回答："我是从天上描来的。我要把这图送给牛郎织女，让他们看到图就像天天在一起一样！"母亲听了亲昵地说："你这孩子心肠真好啊！"

第二年七月初七晚上，秀姑在家门口摆起香案，供上果品和她绣的"牛郎织女七夕相会图"，然后对天叩拜，请牛郎织女收下她的礼品。说也奇怪，当她拜毕起身时，一阵清风吹来，将她的"牛郎织女七夕相会图"卷到天上去了。秀姑又惊又喜。这时，从天上传来织女的声音：

"聪明善良的秀姑啊，谢谢你给我们的绣图！这里有一束丝线和一根绣花针，就作为我们回赠的礼物吧！"话音刚落，就见一个金光闪闪的小包落在香案上。秀姑打开一看，一根金子做的绣花针，一束鲜艳的丝线展现在眼前，光芒四射。她小心翼翼地包好，然后对空拜谢。

从那以后，秀姑绣出来的虫鱼花鸟、翎毛猛兽，无不活灵活现。自从秀姑得到仙针仙线以后，远近村子里的姑娘们个个眼热，于是，在每年的七夕节，她们都要摆下香案，向织女乞求心灵手巧，世代相传，便形成了乞巧的习俗。

晒书晒衣

魏晋以来，仕族文人讲求虚名，在七夕晒书来显示学识，渐成风尚。据《晋书》记载，司马懿（yì）当年因位高权重，颇受曹操的猜忌，为求自保，他便装疯病躲在家里。曹操仍然不放心，就派了一个亲信令史暗中探查真相。时值七月初七，装疯的司马懿也在家中晒书。令史回去禀报，曹操马上下令要司马懿回朝任职，否则即刻收押。司马懿只好乖乖地遵命回朝。

《世说新语》中有这样一则故事，七月初七人人晒书，只有郝隆跑到太阳底下去躺着，人家问他为什么，他回答："我晒书。"郝隆一方面是蔑视晒书的习俗，另一方面也是夸耀自己腹中的才学，晒肚皮也就是晒书。

据《杨园苑疏》记载，汉建章宫有太液池，池西有汉武帝之晒衣阁，每到七月初七，宫女必登楼晒衣。此为七夕晒衣之缘起。到了魏晋，七夕晒衣的习俗已相沿成风，并相当程度地演变为官宦人家夸富斗富的一种表演。名列"竹林七贤"的阮咸就瞧不起这种作风，七月初七，当他的邻居晒衣时，只见架上全是绫罗绸缎，光彩夺目。而阮咸不慌不忙地用竹竿挑起一件破旧的衣服，有人问他在干什么，他说："未能免俗，聊复尔耳！"

拜魁星

民间有七月七日是魁星生日的说法。想求取功名的读书人特别崇敬魁星，所以一定在七夕这天祭拜，祈求魁星保佑自己考运亨通。魁星爷就是魁斗星，二十八宿中的魁星，为北斗七星的第一颗星，也称魁首。古代士子中状元时称"一举夺魁"，即因相信魁星主掌考运的缘故。

根据民间传说，魁星爷生前长相奇丑，脸上长满斑点，又是个跛脚。然而这位魁星爷志气奇高，发愤用功，竟然高中了。皇帝殿试时，问他为何脸上全是斑点，他

答道："麻面满天星。"问他的脚为何跛了，他答道："独脚跳龙门。"皇帝很满意，就录取了他。

另一种完全不同的传说是，魁星爷生前虽然满腹学问，可惜每考必败，便悲愤得投河自杀了。岂

料竟被鳌鱼救起，升天成了魁星。因为魁星能左右文人的考运，所以每逢七月七日他的生日，读书人都郑重地祭拜他。

吃巧果

七夕的应节食品，以巧果最为出名。巧果又名"乞巧果子"，款式多样，其主要材料是油面糖蜜。《东京梦华录》中称之为"笑靥儿""果食花样"，图样则有捺香、方胜等。

宋朝时，市街上已有七夕巧果售卖。若购买一斤巧果，店家会赠送一对身披战甲的人偶，号称"果食将军"。

七夕巧果的具体做法是：先将白糖放在锅中熔为糖浆，然后和入面粉、芝麻，拌匀后摊在案上擀薄，晾凉后用刀切为长方块，再折为梭形面巧胚，入油炸至金黄即成。手巧的女子，还会捏塑出各种与七夕传说有关的花样。此外，乞巧时用的瓜果也可多种变化，或将瓜果雕成奇花异鸟，或在瓜皮表面浮雕图案，称为"花瓜"。

为牛庆生

七夕这一天，儿童会采摘野花挂在牛角上来"贺牛生日"。因为传说西王母用天河把牛郎织女分开后，老牛为了让牛郎能够跨越天河见到织女，让牛郎把它的皮剥了下来，牛郎便能驾着牛皮与织女相见。人们为了纪念老牛的牺牲精神，便有了"为牛庆生"的习俗。

七夕节故事

◉ 牛郎织女的传说

相传天上有一颗织女星，一颗牵牛星。织女和牵牛情投意合，犯了天条，天帝便将牵牛贬下凡尘，令织女不停地织云锦以作惩罚。

牵牛被贬之后，投胎在一个农民家中，取名叫牛郎。父母双亡后，牛郎就跟着哥嫂度日。哥嫂全不顾念手足之情，待牛郎非常刻薄，在分家的时候只给了他一头老牛。从此，牛郎和老牛相依为命。他们开垦荒地，搭建房屋，过着清贫的日子。

一天，老牛突然开口说话了。它对牛郎说："牛郎，今天你去河边，那儿有仙女在洗澡，你把那件红色的仙衣藏起来，穿红衣的仙女就会成为你的妻子。"牛郎见老牛口吐人言又惊又喜，便问："老牛，你说的是真的吗？"老牛点点头。牛郎便悄悄躲在河边的芦苇丛里，等候仙女们来临。

不一会儿，仙女们果然翩然而至，跃入清流嬉玩。

牛郎按照老牛的嘱咐，从芦苇丛里跑出来拿走了红色的仙衣。仙女们大吃一惊，手忙脚乱地穿上衣裳，飞走了，只剩下红衣仙女没有衣服，无法逃走。她正是织女。牛郎走上前来，请求她做自己的妻子。织女见牛郎便是自己日思夜想的牵牛，便含羞答应了。

牛郎和织女成亲以后，相亲相爱，男耕女织，非常美满幸福，还生下了一儿一女，都十分可爱。

一天，老牛对牛郎说："我要死了。我死之后你剥下我的皮，好好收藏。披上它就可以飞上天。"说罢，老牛倒地不起。牛郎大哭一场，依言剥下牛皮收起来，好好埋葬了老牛。

这天，牛郎织女正领着孩子在门前玩耍，忽然之间，天昏地暗，电闪雷鸣，一群气势汹汹的天兵从天而降。他们不容分说，抓起织女便飞走了。原来王母娘娘知道织女在凡间与牛郎成亲勃然大

怒，派天兵将织女捉回天庭问罪。

见此情景，两个孩子吓得号啕大哭。牛郎心乱如麻，忽然想起老牛的话。他急忙找出那张牛皮，用一对箩筐挑上两个儿女，把牛皮披在身上。

说来神奇，牛郎披上牛皮立刻飞了起来。原来这老牛不是一般的牛，而是天上的金牛星。

眼看离织女越来越近，牛郎大声呼唤织女，孩子们也张开双臂大声叫着"妈妈"。就在牛郎将要追上织女的时候，忽然眼前划过一道金光，一条波涛滚滚的银河横在了织女和牛郎之间。原来是王母娘娘拔下了头上的金簪，在他们中间划下了一道银河。

织女望着对岸的牛郎和儿女，哭得声嘶力竭。牛郎和孩子也哭得死去活来。天上的喜鹊非常同情他们，就飞过来搭起一座鹊桥，让牛郎织女一家团聚。王母娘娘见此情景，便同意让牛郎和孩子们留在天上，每年七月初七允许他们相会一次。

　　从此，牛郎便和他的儿女在天上隔着一条银河和织女遥遥相望。在秋夜天空的繁星当中，我们至今还可以看见银河两边有两颗较大的星星，晶莹地闪烁着，那便是织女星和牵牛星，和牵牛星在一起的还有两颗小星星，就是牛郎织女的一儿一女。

七夕节诗文

鹊桥仙

[宋] 秦 观

纤云弄巧，飞星传恨，银汉迢迢暗度。金风玉露一相逢，便胜却人间无数。

柔情似水，佳期如梦，忍顾鹊桥归路。两情若是久长时，又岂在朝朝暮暮？

七 夕

[宋] 杨 朴

未会牵牛意若何，须邀织女弄金梭。
年年乞与人间巧，不道人间巧已多。

幼女词

[唐] 施肩吾

幼女才六岁，未知巧与拙。

向夜在堂前，学人拜新月。

秋 夕

[唐] 杜 牧

银烛秋光冷画屏，轻罗小扇扑流萤。

天阶夜色凉如水，坐看牵牛织女星。

乞 巧

[唐] 林 杰

七夕今宵看碧霄，牵牛织女渡河桥。

家家乞巧望秋月，穿尽红丝几万条。

七夕节别称荟萃

双七： 此日月、日皆为七，故称，也称重七。

香日： 传说七夕牛郎和织女相会，织女要梳妆打扮、涂脂抹粉，以致满天飘香。

星期： 牛郎织女二星所在的方位特别，一年才能一相遇，所以这一日为星期。

巧夕： 七夕有乞巧的风俗。

女节： 七夕节以少女拜仙及乞巧、赛巧等为主要节俗活动，故称女节、女儿节、少女节。

兰夜： 农历七月古称兰月，故七夕又称兰夜。

小儿节： 因为乞巧、乞文等俗多由少女、童子为之，故称之。

穿针节： 因为这天有穿针的习俗。

中秋节起源

农历八月十五，是我国传统的中秋节。其历史可以追溯到远古的敬月习俗和秋祀活动。"中秋"一词，最早见于《周礼》。据史籍记载，古代帝王祭月的节期为农历八月十五，时日恰逢三秋之半，故名"中秋节"；又因为这个节日在秋季八月，故又称"秋节""八月节""八月会"；又有祈求团圆的信仰和相关习俗，故又称"团圆节""女儿节"。

中秋节的盛行始于宋朝，至明清时，已与元旦齐名，成为我国的主要节日之一。关于中秋节的起源，大致有三种：起源于古代对月的崇拜、月下歌舞觅偶的习俗、古代秋报拜土地神的习俗。

中秋节习俗

◉ 祭 月

中秋祭月，在我国是一种古老的习俗。每逢中秋，人们便在庭院、楼台摆出月饼、石榴、核桃、西瓜、花生等果品，焚香祭拜。祭月时只是屈身行礼，不跪不叩，口中念念有词，多是祈求阖家团圆、平安幸福等等。

在民间，貂蝉拜月的故事广为流传。

东汉时，奸臣董卓把持朝政大权，许多对朝廷忠心耿耿的大臣都对他恨之入骨，其中司徒王允一心想除掉董卓。可是董卓位高权重，手握重兵，王允绞尽脑汁，就是想不出一个万全之策。

这天晚上，王允愁得睡不着觉，就起身来到花园里散步。突然，王允听到院子的假山后面有人在低声说话，他不免有些好奇，便悄悄走过去。

只见假山后面摆有一张小桌，桌上放着一个香炉。一位美貌的少女在小桌前面，双手合十，对着月亮祈祷："月亮啊月亮，我是歌女貂蝉，今晚我焚香拜月，不为别的，只为大人王允。他为国事愁得夜不能寐，食不甘味。今我貂蝉立下誓言，只要大人能顺心顺意，我愿上刀山下火海，在所不惜！"

听了貂蝉的话，王允心里十分感动，再细看貂蝉的容貌，惊为天人。王允灵光一闪，想出一个对付董卓的好办法。于是，王允走出去对貂蝉说道："你真愿意帮我吗？"

貂蝉先是吃了一惊，见是王允，便坚定地点了点头。王允说："你有这闭月之貌，不愁恶人不除！"

就这样，王允定下连环计，让貂蝉来离间董卓和吕布的关系，再借吕布之手杀死董卓，成就了一段历史佳话。

吃月饼

中秋节这一天人们都要吃月饼以示"团圆"。月饼最初是用来祭奉月神的祭品，后来人们逐渐把中秋赏月与品尝月饼结合在一起，作为家人团圆的象征，月饼也就成了节日的礼品。

相传，中秋节吃月饼的习俗始于元代。当时，中原广大人民不堪忍受元朝的残暴统治，纷纷揭竿而起，起义抗元。朱元璋也是抗元的一员大将，他联合各路反抗力量

准备起义。但朝廷官兵搜查得十分严密，传递消息十分困难。军师刘伯温便想出一条妙计，命令属下把藏有"八月十五夜起义"的纸条藏入饼里面，再派人分头传送到各地起义军中，通知他们在八月十五日晚上起义响应。到了起义的那天，各路起义军一齐响应，起义军旗开得胜。

很快，徐达就攻下元大都，起义成功了。消息传来，朱元璋非常高兴，便下令在即将来临的中秋之日，让全体将士与民同乐，并将当年起兵时秘密传递信息的饼改名为"月饼"，作为节令糕点赏赐群臣。

此后，月饼的制作工艺越发精细，品种也越来越多，还成为馈赠的佳品。就这样，中秋节吃月饼的习俗便在民间流传开来。

把玩兔儿爷

所谓"兔儿爷"就是一种泥人玩具，与其说像兔子，更不如说像人，身体、脸都是人的样子，只是头顶上多了一对长长的兔子耳朵，嘴唇也像兔子一样是三瓣的。兔儿爷大约起源于明末。到了清代，兔儿爷的功能已由祭月转变为儿童的中秋玩具。

关于兔儿爷还有一段传说。

有一年，北京城里忽然起了瘟疫，死了很多人。嫦娥见此情景，便派玉兔为百姓治病。变身为少女的玉兔挨家挨户地治好了很多病人。人们心生感激，纷纷送礼物给她。但玉兔一概婉言谢绝，只向人们借衣服穿，每到一处就换一身装扮。为了能给更多的人治病，玉兔骑上马、鹿、狮子或老虎，走遍京城内外。于是，人们为了纪念和感谢这位救命恩人，便用泥塑造玉兔的形象。每到农历八月十五那一天，家家都要供奉她，给她摆上好吃的瓜果菜豆，用来酬谢她给人间带来的吉祥和幸福，人们还亲切地称她为"兔儿爷"。

中秋节故事

嫦娥奔月

相传很久很久以前，有一年天上出现了十个太阳，直烤得大地冒烟，海水干涸，民不聊生。

这件事惊动了一个名叫后羿的英雄，他登上昆仑山顶，运足神力，拉开神弓，射下了九个多余的太阳。

后羿成为百姓尊敬和爱戴的英雄，不少志士慕名前来拜师学艺，心术不正的蓬蒙也趁机混入。不久，后羿娶嫦娥为妻，郎才女貌惹人羡慕。

一天，后羿巧遇王母娘娘，得赠一包长生不老药。据说，服下此药能即刻升天成仙。后羿不舍得吃，便将药交给嫦娥保管。不巧被蓬蒙偷窥到这一幕。

几天后，后羿率众徒外出狩猎，心怀鬼胎的蓬蒙假装生病留了下来。待后羿走后不久，蓬蒙手持长刀逼迫嫦娥交出神药。嫦娥知道自己不是蓬蒙的对手，她机智地将药吞下，飞上天去。嫦娥牵挂着丈夫，便飞落到离人间最近的月亮上成了仙。

　　后羿狩猎回来后获悉一切，既惊又怒，抽剑去杀恶徒，蓬蒙早就逃走了。思妻心切的后羿，日日仰天呼唤爱妻。这时，他惊奇地发现天上的月亮格外皎洁明亮，而且有个晃动的身影酷似嫦娥。于是，后羿急忙在院中摆上香案，放上嫦娥平时喜欢吃的水果、点心，遥祭嫦娥。

　　人们闻听嫦娥奔月成仙的消息后，纷纷在月下摆设香案，向嫦娥祈求吉祥平安。从此，中秋节拜月的风俗在民间传开了。

玉兔捣药

传说很久以前，一对兔子修炼千年终于得道成仙。这对兔子还有四个可爱的女儿，个个通体雪白，如同白玉雕成的一般。

这天，玉皇大帝召雄兔上天庭，雄兔驾着彩云飞上天空，眨眼间就到了南天门。这时，它看见天兵天将押着一名非常美丽的仙女走过来，仙女一副悲痛欲绝的模样。雄兔感到好奇，便向守南天门的天神打听发生了什么事。守门的天神说："那是嫦娥仙子，她吞下神药成了神仙，却与丈夫后羿分离了。玉帝让她独自去守月宫，月宫寒冷寂寞，她怎能不伤心难过？"

雄兔非常同情嫦娥，心想：要是有人在月宫跟她做个伴儿，或许她会好过一些。

　　雄兔拜见了玉帝后回到家中，对妻子和女儿们讲述了嫦娥的遭遇。听完父亲的讲述，年龄最小的玉兔说道："我愿意到月宫中陪伴嫦娥！"

　　雌兔舍不得自己的女儿，流着泪说："难道你舍得离开家人吗？"

　　"可是嫦娥太可怜了，我们不能只想到自己呀！"

　　听了女儿的话，雌兔没有再说什么。

　　就这样，小玉兔告别父母和姐姐们，到月宫陪伴嫦娥了。

吴刚伐桂

　　据传，月亮上的广寒宫前的桂树生长繁茂，有五百丈高，下边有一个人在不停地砍它，但是每次砍下去之后，被砍的地方又立即愈合。几千年来，就这样一砍一合，这棵桂树永远也不能被砍倒。这个砍树的人名叫吴刚，他本是个凡人，非常羡慕神仙的生活，一心想学成仙之术。为此，他走遍名山大川，四处寻访仙人，想要拜师学艺。

　　神仙当然不肯轻易把成仙之术传给凡人，吴刚又是个急性子，不愿意花时间潜心修行，总想找个速成的方法。

碰了几次壁后，他不但不思悔改，反倒责怪神仙不肯对他吐露真言，对各位仙家出言不逊。

吴刚的恶名很快就在仙界传开了，就连天帝都知道吴刚的事了。天帝想了个办法，既可以让吴刚从此不再骚扰各位神仙，又让他受到惩罚。天帝把吴刚变成了月亮上的一个仙人，吴刚正为此沾沾自喜呢，不料天帝又指着月亮上一棵五百丈高的月桂树命令吴刚道："除非你砍倒月桂树，否则永远别想走出月宫！"

吴刚就这样不停地砍呀砍呀，却永远也无法砍倒月桂树。月亮上冷冷清清的，连个说话的人都没有，吴刚开始后悔了，这时他才觉得天上的生活太无聊了，比不上人间幸福快乐。可惜后悔已经迟了，他只能永无休止地砍下去。

唐明皇游月宫

唐朝的玄宗皇帝又称唐明皇。有一天，唐明皇处理国事时突然感到十分困倦，竟然伏在书案上睡着了。恍惚间，他来到了一座陌生的殿宇前，那宫殿雕梁画栋，精美异常，却十分冷清。唐明皇再仔细地打量宫殿的门楣上方的匾额，上面竟然写着"广寒宫"三个大字。

这时，宫殿里传来悦耳的笛子声，还有各种乐器伴奏。唐明皇平日非常喜爱音乐，正想到宫殿里面看看，突然耳边传来呼唤声："陛下，陛下，请您回寝宫歇息吧！"

唐明皇被惊醒了，原来是一个宫女在叫他。好梦被打断了，唐明皇非常恼怒，斥责宫女说："可恶！竟然打扰了我的美梦！"

宫女吓得赶紧跪在地上，叩头如捣蒜，不住地说："陛下息怒，陛下饶命！"

唐明皇不耐烦地挥挥手说："退下，不准再来打扰我！"

唐明皇此刻已经顾不上惩罚这个宫女，他还想继续睡

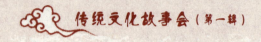

觉，希望能重回刚才的梦境中呢。可惜，他却怎么也睡不着了，只好闷闷不乐地回寝宫休息去了。

第二天，唐明皇对最宠信的宦官高力士说起这件事，并赞叹说："月宫中的仙乐实在是太美妙了，跟仙乐相比，宫中的音乐简直不堪入耳，要是能再去月宫一趟就好了。对了，快叫乐师来，让他们把我在月宫中听到的乐曲记录下来。"

高力士唤来宫中的乐师，唐明皇根据自己的记忆，和乐师一起谱写出一首乐曲，这就是著名的《霓裳羽衣曲》。

　　唐明皇一直对这个梦念念不忘，转眼到了这年秋天八月十五晚上，唐明皇召见了一位道士，对他讲述了想重游月宫的愿望。道士听完，笑着说："这倒也不是什么难事。"

　　听到这话，唐明皇激动地站起来，说道："难道你有办法带我到月宫去？"

　　"请陛下稍候，我去准备一下，马上就带您去月宫。"

　　只见道士走到一棵桂树下，折下几根树枝，口中念念有词。哗的一声，喷出一股烟雾，等烟雾散去，一顶轿子冒了出来。道士请唐明皇坐进轿子里，又用一柄玉如意变出一只白鹿，白鹿拖着轿子向天上飞去。

　　唐明皇掀开轿子上的帘子往上看，明月距离自己越来越近，再低头看皇宫，反倒变得越来越小了，最后变成一个小黑点，消失在茫茫云雾之中……

　　"陛下，月宫到了。"道士的声音突然传来。

　　唐明皇走下轿子，看见前面有一片亭台楼阁，一直伸延到云层深处。只见月宫外像白玉一样的宫墙上，雕刻着龙凤的图案，台阶也是白玉砌成的，两旁尽是奇花异草，美不胜收。

再往里面走满地都是青苔，还有一条条的藤蔓交织成的篱笆，中间只剩一道小径。

突然，前面传来一阵乒乒乓乓的敲打声，唐明皇好奇地问："那是什么声音呢？"

道士陪着他走向一个月亮门，只见门里有一处庭院，庭院中央有棵高高的桂树，一名男子正在砍树。奇怪的是，每当那棵树快被砍断时，总是噗的一声，又连接起来了。于是，那名男子露出无可奈何的样子，又继续卖力地砍树。

"他是什么人呀？"唐明皇问。

道士回答说："陛下，他就是吴刚呀！因为他犯了过错，被玉皇大帝罚到月宫来砍桂树了。"

"那棵桂树为什么老砍不断呢？"

"吴刚缺乏耐心，玉皇大帝故意让他砍一棵永远也砍不倒的桂树，一方面是为了惩罚他，另一方面也是为了训练他的耐性。"

他们又继续向前走，很快便走到一片树林前，林边有一条清澈的小溪，小溪上横跨着一座石桥，石桥的一端通向一座凉亭。一只通体雪白的兔子拿着一只玉杵正在捣药。

"陛下快看，那就是玉兔在捣仙药呢！"

唐明皇一听，急忙走上前，问玉兔："这里可有长生不老之药？"

听见有人问话，玉兔似乎吓了一跳，停下来看了唐明皇一眼，然后抱起玉杵跑开了。

唐明皇望着玉兔消失的方向，惋惜地叹口气，跟着道士又往前走。

随后，他们走进了一个种满芭蕉的院子，里面有一间石屋。这石屋并没有门，只有从石屋上垂挂下来的菟丝花蔓编成了门帘。

唐明皇想看看石屋里有什么，便挑起门帘往里面看。这一看不要紧，吓得他惊叫一声直往后退。

"陛下，您怎么了？"道士问。

"里面有……有……"唐明皇已吓得结巴说不出话了。

道士便往石屋里面瞧了一眼，原来里面蹲着一只大蛤蟆，有小牛那么大，身上疙疙瘩瘩的，难看极了。最奇怪的是，这只蛤蟆只有三条腿，而且张着一张血盆大口，像要吃人似的。

"陛下不要惊慌，这是月宫中的蟾蜍，平常它总是喜欢咬食月亮，所以月亮才有圆有缺。每逢十五，它都会被关进石屋里不准出来，所以十五的月亮才会这么圆、这么亮。"

唐明皇这才放下心来继续向前走。只觉越走越高，终于来到正殿之前了。这座宫殿像是玻璃砌成的，中央有一处最高的大殿，门楣上高挂着一块匾额，写着"广寒宫"。

宫殿里灯火通明，许多仙人进进出出。忽然一阵悦耳的笛声从宫殿里传来，唐明皇聆听了一会儿，吹奏的正是《霓裳羽衣曲》。

　　紧接着，一群少女随着美妙的笛声翩然起舞，唐明皇不觉也陶醉其间。唐明皇猛然想起一件事，就转头对道士说："传闻嫦娥仙子不就住在广寒宫里吗，不知道她长得漂不漂亮？还有——"他的话未说完，整座宫殿的灯火一瞬间全都熄灭了。

　　"啊，怎么回事？"唐明皇慌忙问。

　　"陛下，您刚刚说的话惹恼了嫦娥仙子，我们还是赶紧离开此地吧！"道士急忙招来白鹿拖着的轿子，载着唐明皇返回皇宫。

　　等他们回到皇宫时天已经亮了。在月宫上的所见所闻令唐明皇永生难忘。此后，他经常命令乐师为他演奏《霓裳羽衣曲》，借此来回忆游月宫的情景。

　　唐明皇念念不忘这次月宫之行，每年到了这一天一定要赏月，回味自己的经历。百姓也纷纷效仿其赏月的风雅，八月十五月圆之日全家欢聚一堂，享受人间美景。久而久之，便成了一种传统流传下来。

中秋节诗文

水调歌头

[宋] 苏 轼

丙辰中秋，欢饮达旦，大醉，作此篇，兼怀子由。

明月几时有？把酒问青天。不知天上宫阙，今夕是何年。我欲乘风归去，又恐琼楼玉宇，高处不胜寒。起舞弄清影，何似在人间。

转朱阁，低绮户，照无眠。不应有恨，何事长向别时圆？人有悲欢离合，月有阴晴圆缺，此事古难全。但愿人长久，千里共婵娟。

嫦 娥

[唐] 李商隐

云母屏风烛影深，长河渐落晓星沉。
嫦娥应悔偷灵药，碧海青天夜夜心。

◉ 八月十五日夜湓亭望月

[唐]白居易

昔年八月十五夜，曲江池畔杏园边。
今年八月十五夜，湓浦沙头水馆前。
西北望乡何处是，东南见月几回圆。
昨风一吹无人会，今夜清光似往年。

◉ 十五夜望月寄杜郎中

[唐]王　建

中庭地白树栖鸦，冷露无声湿桂花。
今夜月明人尽望，不知秋思落谁家。

中秋月 · 中秋月

［明］徐有贞

中秋月。月到中秋偏皎洁。偏皎洁，知他多少，阴晴圆缺。

阴晴圆缺都休说，且喜人间好时节。好时节，愿得年年，常见中秋月。

天竺寺八月十五日夜桂子

［唐］皮日休

玉颗珊珊下月轮，殿前拾得露华新。

至今不会天中事，应是嫦娥掷与人。

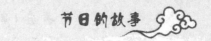

中秋节别称荟萃

仲秋节：在中国的农历里，一年分为四季，每季又分为孟、仲、季三个部分，所以我国古历法把处在秋季中间的八月，称为仲秋，所以中秋节又叫仲秋节。

八月节：仡佬族最隆重的传统节日莫过于八月节（八月十五至二十日）。节日的头天，全族老少都要穿上新装，齐集在寨子的草坪上。

女儿节：民间拜月，每当圆月升起的时候，各家在庭院中迎着月光陈设香案，按习俗多为全家妇女拜祭，北方民间还流传着"男不拜月，女不祭灶"的谚语，所以又把中秋节叫作女儿节。

兔儿爷节：老北京中秋节祭月有供兔儿爷的习俗。

月夕：古人以仲春二月十五日为花朝，与之相应，又称仲秋八月十五日为月夕。

玩月节：是日，古代有月下游玩、设宴赏月的习俗，所以中秋节又被称为玩月节。

拜月节：我国人民在古代就有"秋暮夕月"的习俗。夕月，即祭拜月神。

团圆节：中秋之夜，明月当空，人们把月圆当作团圆的象征，把八月十五作为亲人团聚的日子，因此，中秋节又被称为团圆节。

重阳节起源

　　农历九月九日，为传统的重阳节。重阳节又称为"双九节""老人节"，因为古老的《易经》中把"六"定为阴数，把"九"定为阳数，九月九日，日月并阳，两九相重，故而叫重阳，也叫重九。重阳节早在战国时期就已经形成，到了唐代，重阳被正式定为民间的节日，此后历朝历代沿袭至今。

　　庆祝重阳节的活动多彩浪漫，一般包括出游赏景、登高远眺、观赏菊花、遍插茱萸、吃重阳糕、饮菊花酒等。九九重阳，因为与"久久"同音，九在数字中又是最大数，有长久长寿的含义，况且秋季也是一年收获的黄金季节，重阳佳节，寓意深远，人们对此节历来有着特殊的感情。

重阳节习俗

◎ 登 高

登高是重阳节里最重要的一项活动。登临高处，人们拿出食物，斟满美酒，尽情嬉戏娱乐。重阳节登高在古代其实就是一次合家团聚的郊游活动。

关于登高习俗的起源，有不同的说法：

一说可能源于古代对山神的崇拜，人们认为山神能使人免除灾害，所以在重阳日要前往山上游玩，以避灾祸。或许最初还要祭拜山神以求吉祥，后来才逐渐转化成为一种娱乐活动。

另一说法是，重阳时节秋收已经完毕，农事相对比较少。这时又正是山野里的野果、药材之类成熟的季节，农民纷纷上山采集野果、药材和供副业用的植物原料，农民们把这种上山采集叫作"小秋收"。登高的风俗最初可能就是从此开始的。这期间天气晴朗，气温凉爽，适宜于登高望远，至于选择九月九日作为"重阳节"，则是渐渐演变而来的。

◉ 赏菊并饮菊花酒

重阳节正是一年的金秋时节，菊花盛开。菊的独特品性，使之成为生命力的象征，被人们称为"长寿之花"。因此，菊花便与重阳习俗结下了不解之缘。

关于重阳赏菊的由来，有一个传说。很早以前，大运河边住着一个叫阿牛的青年，阿牛自幼丧父，母子俩相依为命，靠纺织为生。因生活艰辛，阿牛母亲经常哭泣，终至失明。阿牛一心想让母亲重见光明，他用给财主打工挣来的钱给母亲买药，但母亲眼睛仍不见好转。一天夜里，阿牛梦见一位美丽的姑娘告诉他，天花荡里有一株白色的菊花，能治眼病，此花重阳节才开。重阳节那天，阿牛到天花荡寻找白菊花，找了很久才找到那株白色的菊花。此花很特别，一梗分九枝，每次只开一朵花，其余八朵含苞待放。阿牛将其移种在自家屋旁，精心护理，不久八枝花朵陆续绽放，又香又好看。阿牛每天采下一朵白菊煎汤给母亲服用。当吃完了第九朵菊花之后，母亲的眼睛奇迹般地复明了。因为阿牛是九月初九找到这株白菊花的，所以后来人们就将九月初九称作菊花节，并形成了赏菊花、吃菊花茶、饮菊花酒等风俗。

菊花与酒结缘，则要归功于晋朝大诗人陶渊明。

陶渊明喜欢喝酒，可是因为家贫，时常缺酒。有一年重阳，陶渊明在篱边赏菊，却没有酒喝，不能一醉方休，他就采了一把菊花在手里，嗅嗅嚼嚼，聊以为遣。然而菊花毕竟不能代酒，陶渊明正在百无聊赖的时候，忽然来了

一个白衣人，原来是江州刺史王弘派来的随从，特地来送酒给陶渊明的。陶渊明喜出望外，立即打开酒瓮，对着菊花开怀畅饮，畅快不已。

◉ 佩茱萸

重阳节插茱萸的风俗，在唐代就已经很普遍。古人认为在重阳节这一天插茱萸可以避难消灾。重阳日，妇女、儿童采摘茱萸叶子、果实，缝制成布袋，或佩戴在手臂上，或挂于腰间，或直接将茱萸茎叶插入发髻，用以消灾解难，此即为佩茱萸。

古时，因出产于吴地（今浙江一带）的茱萸质量最好，因而茱萸又叫吴茱萸，也叫越椒或艾子。"吴茱萸"之名也有典故。

相传春秋战国时期，弱小的吴国每年都得按时向强邻楚国进贡。有一年，吴国的使者将本国的特产"吴萸"药材献给楚王。贪婪无知的楚王爱的是珍珠玛瑙、金银财宝，根本看不起这土生土长的中药材，反而认为是吴国在戏弄他，于是大发雷霆，不容吴国使者有半句解释，就令人将其赶出宫去。楚王身边有位姓朱的大夫，与吴国使者交往甚密，忙将其接回家中，加以劝慰。吴国使者说，吴萸乃上等药材，有温中止痛、降逆止吐之功，善治胃寒腹痛、吐泻不止等症，因素闻楚王有胃寒腹痛的痼疾，故而献之。听罢，朱大夫派人送吴国使者回国，并将他带来的吴萸精心保管起来。

次年，楚王受寒，旧病复发，腹痛如刀绞，群医束手无策。朱大夫见时机已到，急忙将吴萸煎熬，献给楚王服下，片刻止痛，楚王大喜，重赏朱大夫，并询问这是什么药。朱大夫便将去年吴国使者献药之事禀告给楚王。楚王听后非常懊悔，一面派人携带礼品向吴王道歉，一面命人广植吴萸。几年后，楚国瘟疫流行，腹痛的病人遍布各地，全靠吴萸挽救了性命。楚国百姓为感谢朱大夫的救命之恩，便在"吴萸"二字之间加了一个"朱"字，改称吴朱萸。后世医学家又在"朱"字上加了草字头，正式命名为吴茱萸，并一直沿用至今。

重阳节故事

恒景除瘟魔

　　据传在东汉时期，汝河里住有一个瘟魔，每年都要出来走走。它走到哪里，就把瘟疫带到哪里。

　　这一年，汝河两岸传起了瘟疫，家家户户都病倒了，尸首遍地。青年恒景的父母也都病死了，他自己也因病差点儿死去。大病初愈，恒景告别了心爱的妻子和父老乡亲，他决心去访仙学艺，为百姓除掉瘟魔。恒景四处拜师寻道，访遍各地的名山高士，终于打听到在东方的一座最古老的山上有一个法力无边的仙长。恒景不畏艰险和长途跋涉，在仙鹤的指引下，终于找到了仙长。仙长被恒景大无畏、执着的精神所感动，收留了他，并教给他降妖剑术，还赠他一把降妖宝剑。恒景废寝忘食地苦

练，终于练就了一身非凡的武艺。

这一天，仙长把恒景叫到跟前说："明天是九月初九，瘟魔又要出来作恶，你本领已经学成，应该回去为民除害了。"仙长送给恒景一包茱萸叶，一盅菊花酒，并且密授避邪用法，让恒景乘仙鹤赶回家去。

恒景回到家乡，在九月初九的早晨，按仙长的叮嘱领着乡亲们到了附近的一座山上。他发给每人一片茱萸叶，说这样随身带着瘟魔不敢近身。又给每人喝了一口菊花酒，说喝了菊花酒不染瘟疫之疾。他把乡亲们安排好，自己做好了降魔的准备。中午时分，随着几声怪叫，瘟魔冲出汝河，但是瘟魔刚大摇大摆地扑到山下，突然闻到阵阵茱萸奇香和菊花酒气，便猛然止步，脸色突变。这时恒景手持降妖宝剑追下山来，几个回合就把瘟魔打败了。

此后，汝河两岸的百姓再也不受瘟魔的侵害了。九月九日登高避祸的习俗便流传了下来。从那时起，人们便过起重阳节，有了重九登高的风俗。

宫习外传

据说，最初只有皇宫中才有重阳节插茱萸、饮菊花酒等习俗，民间的老百姓并不知道这些。那么这些宫规是怎么传到民间去的呢？这与吕后报复戚夫人有关。

吕后是汉高祖刘邦的皇后，而戚夫人是刘邦最宠爱的妃子，吕后生的嫡长子刘盈被立为太子，可刘邦因为宠爱戚夫人竟然想废掉太子刘盈，让戚夫人的儿子刘如意继承皇位，这让吕后怀恨在心。后来因为大臣们苦苦相劝，刘邦才没有改立太子。

待高祖死后，吕后便开始报复戚夫人。她对戚夫人施以酷刑，就连那些伺候戚夫人的宫女们也不放过，全被赶出宫去，嫁给低贱的老百姓。古时候，结婚讲究门当户对，宫女找个在皇宫里做事的人才算般配，而下嫁给百姓为妻算是一种惩罚。

这些宫女中有名叫贾佩兰的女子，嫁给扶风人段儒为

137

妻。宫里出来的女人见多识广，每当闲暇时，贾佩兰就会说一些宫里的事情给人们听，例如重阳节时宫中的习俗规矩，就这样，宫里的习俗就传到了民间。

骊山传说

传说很早以前，有个庄户人家住在骊山下，全家人都很勤快，日子过得富足舒心。

有一天，这家主人半路上碰到一个算卦的先生，因为天快黑了，他还没找到落脚的地方。庄户人家家里太窄，只有个草棚子房，于是这家主人就在灶房里打了个草铺，

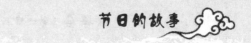

让妻子儿女都在草铺上睡，自己陪着算卦先生睡在炕上，凑合着过了一晚。

第二天天刚亮，算卦先生就要走，临走时嘱咐道："到了九月九，全家高处走。"庄户人心想自己平日没做什么坏事，又不想升官发达，上高处走什么呢？但又一想，人常说算卦先生会看风水精通天文，说不定我住的地方会有点儿什么，到了九月九就到高处走一走吧，也就相当于带全家人看看风景。

到了九月九，庄户人就带着妻子儿女背上花糕香酒，登上骊山高峰去游玩。等他们上山后，半山腰突然冒出一股泉水直冲他家，把他家的草棚子一下子就冲垮了。不大工夫，整个一条山沟都被泡了。庄户人家这才明白算卦先生为什么让他全家九月九登高。

这件事传开后，人们就每逢夏历九月九，扶老携幼去登高，象征着登高避灾辟邪。

文人作诗娱乐

孟嘉是东晋时期的著名文人，他在当时最有权势的大将军兼荆州刺史桓温的幕下当参军。

　　那年的九月初九重阳节，桓温带着属下的文武官员游览龙山，登高赏菊，并在山上设宴欢饮。当时大小官员都身着戎装。山上金风送爽，花香沁人心脾。突然一阵风刮过，竟把孟嘉的帽子吹落在地，但他一点儿也没有察觉，仍举杯痛饮。桓温见了，以目示意，叫大家不要声张，看孟嘉有什么举动。只见孟嘉依然谈笑风生，浑然不觉。又过了很久，孟嘉起身离座去上厕所。桓温趁机让人把孟嘉的帽子捡起来，放在他的席位上。又命人取来纸笔，让孙盛写了一张字条，嘲弄孟嘉落帽却不自知，有失体面。写好后桓温过目，觉得很有趣，想乘酒兴调侃奚落孟嘉一番，便把纸条压在帽子下。孟嘉回到座位时，才发觉

自己落帽失礼。但他却不动声色地顺手拿起帽子戴正，又拿起字条看了一遍，即请左右取来纸笔，不假思索，奋笔疾书，一气呵成地写出一篇诙谐而文采四溢的答词，为自己的落帽失礼辩护。桓温和满座宾朋争相传阅，无不击节叹服。

后世诗文中，"孟嘉落帽""龙山会"等成为重阳登高题材作品反复使用的典故。

重阳节诗文

◉ 九月九日忆山东兄弟

[唐]王 维

独在异乡为异客，每逢佳节倍思亲。

遥知兄弟登高处，遍插茱萸少一人。

◉ 醉花阴·薄雾浓云愁永昼

[宋]李清照

薄雾浓云愁永昼，瑞脑消金兽。佳节又重阳，玉枕纱橱，半夜凉初透。

东篱把酒黄昏后，有暗香盈袖。莫道不销魂，帘卷西风，人比黄花瘦。

过故人庄

〔唐〕孟浩然

故人具鸡黍，邀我至田家。

绿树村边合，青山郭外斜。

开轩面场圃，把酒话桑麻。

待到重阳日，还来就菊花。

九日齐山登高

〔唐〕杜　牧

江涵秋影雁初飞，与客携壶上翠微。

尘世难逢开口笑，菊花须插满头归。

但将酩酊酬佳节，不用登临恨落晖。

古往今来只如此，牛山何必独沾衣？

重阳席上赋白菊

[唐]白居易

满园花菊郁金黄，中有孤丛色似霜。
还似今朝歌酒席，白头翁入少年场。

九　日

[唐]王　勃

九日重阳节，开门有菊花。
不知来送酒，若个是陶家。

重阳节别称荟萃

重九节：因为古老的《易经》中把"六"定为阴数，把"九"定为阳数，九月九日，两九相重，故而叫重九节。

踏秋：与三月三日"踏春"相对应。依据传统，重阳这天所有亲人都要一起登高"避灾"，插茱萸、赏菊花。现代社会，很多传统在变化，但是重阳登高依然盛行。

女儿节：每逢重阳节，父母要把出嫁的女儿接回来团聚，称之为过女儿节。

登高节：重阳最重要的节日活动之一，即是登高。故重阳节又叫登高节。

菊花节：菊是长寿之花，又为文人们赞美作凌霜不屈的象征，所以人们爱它、赞它，故常举办大型的菊展。菊展自然多在重阳举行，因为菊与重阳关系太深了，因此，重阳节又称菊花节，而菊花又称九花。

茱萸节：重阳节有佩茱萸的风俗，因此又被称为茱萸节。

老人节：在民俗观念中，九九重阳，因为与"久久"

同音，包含有生命长久、健康长寿的寓意，故而重阳节又有老人节之说。

老年节：2012年12月28日，全国人大常委会表决通过新修改的《老年人权益保障法》。法律明确规定，每年农历九月初九为老年节。

记录节日生活
捕捉点滴感动

春节故事

元宵观灯故事

清明踏青故事

端午包粽子故事

七夕诗文诵读故事

中秋赏月故事

重阳登高故事

- -

- -

- -

- -

- -

- -

- -

- -

姓氏的故事

传统文化故事会（第一辑）

《传统文化故事会》编委会 编

大连出版社
DALIAN PUBLISHING HOUSE

目录

李姓 ……………………………………… 1

王姓 ……………………………………… 6

张姓 ……………………………………… 12

刘姓 ……………………………………… 19

赵姓 ……………………………………… 26

周姓 ……………………………………… 32

吴姓 ……………………………………… 40

徐姓 ……………………………………… 47

孙姓 ……………………………………… 53

马姓 ……………………………………… 61

郑姓 ……………………………………… 67

谢姓 ……………………………………… 74

韩姓 ················· 81

曹姓 ················· 88

沈姓 ················· 95

苏姓 ················· 101

魏姓 ················· 107

田姓 ················· 114

姜姓 ················· 121

毛姓 ················· 128

秦姓 ················· 134

文姓 ················· 141

钱姓 ················· 149

李姓

李姓的汉字演变

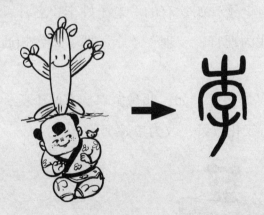

　　"李"是会意字，篆文中上面是"木"，下面是"子"，"子"是小孩子的意思，大树的小孩子就像大树结出的果实。"李"的本义是李树或李子，李树是一种树木的名字，其果实称"李子"。

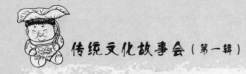

李姓的起源

1. 以官为氏。尧帝时，皋陶曾担任大理（掌管刑狱的官）的职务，其后世三代子孙都世袭大理一职。按当时的习惯，其子孙就以官名为姓，称理姓。后又将"理"改为"李"。理氏改为李氏的说法有两种。一种说法是：商纣时，皋陶后裔理征在朝为官，因直谏得罪了商纣王而被处死，其妻契和氏带着儿子利贞逃难时，因食李子充饥才得以活命，不敢称姓理，便改姓李。另一种说法是：据《姓氏考略》记载，周之前未见有李氏，李姓应自老子开始才有的。老子姓李，名耳，为利贞的后裔，祖上世代为理官，"理""李"两字古音相通，便也以李为氏。

2. 少数民族改姓。如：北魏鲜卑族有叱李氏，孝文帝迁都洛阳后，实行汉化政策，改为单姓李。

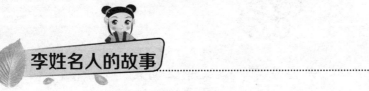
李姓名人的故事

老 子 的 故 事

老子是我国古代伟大的思想家、哲学家、文学家和史学家，道家学派创始人和主要代表人物。他姓李，名耳，被唐朝

帝王追认为李姓始祖。

有一天，老子在路上行走。走着走着，一位老人走上去问老子："我一生碌碌无为，可最后我有房住，有饭吃，有钱花；而我的那些邻居一辈子在田地里耕作，可他们住得却不好，而且都先我而去。你说人是不是应该像我这样呀？"老子听后，拿来路边的石头和砖头问这位老人："这两样东西，你会选择哪样？"老人毫不犹豫地选了砖头，答道："石头虽寿命长，但砖头对我有用。"老子又问了问其他路人，答案都是一样的。

于是，老子便说："正如石头和砖头一样，人的价值也在于此。人不在于活的长短，而在于他对这个社会是否有价值。对我们的社会有价值的，我们会惦记于心；而对社会无用之人，世人会很快将他遗忘。"

李白的故事

李白是我国唐代伟大的浪漫主义诗人，被后人誉为"诗仙"。

相传，李白幼年时并不爱学习。他在眉州（今四川眉山市）象耳山学习的时候，还没有完成学业就弃学回家了。

李白路过山下的一条小溪，看见一个老婆婆在那里磨一根

铁棒，他感到奇怪，于是就问这个老婆婆在干什么。老婆婆说："我要把这根铁棒磨成绣花针。"李白惊讶地问："这根粗粗的铁棒，怎样才能磨成绣花针呢？"老婆婆说："一天磨不成，我可以磨两天啊，两天磨不成，我就磨三天，总有一天我可以把这根铁棒磨成绣花针的。"

听了老婆婆的话，李白很惭愧。从此以后他牢记"只要功夫深，铁杵磨成针"的道理，潜心学习，最终学业有成，被后人誉为"诗仙"。

那条小溪后来被叫作磨针溪。那个老婆婆自称姓武，现在那溪边还有一块武氏岩。

李时珍的故事

李时珍是我国明朝时期卓越的医药学家，也是当时世界上最伟大的科学家之一。

李时珍在医疗实践中，对历代医药书籍，如《神农本草经》《本草经集注》《唐本草》《开宝本草》等进行了广泛的阅读研究。他发现旧"本草"非但不完善，甚至有很多错误，便立志要把旧的药书加以整理补充，写出一部分类更加详细的药物学著作。

从公元1552年起，李时珍开始写《本草纲目》，共经历了

27年的时间。这期间，李时珍可以说是"行万里路，读万卷书"，呕心沥血，历尽千辛万苦，最终在公元1578年完成了《本草纲目》一书。

《本草纲目》印行后，立即受到了人们的欢迎，风靡全国，很多人争相传阅。随着中外文化的交流，《本草纲目》也深受世界各国的重视。西方人称之为东方医学的巨著。李时珍为中国及世界文明所做的贡献，同《本草纲目》一起永远载入了史册。

李姓名人堂

李　牧：战国时期的赵国名将、军事家，与白起、王翦、廉颇并称"战国四大名将"。

李　冰：战国时期著名的水利工程专家，与其子一同主持修建都江堰水利工程。

李　斯：秦朝宰相，著名的政治家、文学家和书法家。

李　广：西汉名将，著名的抗击匈奴的英雄，被誉为"飞将军"。

李　煜：五代十国时南唐后主，著名词人。

李自成：明末农民起义军领袖，继高迎祥后称"闯王"，建立大顺政权，后率领大顺军攻克北京，推翻明朝统治。

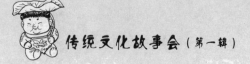

王姓

王姓的汉字演变

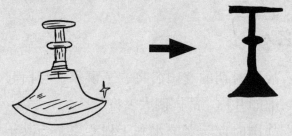

　　"王"字本义为天子、君主。在甲骨文中，该字是一个象形字，其字形很像一把很大的斧头，最上面是斧柄，下面则是宽刃。这强有力的武器被视为实力和权威的象征，所以古人将当时的最高统治者称为"王"。从秦朝开始，天子改称皇帝，"王"则成了对贵族或功臣的封爵。现在，"王"常指代占据领先地位的人或事物。此外，"王"常用于姓。

王姓的起源

1. 古帝王虞舜的后人因出自古帝王后裔，所以世代以"王"为姓。

2. 商朝末年，箕子和比干因劝谏纣王被杀，他们的子孙因为是王族的后裔，所以以"王"为姓。

3. 赐姓而来。如：燕太子丹玄孙名嘉，因被新朝皇帝王莽所宠，赐姓"王"，与皇帝同姓。

王姓名人的故事

王羲之的故事

王羲之是我国东晋时期著名的书法家，有"书圣"之称。

一千多年来，王羲之一直被人们奉为勤奋学习的楷模，还被人们尊称为"书圣"。他是如何获得成功的呢？

王羲之7岁就跟父亲学书法，并受教于著名书法家卫夫人。王羲之12岁时在父亲那里发现书法秘著《笔论》，他如获至宝，偷偷阅读。

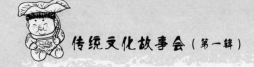

王羲之的父亲王旷发现后，认为他年纪太小，难以理解书中深奥的意思，不让他看。王羲之向父亲请求道："学习是不能等待的，倘若等到我长大再学，恐怕就太迟了，希望父亲早些教我。"王旷听了很为他的好学精神感动，就将《笔论》讲授给他听，王羲之深受教益。

传说王羲之少年时代学了一段时间书法之后，为自己停步不前十分苦恼，而且表现得心灰意冷，越来越提不起精神。一天，他又写了几版字，越看越丑，便到外边散步。他来到一座山下，抬头一看，山上苍松翠竹，郁郁葱葱；山下小溪流水，清澈见底，鸟儿鸣叫得十分好听。由于迷于游览，忘了返家，傍晚他肚子饿得咕咕叫，想就地找些东西吃。他来到一户农家说明来意。主人是位瞎眼婆婆，可做起事来却十分利索，生火，和面，抹油……转眼工夫，将饼子甩满一锅，而且十几个饼子，大小一样，一个挨一个，没有一个重叠或挤压。王羲之看得目瞪口呆，惊叹不已。他好奇地问婆婆，如何练出这等功夫。瞎眼婆婆笑答："没啥窍门，功到自然成嘛！"王羲之听了这句话，联想到自己的书法，茅塞顿开，忘了饥饿，一口气跑回家，抓起笔，埋头苦练起来。

王羲之常临池书写，就池洗砚，时间长了，池水尽墨，人称"墨池"。现在绍兴兰亭、浙江永嘉西谷山、庐山归宗寺等地都有被称为"墨池"的名胜。

王维的故事

王维是我国唐代著名的诗人、画家，他参禅悟理，学庄信道，精通诗、书、画、音乐等，有"诗佛"之称。

有一次，王维在洛阳看见一幅色彩鲜艳的壁画，画的是一群乐工正在聚精会神地演奏一支乐曲。他被这画吸引住了，边看边点头称赞。旁边的人问他看出了什么，他笑着说："你们大概以为这壁画很平常，没有什么可称道的。要是你仔细看，就会发现它很不一般呢。它不仅准确地表现了乐工们正在演奏什么乐曲，而且还表现了正在演奏曲子的第几节第几拍。"

王维的话引起了众人的兴趣，他们都凑过头来仔细看，但他们始终看不出什么名堂来，便问王维："我们怎么看不出来呀？"王维说："让我来告诉你们吧！演奏的是《霓裳羽衣曲》，正在演奏这支曲子的第三节第一拍。"人们听了有些不相信，有的人还以为是王维故意编造。王维见大家不信，便说："如果大家不信，就找一队乐工来试试。"

有人很快请来一队乐工，让他们当场演奏《霓裳羽衣曲》。当乐工们演奏到第三节第一拍时，人们对照那幅壁画一

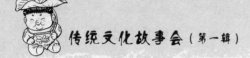

看，不由得大吃一惊。原来，乐工们的手和口在乐器上的方位和动作姿势，果然和壁画上画的完全一样。在场的人都拍手叫好。他们佩服壁画的作者，更佩服王维。他们都说，真想不到王维竟有这样神妙的眼力。

王安石的故事

王安石是我国北宋著名的思想家、政治家、文学家、改革家。

公元1074年，王安石因官场的钩心斗角而被罢免宰相职务，返回了江宁钟山（今江苏省南京市紫金山）。

第二年，宋神宗又下诏书，让王安石复职。王安石深知朝中有很多保守势力，自己的改革会触动他们的利益，这个宰相是很难当的，除非不求有作为，因循守旧，但这不是王安石的志向。而如果拒绝复职，一则有负皇上，二则显得自己太懦弱，王安石只好硬着头皮去赴任。

当他乘船到了瓜洲渡口时，天已黄昏，眺望钟山，见峰峦重叠，他感慨万千，于是随口吟诵道：

　　京口瓜洲一水间，钟山只隔数重山。

　　春风又绿江南岸，明月何时照我还。

这就是著名的诗篇《泊船瓜洲》。诗的意思是：京口和瓜洲

被一条长江分开，这里与钟山只隔着几座山。春风又吹绿了长江以南的大片地区，明月什么时候才能照着我回到自己的家里呢？

南宋的洪迈曾经看到这首诗的手稿，诗的第三句最初是"春风又到江南岸"，王安石把"到"圈去，改为"过"，把"过"圈去，改为"入"，把"入"圈去，改为"满"，最后才改为"绿"。由此可知，好诗是改出来的，即使像王安石这样的大诗人也不例外。一个"绿"字不仅写出了春风的神韵，而且又有政治寓意：春风驱散了政治的寒流，给江南带来一片绿色，一片生机。

王姓名人堂

王　诩：即鬼谷子，战国时期著名思想家、道家代表人物、兵法集大成者、纵横家的鼻祖，精通百家学问，因隐居鬼谷，故自称鬼谷先生。

王　翦：战国时期秦国名将、杰出的军事家，战国四大名将之一。

王昭君：西汉元帝时和亲宫女，中国古代四大美女之一。

王　勃：唐代文学家，初唐四杰之一。

王守仁：即王阳明，明代著名的思想家、文学家、哲学家和军事家，陆王心学的集大成者。

王国维：民国时期著名学者。

张姓的汉字演变

　　"张"是形声字，在篆文中"张"字的左边是形旁"弓"，一把弓背的形态，省略了弓箭的弦；右边是声旁"长"。此外"张"也是星宿名，位于朱雀七宿中第五宿，其排列形状似弓，张挥观察天象以此发明了弓。弓在捕猎和战斗中大有功用，被挥氏族崇拜为氏族图腾。

张姓的起源

1. 相传黄帝的孙子挥发明了弓，黄帝封他为专门制造弓的官，叫"弓正"，也称"弓长"，后又将官名合二为一，赐他"张"姓。从此，挥的子孙都开始姓张。

2. 春秋时，晋国大夫解张，字张侯，他的子孙便以他的字"张侯"的"张"为姓。

3. 他姓所改。如：魏国大将张辽本姓聂，后改姓张。

张姓名人的故事

张良的故事

西汉时期有个著名的大臣叫张良。他年轻的时候，有一天，来到桥上散步，在桥上遇到一个穿粗布衣裳的老人。那老人走到张良面前，直接把一只鞋子丢到桥下，然后对张良说："喂！小伙子，你替我去把鞋捡起来！"张良很惊讶，想打那老人，但看到老人年纪很大，便忍住了。他下桥把鞋捡了起来。老人又说："给我穿

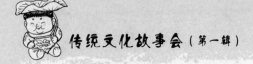

上。"张良又恭敬地跪着替老人穿上。老人伸脚穿好鞋，然后笑着转身就走了。

张良更吃惊了，盯着老人离开的背影。那老人走了一段路，反身回来，说："你这小伙子很不错，值得我教导。五天后天刚亮时，到桥上来见我。"张良听了，连忙答应。

五天后天刚亮时，张良赶到桥上。老人已先到了，生气地说："跟老人家约好时间却迟到，怎么回事啊？再过五天，早些来见我！"

又过了五天，公鸡一打鸣，张良就出发赶到桥上。不料老人又先到了，老人说："又迟到，怎么回事啊？五天后再早点来。"

又过了五天，张良半夜就摸黑来到桥上等候。过了一会儿，老人也来了，高兴地说："小伙子，你这样才对！"

老人说着拿出一本书交给张良："你要下苦功钻研这本书。钻研透了，以后可以做帝王的老师，十年后有大成就。十三年后，小伙子你到济北来见我，谷城山下的黄石就是我。"然后老人就离开了。天亮后，张良看老人送的书，乃是《太公兵法》。张良觉得这本书不同寻常，于是常常用功钻研此书。

后来，张良研读《太公兵法》很有成效，成了汉高祖刘邦的重要谋士，为刘邦建立汉朝立下了汗马功劳。

张骞的故事

张骞是我国汉代杰出的外交家、旅行家、探险家，丝绸之路的开拓者。

那时候匈奴浑邪王归降汉朝，汉军将匈奴势力驱逐到大漠以北。至此盐泽以东不见匈奴踪迹，前往西域的道路可以通行。

张骞向汉武帝建议说："乌孙原来是匈奴的藩属，后来兵力渐渐强大，于是不肯再向匈奴称臣。匈奴就派兵对其进行讨伐，没有取胜，于是远去。现在匈奴单于受到我朝的沉重打击，而他们以前的辖地又空旷无人。蛮夷之族向来依恋故土，又贪图我朝的财物，如果我们送给乌孙重礼，并招他们东迁到过去的浑邪王辖地居住，与我朝结为友好之国，他们势必会听从我朝的调遣，这样一来就好像断了匈奴的右臂一般。并且一旦与乌孙结盟，其西面的大夏等国也都有可能被我们招来结为友好盟国。"汉武帝认为张骞说得有理，就任命他为中郎将，率领三百人出使西域。他们每人带两匹马，另外还带上数以万计的牛羊和价值无数的黄金缯帛。汉武帝还任命他们中的多人

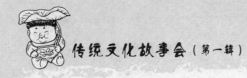

为手持天子符节的副使，如果沿路有通往别国的道路，也可以派副使前往。

张骞到乌孙后，乌孙王昆莫接见了他，但非常傲慢。张骞以汉廷的意旨晓谕他们说："乌孙如能东迁故地，那么汉朝就把公主许配给大王做夫人，两国也结成兄弟之国，共同抗击匈奴，那匈奴就不堪一击了。"但乌孙王认为自己远离汉朝，不知汉朝大小，而且长期以来一直臣服于匈奴，且距离匈奴很近，朝中大臣都畏惧匈奴，并不愿意东迁。张骞在乌孙留了很久，始终没有得到确切的答复，便遣副使分头出使大宛、康居、大月氏、大夏、安息、身毒、于阗和附近各小国。乌孙派翻译和向导送张骞和诸位副使一同回汉朝，同时又派数十人随张骞到汉朝答谢，并借机了解汉朝的实力。一年多以后，张骞派往大宛等西域各国的副使也同该国的使臣一起回到了汉朝。从此，西域各国开始了与汉朝的友好往来。

由于乌孙王不肯东迁，汉朝就在浑邪王旧地设置酒泉郡，从内地迁徙了一部分百姓前去居住，以充实该郡。后来又从这里分出一部分设置武威郡，以断绝匈奴通往羌族的道路。

张衡的故事

张衡是我国汉代著名的科学家、文学家，也是世界著名的科学家。他的名字已经和他发明的浑天仪、地动仪一起载入世界科技史册。

张衡所在的那个时期，经常发生地震，发生一次大地震，就会导致好几十个郡，城墙、房屋发生倒塌，还有许多人死伤。

当时的封建帝王和一般人都把地震看作是不吉利的征兆，有的人还趁机宣传迷信欺骗人民。但是，张衡却不信神，不信邪，他对记录下来的地震现象经过细心的考察和试验，发明了一个测报地震的仪器，叫作"地动仪"。

公元138年农历二月的一天，张衡的地动仪正对西方的龙嘴突然张开，吐出了铜球。按照张衡的设计，这就是报告西部发生了地震。

可是，那一天洛阳一点儿也没有地震的迹象，也没有听说附近有哪儿发生了地震。因此，大伙儿议论纷纷，都说张衡的地动仪是骗人的玩意儿，甚至有人说他有意造谣生事。

过了几天，有人骑着快马来向朝廷报告，离洛阳一千多里的金城、陇西一带发生了大地震，连山都崩塌下来的。大伙儿这才信服。可是在那个时候，朝廷掌权的全是宦官或是外戚，像张衡这样有才能的人不但不被重用，反而被打击排挤。张衡做侍中的时候，因为与皇帝接近，宦官怕张衡在皇帝面前揭他们的短，就在皇帝面前讲张衡很多坏话。于是，他被调出京城，到河间去当国相了。

张姓名人堂

张　仪：战国时期著名的纵横家、外交家和谋略家。

张仲景：东汉末年著名医学家，被后人尊称为"医圣"。他广泛收集医方，写出了传世巨著《伤寒杂病论》。

张　角：东汉末年黄巾军起义领袖，太平道创始人。

张　遂：即僧一行，唐代著名天文学家。

张　旭：唐代著名书法家，被后世尊称为"草圣"。

张择端：北宋著名画家，《清明上河图》的作者。

刘姓

刘姓的汉字演变

    "刘"的本义是杀、戮，含有大规模杀戮的意思。繁体字为"劉"，采用"刂"（刀）作形旁。《诗经》中有"胜殷遏刘，耆代尔功"，"刘"的本义我们现在已经不用了。"刘"字在古代也指斧钺类武器，象征皇权和帝国权威。现在，"刘"字多指姓氏。在中国历史上，"刘"是登基为帝人数最多的姓氏。

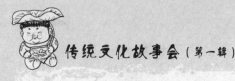

刘姓的起源

1. 炎帝尧陶唐氏之后。炎帝的后人祁氏被封于刘国（今河北省唐县），其子孙以国为姓，为刘氏正宗。

2. 周王室的后裔。相传周成王封王季的儿子于刘邑（今河南省偃师市），其后裔以封地为姓，即姬姓刘氏。

3. 他族、他姓改姓。汉高祖刘邦的女儿嫁给匈奴人领袖冒顿和亲。依照匈奴的习俗，贵者皆从母姓，于是公主所生子孙便为刘姓。北魏孝文帝迁都洛阳后将鲜卑族的复姓独孤氏改为汉字刘姓，成为当时的大姓之一。其他迁入中原的少数民族也有改作刘姓的。

4. 赐姓。刘邦为了感谢项伯曾多次救助自己，赐他刘姓，并对项伯的遗族多人封侯，皆赐刘姓。

刘姓名人的故事

刘邦的故事

刘邦是我国汉代的开国皇帝，是我国历史上杰出的政治家、卓越的军事家和战略指挥家。

公元前206年，刘邦带领军队在各路诸侯中最先到达灞上

（今西安市东）。秦王子婴驾着白车白马，把丝绳系在脖子上，捧着玉玺和符节，在轵道（亭名）旁投降。将领们有的说应该杀掉秦王。刘邦说："当初楚怀王（指秦末项梁起义后所拥立的楚王，是战国时楚怀王之孙）派我攻打关中，就是

认为我宽厚能容人；再说人家已经投降了，又杀掉人家，这么做不好。"于是刘邦把秦王交给主管官吏，向西进入咸阳。

刘邦想留在秦宫中，樊哙和张良劝阻他，于是他下令把秦宫中的金银财宝封在库房里，然后率军退回灞上。之后，刘邦召集关中各县（秦朝推行郡县制度）的长者和有才德、有名望的人，对他们说："民众被秦朝苛刻的法令压迫太久了，我和诸侯们有约定，谁首先进入关中，就在这里做王，所以我应当做关中王。现在我和大家约定，法律只有三条：杀人者处死刑，伤人和偷盗的治罪，其余秦朝的法律全部废除。所有官吏和百姓各司其职，安居乐业。总之，我到这里来，就是要为百姓除害，不会对你们有任何侵害，请不要害怕！而我之所以把军队撤回灞上，是想等着各路诸侯到来，共同制定法规。"

秦地的百姓觉得刘邦宽大仁慈、军纪严明，于是拥立他在关中做王。

刘备的故事

刘备是三国时期蜀汉的开国皇帝，是我国历史上著名的政治家。

刘备曾两次前往隆中拜访诸葛亮，诚心诚意地邀请他出山，辅助自己实现统一中国的大业，但都没有见着。

冬去春来，刘备决定第三次到隆中去，可是他的结拜兄弟关羽和张飞都不同意。张飞嚷道："这次用不着大哥亲自去。诸葛亮如果不来，我用一根麻绳就能把他捆来了！"刘备生气地说："你一点儿也不懂得尊重人才，这次你就不要去了！"张飞答应不再无礼，兄弟三人才一起上路。

他们来到隆中，只见那里的山冈蜿蜒起伏，好像一条等待时机腾飞的卧龙。冈前几片松林疏疏朗朗，潺潺的溪流清澈见底，茂密的竹林青翠欲滴，景色秀丽宜人。离诸葛亮的住处还有半里多地，刘备就下马步行。到了诸葛亮的家，刘备上前轻轻敲门。出来开门的童子告诉刘备，诸葛先生正在草堂午睡。刘备让童子不要叫醒先生，吩咐关羽、张飞在门口等着，自己

轻轻地走进去，恭恭敬敬地站在草堂的台阶下等候。等了半晌工夫，诸葛亮翻了一个身，又睡着了。又等了一个时辰，诸葛亮才悠然醒来。刘备快步走进草堂，同诸葛亮见面。

诸葛亮分析了当前群雄纷争的形势，提出了三分天下、最后帮刘备取胜的策略。刘备听了茅塞顿开，像拨开云雾见到了太阳。

诸葛亮出山后，刘备把他当成自己的老师一样对待，两人同桌吃饭，同榻睡觉，一起讨论天下大事。刘备高兴地对关羽、张飞说："我得到诸葛先生，就像鱼儿得到水一样啊！"

刘徽的故事

刘徽是我国历史上伟大的数学家，是我国古典数学理论的奠基人之一。他的杰作《九章算术注》和《海岛算经》，是我国最宝贵的数学遗产。刘徽思维敏捷，方法灵活，既提倡推理又主张直观。他是我国最早明确主张用逻辑推理的方式来论证数学命题的人。刘徽的一生是为数学刻苦探求的一生，他给我们中华民族留下了宝贵的财富。

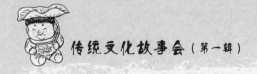

刘徽在数学上的贡献极多，他在开方不尽的问题中提出"求徽数"的思想，这种方法与后来求无理根的近似值的方法一致，它不仅是圆周率精确计算的必要条件，而且促进了十进小数的产生；在线性方程组解法中，他创造了比直除法更简便的互乘相消法，与现今解法基本一致；他在中国数学史上第一次提出了"不定方程问题"；他还建立了等差级数前n项和公式；他提出并定义了许多数学概念：如幂（面积）、方程（线性方程组）、正负数，等等。

刘徽首创的割圆术，为计算圆周率建立了严密的理论和完善的算法。所谓割圆术，就是不断倍增圆内接正多边形的边数求出圆周率的方法。当时，刘徽一直潜心钻研着圆周率的计算。一次，他看到石匠在加工石头，觉得很有趣就仔细观察了起来。"哇！原本一块方石，经石匠师傅凿去四角，就变成了八角形的石头。再去八个角，又变成了十六边形。"一斧一斧地凿下去，一块方形石料就被加工成了一根光滑的圆柱。

谁会想到，在一般人看来非常普通的事情，却触发了刘徽智慧的火花。他想："石匠加工石料的方法，可不可以用在圆周率的研究上呢？"

于是，刘徽采用这个方法，把圆逐渐分割下去，一试果然有效。他发明了亘古未有的"割圆术"。他沿着割圆术的思路，从圆内接正六边形算起，边数依次加倍，相继算出正十二

边形，正二十四边形……直到正一百九十二边形的面积，得到圆周率π的近似值为157/50（3.14）；后来，他又算出圆内接正3072边形的面积，从而得到更精确的圆周率近似值：π≈3927/1250（3.1416）。

刘姓名人堂

刘　彻：汉武帝，我国历史上杰出的政治家。

刘　向：西汉经学家、文学家，编订并命名了《战国策》。

刘　洪：东汉时期天文学家、数学家，为珠算做出重要贡献。

刘义庆：南朝宋文学家，组织编撰了《世说新语》。

刘　勰：南朝梁文学理论家、文学批评家，著有《文心雕龙》。

赵姓

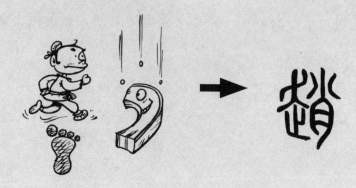

　　"赵"是形声字。本字"趙"，左边是形旁"走"，像是一个人快步行进；右边是声旁"肖"，有一种说法是"肖"为少昊时期东夷部落的鸟图腾，表示供奉于神案上的玄鸟燕子。《说文解字》中说："趙，趨趙也。"意为快步疾走的意思。现代"赵"更多的是作为姓氏和国名为公众所用。

赵姓的起源

1. 西周时期，造父平定叛乱有功，周穆王把赵城（今山西洪洞县赵城镇）赐给了他。造父的后人就以城名为姓。

2. 赐姓而来。如：宋朝建立后，赐党项族首领赵姓。

赵姓名人的故事

赵襄子的故事

赵襄子是春秋末期晋国的大夫，赵氏家族首领，也是战国时期赵国的实际创始人。

赵襄子当政的时候，翟国军队入侵了他的封地。赵襄子大怒，马上派新稚穆子率领大军驱逐入侵者。

新稚穆子不负赵襄子的厚望，一战大败敌军，他乘胜追击，反而攻占了翟国的左人城和中人城。新稚穆子立即派人回去把这件事报告给赵襄子。

使者到的时候，赵襄子正在吃饭。听完了使者的报告，赵襄子不但没有喜形于色，反而露出了忧愁的神色，静静地坐在

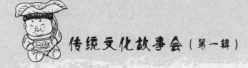

那里思考。

家臣们对赵襄子的举动很不理解，有一个人问："新稚穆子率军不仅打败了敌人，还一下子攻占了翟国的两座城池。这本应是一件很令人高兴的事啊，可现在您却面有忧色，这是为什么呢？"

赵襄子叹了口气说："唉，长江黄河涨水，不超过三天就会退落；暴风骤雨也不可能持续整天。现在我们赵氏的德行并没有什么丰厚的积蓄，却一下子取得这么大的胜利，灭亡恐怕是要让我赶上了！"

孔子听到赵襄子的话后，评论道："赵氏要昌盛啦！赵襄子能预见到忧患，这就是昌盛的原因了。要打胜仗并不是困难的事，要保持胜利才是困难的。贤明的君主就是以这种态度保持胜利的，所以他们造福延续后世。齐楚吴越都曾经打过胜仗，然而终是自取灭亡，这是由于不懂得保持胜利果实的道理所致，只有有道德的君主才能保持胜利。"

赵襄子十分懂得居安思危的道理。忧虑是昌盛的基础，过分高兴是灭亡的起点。取得胜利并不是很困难的事情，而保持住胜利才是件困难的事。只有贤明的人才会依据这种认识，保持住成功的果实，从而传之于后世。

赵奢的故事

赵奢是战国时期赵国的大将。公元前271年，赵奢担任赵国的税务最高长官。赵国都城邯郸城里，赵王的弟弟平原君开了九家大型店铺，分别由其九个管事负责，这九个管事倚仗权势，偷税逃税，抗拒缴纳国家税款，并将前去收税的税务官打伤。赵奢听闻此事，为了维护税法的尊严，冒着被罢官、被杀的危险，依据当时的法律，果断地处死了这九个管事。

这下子可把平原君惹火了，他气势汹汹地找赵奢算账，扬言要杀死赵奢。赵奢镇定自如，据理力争："你是赵国国内受人敬重的权贵，如果任凭你家藐视税法，那么国家法律的力量就会被削弱；国家法律的力量被削弱了，那么国家的实力就会被削弱；国家的实力如果被削弱了，那么周边的其他国家就会虎视眈眈，趁机侵犯我国，到时候，赵国没有了，你还有什么富贵荣华？以你平原君所处的地位，如果能奉公守法，上下才能团结一致；上下团结一致，国家才能强大，国家强大了，政权才能稳定。"

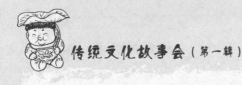

平原君被赵奢的这一番大义凛然的话深深感动了，顿时怒气全消，内心十分惭愧，悄悄地走了。

赵奢的秉公执法，不徇私情，很快使赵国财物充实，国泰民安。赵国也由一个不太富足的国家，一步步成为战国七雄之一。

赵光义的故事

宋太宗赵光义很重视读书，即使身为皇帝，日理万机，也从来不肯放松，他命令李昉、李穆、徐铉等著名文士编写一部规模巨大的百科全书。这部书从公元977年一直编到公元983年，也就是太平兴国八年才宣告完成，所以称作《太平总类》。这部《太平总类》可是一部不折不扣的巨著，此书共有五十五部五百五十门，分为一千卷，摘录了宋朝以前一千六百多部古籍的重要内容。宋太宗非常高兴，决心要在一年内通读它，为此他把书名改成了《太平御览》。大臣们觉得这个计划太费精力，纷纷劝宋太宗不要这么辛苦。宋太宗却说："只要打开书

来阅读就会从中得到好处，我不觉得这有什么劳神的。"

赵光义说到做到，真的为自己制订了严格的读书计划，每天都要读满三卷。如果当天有事不能完成，那么第二天一定要补上。坚持不懈的读书和学习让宋太宗大开眼界，学识也渐渐渊博起来，处理国家大事得心应手。受他的鼓舞，大臣们纷纷效仿，朝廷里兴起了读书学习的好风气，就连平时不爱读书的宰相赵普也开始阅读《论语》，被人称赞为"半部《论语》治天下"。正像宋太宗所说的那样，打开书本，就会得到好处。保持阅读的习惯，就一定会有丰富的积累。

赵姓名人堂

赵　雍：即赵武灵王，战国时期赵国国君，著名政治家、改革家，推行"胡服骑射"，提高了赵国的军事战斗力。

赵　云：三国时期蜀汉大将，五虎上将之一。

赵匡胤：军事家、武术家，宋朝开国皇帝。

赵　普：北宋开国贤相，政治家，有"半部《论语》治天下"之说。

赵孟頫：南宋末至元初著名书法家、画家、诗人，楷书四大家之一。

周姓

周姓的汉字演变

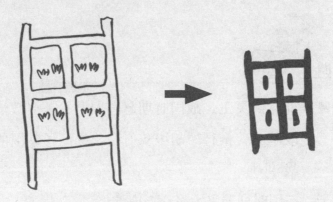

　　"周"的本义就是作物生长旺盛，显出密密麻麻的样子，稠密、遍布而没有疏漏。甲骨文中的"周"，字形就像是古人耕作时的方田，每个小方格里的点，代表田里种植的农作物。在金文中，又在字形的下方加入了一个"口"，代表将禾苗插在碗中，以祭祀谷神。

周姓的起源

1. 战国时期，弱小的周朝被秦国所灭。周王族都被废为庶人，并迁到今河南汝州一带。当地人称其为周家，于是他们就以"周"为姓。

2. 避讳改姓。如：唐朝时，唐玄宗名叫李隆基，为了避"基"音之讳，把姬姓改为周姓。

3. 少数民族改姓。如：鲜卑族中有贺鲁氏，后改为周姓。

周姓名人的故事

周亚夫的故事

周亚夫是我国西汉时期著名的军事家。

汉文帝后元六年（公元前158年），雄踞北方的匈奴大举进犯汉朝边境，锋芒直指都城长安。

面对万分紧急的军情，汉文帝采纳众文武大臣的建议，在长安附近的灞上、棘门和细柳三处部署重兵，设置军营，互为掎角，守卫

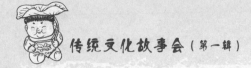
都城。周亚夫担任了细柳营的镇守将军。

为了视察防务和鼓舞士气，汉文帝决定亲自到各个军营走一走，和将士们见见面。

这天风和日丽，汉文帝带着随从人员出动了。他们到达灞上和棘门这两个军营时，镇守将军和属下都在营门外迎候。汉文帝一到，立即营门大开，鼓乐齐鸣，士兵欢跃，热闹的场面像过节一样。汉文帝和随从们进了营门后，仍然骑马疾驰，直奔将军帐前。临走时镇守的将士们又送出营门很远很远。

可是汉文帝一行来到周亚夫统辖的细柳营时，却见营门紧闭。守营将士全副武装，完全是准备战斗的样子。

看见这种情景，汉文帝的随从们很不高兴。他们在营前高声叫喊："皇帝到了，你们还不赶快打开营门接驾？！"

只听把守营门的将士说："将军没有下命令，谁也不敢打开营门！"

随从人员把这些话如实地报告了汉文帝。汉文帝听后，遂让人持节传达他的圣旨："我今天来军营视察和劳军，请周亚夫将军传令打开营门。"

周亚夫闻旨，才下达了打开营门的命令。不过，他又让把守营门的将士传话："军中有规定，进门要下马，军营内不得骑马快跑。"

遵照军中规定，汉文帝一行进了营门后就下马徒步缓进。

走到将军帐前时，只见周亚夫身穿盔甲，威风凛凛地前来迎接。他对汉文帝拱拱手，作了个揖，就说："我军务在身，不便下跪，只能以军礼相迎，请皇上谅解。"汉文帝微笑着点头表示赞同。

在周亚夫的陪同下，汉文帝巡视了细柳营，慰劳了营中将士。临走时，营中将士各守其位，没有任何欢送的场面。

汉文帝一行走出营门后，随行人员就议论纷纷。有些人认为，周亚夫这么做是对皇上的大不敬，应该教训才行，但是汉文帝却对周亚夫赞不绝口。他说："军营中就应该只听从将军的命令，时刻处于戒备状态。周亚夫这么做表现出他是个真正的将才。灞上和棘门的欢迎场面和儿戏一般，试想如果刚才匈奴的飞骑突然而至，那些开营门的将士恐怕就只能当俘虏了。"大家听了这番话，都觉得汉文帝说得很对。

为了奖励周亚夫严于治军的作风，汉文帝晋升他为负责保卫长安六座城城门的军事长官。不久，周亚夫就统率汉朝大军，经过激烈战斗，把匈奴赶到了长城之外。

周瑜的故事

周瑜是三国时期吴国的名将。

赤壁之战的时候，刘备和孙权联手对抗曹操，诸葛亮和周

瑜共同商定用火攻。

一天夜里，周瑜对老将黄盖说："我准备利用蔡中、蔡和为曹操通报消息的机会，对曹操实行诈降计，但要使曹操相信，必须要有人受些皮肉之苦啊！"

"我甘愿先受重刑，然后再向曹操诈降。"黄盖答道。

第二天，周瑜召集诸将于大帐之中，他命令诸将各领取三个月的回粮草，分头做好破曹的作战准备。黄盖打断周瑜的话，说："不要说三个月，就是三十个月的粮草也没用。如果一个月之内不能击败曹操，还不如束手就擒。"

周瑜听到这种灭自家威风、长他人志气的话后，勃然大怒，喝令左右："将黄盖推出帐外，斩首示众！"

黄盖也不示弱，他以旧臣的资格倚老卖老，根本不把周瑜放在眼里。这让周瑜更加怒不可遏，挥手说道："拖出去，立即斩首！"

众人不知是计，大将甘宁替黄盖求情，被一阵乱棒打出大帐。大家见周瑜正在气头上，黄盖即将被处死，便一齐跪下，为黄盖求情。周瑜这才松了口，看在众人的面子上，将立即斩决改为重打一百杖。众人觉得惩罚过重，仍苦求周瑜高抬贵手。周瑜

寸步不让，而且掀翻案桌，斥退众官，喝令立刻行杖。

行刑的士兵把黄盖掀翻在地，狠狠地打了五十杖。官员们再次苦苦哀求，周瑜这才不说话，愤愤地退入帐中。

周瑜和黄盖演的苦肉计，瞒过了所有的文武官员。皮开肉绽的黄盖令人向曹操送去诈降书信，老谋深算的曹操将信将疑。恰在此时，已加入周瑜帐下的蔡中、蔡和两人也派人送来了周瑜怒打黄盖的密报。曹操这才相信了。

一天夜里，刮起了东南风。黄盖率战船十艘，上面装满浇了油的柴草，谎称投降，向北岸的曹营驶去。

接近曹营时，黄盖命各船一起点火，直扑曹操的水军。曹军战船立刻被烧着，火势借助风蔓延到北岸营寨。这时，周瑜率领大队水军乘势从南岸发起进攻。曹军伤亡惨重，曹操率领军队从华容道逃回了江陵，才得以脱险。

"周瑜打黄盖"后来演变成为一条歇后语：周瑜打黄盖——一个愿打，一个愿挨。用来比喻两方面都愿意的事情。

鲁迅的故事

鲁迅，浙江绍兴人，原名周樟寿，后改名周树人，是我国伟大的无产阶级文学家、思想家和革命家，中国现代文学的奠基人。"鲁迅"是他1918年发表《狂人日记》时所用的笔名，

也是他影响最为广泛的笔名。毛泽东曾评价："鲁迅的方向，就是中华民族新文化的方向。"

有人说鲁迅是天才，可他自己说："哪里有天才？我是把别人喝咖啡的工夫都用在工作上的。"鲁迅总想在较少的时间内为革命做更多的事情。他曾经说过："节约时间，就等于延长一个人的生命。"他工作起来从不知道疲倦，常常白天做别的工作，晚上写文章，一写就写到天亮。他在书房里，总是坐在书桌前不停地工作，有时也靠在躺椅上看书，他认为这就是休息。

鲁迅到了晚年，对于时间抓得更紧。不管斗争多么紧张，环境多么恶劣，身体多么不好，他仍是如饥似渴地学习，夜以继日地忘我工作。有病的时候，他就想着病好了要做什么事；病稍好一些，就动手做起来。他逝世前不久，体温很高，体重减轻到不足八十斤，可他仍然不停地用笔做武器，同敌人战斗。他在逝世的前三天，还给别人翻译的苏联小说集写了一篇序言；在逝世的前一天，还记了日记。鲁迅一直战斗到离开人世的那一天，从没浪费过时间。

鲁迅不仅爱惜自己的时间，也珍惜别人的时间。他参加会

议，从来不迟到，绝不叫别人等他。就是下着大雨，他也总是冒雨准时赶到。他曾经说过："时间就是生命，无端地空耗别人的时间，无异于谋财害命。"

周姓名人堂

周　勃：西汉开国将领、宰相。

周敦颐：北宋理学家、思想家、文学家、哲学家。

周邦彦：北宋词人，婉约词的集大成者。

周恩来：伟大的马克思主义者，伟大的无产阶级革命家、
　　　　政治家、军事家、外交家。

周培源：我国著名流体力学家、理论物理学家、教育家和
　　　　社会活动家，我国近代力学奠基人和理论物理奠
　　　　基人之一。

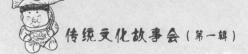

吴姓

吴姓的汉字演变

　　"吴"字本义为大声说话，是一个会意字。该字上边为"口"，其古文字形很像是张开的嘴；下边则是打着手势的人的形状。隶书和楷书中的"吴"，下边为"天"，而"天"有大的意思，这里表示说话的声音很大。"吴"后作为国名，春秋时期有诸侯国吴国，三国时有东吴。后"吴"泛指江浙一带，语言称为"吴语"，"吴"成为江浙地区文化的统称。

40

吴姓的起源

1. 周武王灭商后，封周王室贵族周章为诸侯，建立了吴国（位于今江苏、安徽两省长江以南部分）。吴国被越国所灭后，其后代子孙为记其耻，便以国名为姓，称吴姓。

2. 舜的后代有封在虞地的，"虞"与"吴"古音相近，所以有人改姓吴。

吴姓名人的故事

吴起的故事

吴起是我国战国初期的军事家、政治家、改革家，兵家代表人物。

魏武侯曾向吴起询问国君继位后第一年称作"元年"的含义，吴起回答说："元年就是国君必须要行事谨慎。"魏武侯问："如何行事谨慎？"吴起说："君主必须端正自身。"魏武侯又问："君主应当怎样端正自身？"吴起回答说："君主要明智，心智不明的话有什么办法能端正自

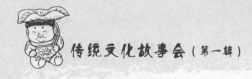

身呢？那应当广开言路并从中选择，使自己的心智聪明。古代的君主一开始处理国政时，士大夫如有进言、士人如有请见、百姓如有请求，君主一定会满足他们；公族如果有人来请安问候一定接见他们；四方有人来投奔都不拒绝。这算是君主言路不受堵塞、双眼不受蒙蔽的方法。君主分赏俸禄必须要周到，使用刑罚必须要恰当，一定要宅心仁厚，时常惦记着百姓的利益，消除百姓的祸患，这样就不会失去民心。君主自身的作风要正派，亲信的大臣必须亲自挑选任用，大夫不能兼任其他的职务，管理百姓的权力不能掌握在一个家族手中，这样君主就不会失去权力。这都是《春秋》中的嘱托，也是君主继位后第一年必须要做的大事。"

魏武侯处理政事得当，大臣中没有谁能比得上他。魏武侯退朝后面带喜色，吴起上前对他说："有人曾把楚庄王的话告诉过您吗？"魏武侯问："楚庄王是怎么说的？"吴起回答说："楚庄王处理政事得当，大臣中没有谁能比得上他，退朝后他面带忧色。申公巫臣上前询问其原因，楚庄王说：'我处理政事得当，大臣中没有谁能比得上我，我深感忧虑。忧虑的原因就在仲虺的话中，他说，诸侯中能得到师傅的可称王得天下，得到朋友的可称霸诸侯，得到提出疑问的人的能够保全国家，自行谋划而没有谁能比得上的会灭亡。现在凭我这样的本事，大臣中没有谁能比得上我，我的国家将要灭亡了！因此我

深感忧虑。'楚庄王因此而忧虑，而您却因此而高兴。"魏武侯后退了几步，拱手向吴起拜了两次说："是上天派先生来挽救我的过错啊！"

吴道子的故事

　　吴道子是我国唐代著名的画家，被称为"画圣"。

　　吴道子少年时就失去了父母，只好背井离乡，出外谋生。后来，他拜柏林寺一位老和尚为师，专门学画。

　　一天，老和尚将吴道子领到后殿，指着雪白的墙壁说："我想在上面画一幅《江海奔腾图》，可画了很多次都不像真的海浪。明天起我带你到各地的江河湖海周游三年，回来再画。"

　　第二天一大早，吴道子收拾好行李，跟着老和尚出发了。走到哪里，老和尚都叫吴道子练习画水。起初吴道子还很认真，可时间一长，他就有些不耐烦了，心想：这得画到什么时候啊！老和尚见此，把吴道子叫到身边，说："孩子呀，要想把江河湖海奔腾的气势画出来，非下苦功不可，而且你还要

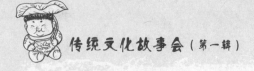

一个水珠、一朵浪花地画！"说完，老和尚又打开随身带的木箱，吴道子一看就愣住了：这满满一箱画稿，画的全是一个水珠、一朵浪花或一层水波！

吴道子知道错了。从此，他每天早出晚归，学画水珠、浪花，即便是风雨天，也打着伞到海边观望水波浪涛的变化。

光阴似箭，一晃三年过去了。吴道子画水很有长进，得到了老和尚的赞赏。不料，回寺的第二天，老和尚竟病倒了。

要不我替老师实现创作《江海奔腾图》这个愿望吧！吴道子心想。于是，他走进后殿整整九个月没有出来，吃喝睡全在殿堂里边，精心构思这幅画。

深秋的一天，吴道子跑出后殿，跪在老和尚面前激动地说："师傅，我把《江海奔腾图》画出来了！请您观赏。"老和尚听后，沐浴更衣，领着全寺的和尚来到了后殿。

吴道子把后殿大门轻轻打开，只见波涛汹涌，水浪迎面扑来，一个和尚大声惊呼道："不好啦，天河开口了！"众和尚吓得你挤我撞，争着逃命。老和尚站在殿门口，看着扑面而来的浪花仰天大笑，对吴道子说："孩子，你画的这幅《江海奔腾图》太成功啦！"

从那以后，来柏林寺观赏临摹《江海奔腾图》的文人画师络绎不绝。但吴道子并不骄傲，他更加刻苦地练习，终于成了唐朝著名的画家，后世尊他为"画圣"。

吴敬梓的故事

清朝初年，中国出了一位杰出的讽刺文学巨匠，他就是《儒林外史》的作者吴敬梓。

吴敬梓的家庭，本是安徽全椒县的名门大户，家里奴仆成群，门前宾客如云。可传到吴敬梓这一代的时候，家道开始衰落。吴敬梓常常戴着土里土气的"马虎帽子"，到茶馆里自斟自饮，消愁解闷。

有一天，吴敬梓正在茶馆里喝茶，全椒县里几个有名的花花公子也来了。

他们一瞧吴敬梓这副"寒酸"样，就你一言我一语地奚落起来："这是什么打扮？百姓不像百姓，朝举不像朝举。""你们看，他那帽子里蹲着只乌龟呢！"吴敬梓实在听不下去了。本来，他真想冲上前去，用拳头狠狠地教训他们一顿。可转念一想，自己势单力薄，弄不好，会吃亏的。于是，便端起面前那把茶壶，先是端详、抚弄了一番，然后旁若无人地赋起一首诗来：嘴尖肚大柄儿高，壶水未满先摇晃，量小不能容大佛，半寸黄水起波涛。

寥寥数语，尖锐、辛辣地嘲讽了这伙道貌岸然、不学无术的公子哥。

诗毕，吴敬梓昂然起身，拂袖而去。茶馆里，花花公子们你看我，我看你，一个个都变成了"哑巴""傻瓜"。

吴姓名人堂

吴　广：秦末农民起义领袖，与陈胜发动大泽乡起义。

吴承恩：明代文学家，名著《西游记》作者。

吴三桂：明末清初将领。

吴趼人：清代小说家，著有《二十年目睹之怪现状》等。

吴昌硕：清代篆刻家、书画家。

徐姓

徐姓的汉字演变

　　"徐"是会意字，古时"徐""余"通用。在甲骨文中，"余"表示搭于树上的简易茅屋，反映出先祖树上筑巢的艰辛生活环境。在金文中，左边加入了很明显的"彳"的部分，"彳"是行走的意思，样子像一个人在行走，两边合起来表示人在路上走走歇歇，从容旅行。《说文解字》中说："徐，安行也。""徐"的本义就是"慢步走""安稳缓行"。后来发展为副词，表示"缓慢地""从容地"。

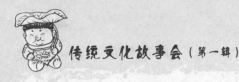

徐姓的起源

1.大禹将大臣伯益的大儿子若木封在徐（今安徽泗水北），建立徐国，若木的子孙就以封国名为姓。

2.他姓所改。如：五代时期，有李姓的人改为徐姓。

徐姓名人的故事

徐福的故事

徐福是我国秦朝著名的方士，曾担任秦始皇的御医。秦始皇时期，徐福率领三千童男童女自山东沿海东渡，传说遍及韩国南部与日本，成为历史上中日韩文化交流的一段佳话，几千年来一直是人们研究和探讨的一个热门话题，至今已成为先秦史、秦汉史、中外关系史、航海史、民俗学、宗教学、考古学等综合性多学科研究课题，有极为重要的学术价值。

　　秦始皇做了皇帝之后就一直想成仙。有一次，他东巡到了泰山，又率仪仗队伍浩浩荡荡地前往渤海。抵达海边后，秦始皇登上一座小岛，只见远处大海之上出现了高山、河流，甚至还有人群在走动，景色异常壮观。其实，这种景象就是现在人们常说的海市蜃楼，一种物理现象而已。

　　然而，有些人为了迎合秦始皇想要成仙、追求长生不老的心理，便将这说成是传说中的海上仙境。其中徐福对秦始皇说："皇帝陛下，海中有三座仙山，山上有仙人居住，如果到那里就可以得到长生不老的仙药。"

　　秦始皇听后非常高兴，便问徐福如何去仙山，如何得到仙药。

　　徐福回答说："陛下要准备黄金万两，以及童男、童女数千人跟随我一起出海，才能获得。"

　　秦始皇欣然答应了徐福的要求。然而，最终徐福什么也没有带回来。他怕皇帝怪罪，便自称已经见到了各路神仙，只是神仙说带给他们的礼物太少了，拒绝给仙药。

　　又过了几年，秦始皇想再次派徐福出海寻求仙药。这次他准备了比上次多得多的黄金，又派了童男、童女三千人以及各种工匠数百人。

　　但秦始皇再也等不到徐福的音讯了。因为徐福去了之后再也没回来，有人说他到了日本。

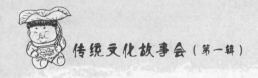

徐霞客的故事

徐霞客是明代著名的地理学家、旅行家。他风餐露宿，历尽艰险，踏遍了祖国的山山水水。

一次，他和朋友一起攀登黄山的天都峰。天都峰是黄山的第一高峰，上山的道路很陡，几乎是直上直下，使人望而生畏。走了一段路，他的朋友就抱怨起来："这路真难走，我的衣服都被汗湿透了。"

徐霞客笑着说："我还好，咱们慢慢走吧！"

又走了一段路，到了半山腰，他的朋友气喘吁吁地说："我的包袱太重，我背不动了。"

徐霞客接过他的包袱说："我的包袱不太重，我帮你背吧！"

好不容易爬到了离峰顶不远的地方，他的朋友喘着粗气，精疲力竭地说："我的鞋磨破了，脚掌也磨出了血，我实在走不动了。"说着，他坐在地上就不想起来了。

"我的包袱里还有一双鞋，你换上吧！"徐霞客把鞋递给朋友，热情地鼓励说，"我们慢慢走，一定可以走上去！"

他们好不容易登上峰顶。他的朋友这时才发现，徐霞客的衣服比自己的湿得还厉害，两个包袱把他的腰都压弯了，两只鞋都磨开了口子，脚掌也流着血。他的朋友惭愧地说："原来你并不比我轻松，可你为什么一点儿不叫苦呢？"

徐霞客回答说："上山怎么会没有困难呢？如果我们俩都叫苦，互相抱怨，恐怕我们两个人就都上不来了。"

徐悲鸿的故事

徐悲鸿是我国现代著名画家、美术教育家，曾留学法国学习西画，归国后长期从事美术教育。他所作国画彩墨浑成，尤以奔马享名于世。

1919年春天，年轻的画师徐悲鸿考取了巴黎高等美术学院，后来又向法国的绘画大师达仰学画。达仰很看重这位刻苦努力的中国学生，热情地指导他，这却引起了一些人的嫉妒。

一天，一个外国学生很不礼貌地冲着徐悲鸿说："徐先生，我知道达仰很看重你，但你别以为进了达仰的门就能当画家。你们中国人就是到天堂去学习，也成不了才！"

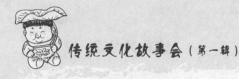
徐悲鸿被激怒了，但是他知道，靠争论是无法改变别人的无知和偏见的，必须用事实让他们重新认识一下真正的中国人！

从此，徐悲鸿更加奋发努力，他像一匹不知疲倦的骏马，日夜奔驰，勇往直前。

当时，巴黎的博物馆里陈列着许多欧洲绘画大师的作品，每逢节假日，徐悲鸿就进馆临摹。他画呀，画呀，常常一画就是一整天。经过潜心临摹，徐悲鸿的画技有了很大的提高。

功夫不负有心人。三年过去了，徐悲鸿在巴黎高等美术学院以优异的成绩通过了结业考试。他创作的油画在巴黎展出时，轰动了整个画界。

那个外国学生看了徐悲鸿的作品，非常震惊，他找到徐悲鸿，鞠了一躬说："你们中国人真了不起！"

徐姓名人堂

徐　幹：东汉末年哲学家、文学家，建安七子之一。

徐　庶：字元直，三国时期名士。

徐　达：明代开国将领，淮西二十四将之一。

徐光启：明代杰出的科学家、农学家、天文学家。

徐志摩：中国诗人、散文家，代表作有《再别康桥》等。

孙姓

孙姓的汉字演变

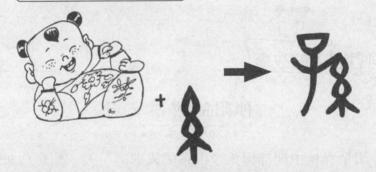

"孙"字为会意字,其繁体字为"孫",由"子"和"系"两部分构成。其中,"系"可理解为继承、连接,所以该字的本义为儿子的儿子,表示的是人与人之间的一种血缘关系。"孙"在古代通"逊",有恭顺之义。"孙"又泛指后代子孙。

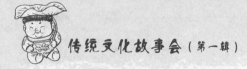

孙姓的起源

1. 春秋时期，卫国王室的后代姬武仲为纪念其祖父惠孙，便将自己的姓改为"孙"，他的后代便以"孙"为姓。

2. 春秋时期，楚国王族之后芳敖，字孙叔，史称孙叔敖，是楚国著名的贤臣，他的后人为纪念他，就以他的字"孙叔"中的"孙"为姓。

3. 春秋时期，陈厉公之子陈完，因故逃到齐国，改姓田，他的后人田书，因有功被齐景公赐姓孙。

孙姓名人的故事

孙阳的故事

孙阳是春秋中期郜国（今山东成武东南）人。他对马非常有研究，马的好坏优劣，他一眼就能看出来，被他相中的马，价格极高。于是人们以神话中掌管天马的神仙的名字——伯乐来称呼他。

一次，伯乐受楚王的委托，购买能日行千里的骏马。伯乐向楚王说明，千里马少有，找起来不容易，需要到各地巡访，请楚王不必着急，他会尽力将事办好。

伯乐跑了好几个国家，连素以盛产名马闻名的燕赵一带都仔细寻访，辛苦备至，还是没发现中意的良马。一天，伯乐从齐国返回，在路上看到一匹马拉着盐车，很吃力地在陡坡上行进。马累得呼呼喘气，每迈一步都十分艰难。伯乐对马向来亲近，不由得走到跟前。马见伯乐走近，突然昂起头来瞪大眼睛，大声嘶鸣，好像要对伯乐倾诉什么。伯乐立即从声音中判断出，这是一匹难得的骏马。

伯乐对驾车的人说："这匹马在疆场上驰骋，任何马都比不过它，但用来拉车，它却不如普通的马。你还是把它卖给我吧。"

驾车人认为伯乐是个大傻瓜，他觉得这匹马太普通了，拉车没力气，吃得太多，骨瘦如柴，毫不犹豫地同意了。伯乐牵走千里马，直奔楚国。伯乐牵马来到楚王宫，拍拍马的脖颈说："我给你找到了好主人。"千里马像明白伯乐的意思，抬起前蹄把地面震得咯咯作响，引颈长嘶，声音洪亮，如大钟石磬，直上云霄。楚王听到马嘶声，走到宫外。伯乐指着马说：

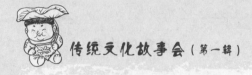
"陛下，我把千里马给您带来了，请看。"

楚王一见伯乐牵的马瘦得不成样子，认为伯乐糊弄他，有点不满意，说："我相信你会看马，才让你买马，可你买的是什么马呀，这马连走路都很困难，能上战场吗？"

伯乐说："这确实是匹千里马，不过拉了一段车，又饲养不精心，所以看起来很瘦。只要精心喂养，不出半个月，一定会恢复体力。"

楚王一听，将信将疑，便命马夫尽心尽力把马喂好，果然，马变得精壮神骏。楚王跨马扬鞭，但觉两耳生风，喘息的工夫，已跑到百里之外。后来千里马为楚王驰骋于沙场立下不少汗马功劳。楚王对伯乐更加敬重。

孙武的故事

孙武是我国春秋时期著名的军事家、政治家，被后世尊称为"兵圣""百世兵家之师""东方兵学的鼻祖"。

当时，吴王阖闾为了争夺霸主地位，迫切需要拜请一位能够领兵作战的将军。恰在这时，他得到了孙武写

的《兵法》十三篇，读完之后十分着迷，于是，派人把孙武请进王宫，很客气地说："您的《兵法》我已读过了，其中的见解很精辟，能不能实际演练演练呢？"

孙武回答说："可以。"吴王又问道："先生打算用什么样的人去演练？"孙武答："随君王的意愿，用什么样的人都可以。不管是高贵的还是低贱的，也不论是男的还是女的，都可以。"吴王想给孙武出个难题，便要求用宫女来演练。

于是，吴王下令将一百八十名宫女召到宫后的练兵场，交给孙武去演练。孙武把一百八十名宫女分为左右两队，指定吴王最为宠爱的两位美姬为左右队长，让她们带领宫女进行操练，同时指派自己的驾车人和陪乘担任军吏，负责执行军法。

分派已定，孙武站在指挥台上，认真宣讲操练要领。他问道："你们都知道自己的前心、后背和左右手吧？向前，就是目视前方；向左，视左手；向右，视右手；向后，视后背。一切行动，都以鼓声为准。你们都听明白了吗？"宫女们回答："听明白了。"安排就绪，孙武便击鼓发令，然而尽管孙武三令五申，宫女们口中应答，内心却感到新奇、好玩，她们不听号令，捧腹大笑，队形大乱。孙武便召集军吏，根据兵法，斩两位队长。

吴王见孙武要杀掉自己的爱姬，马上派人传命说："寡人已经知道将军能用兵了。没有这两个美人侍候，寡人吃饭也没

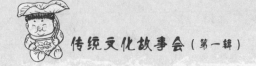

有味道。请将军赦免她们。"孙武毫不留情地说："臣既然受命为将，将在军中，君命有所不受。"

孙武执意杀掉了两位队长，任命两队的排头充当队长，继续练兵。当孙武再次击鼓发令时，众宫女前后左右，进退回旋，跪爬滚起，全都合乎规矩，队形十分整齐。孙武传人请吴王检阅，吴王因为失去爱姬，心中不快，便托词不来，孙武便亲见吴王。他说："令行禁止，赏罚分明，这是兵家的常法，为将治军的通则。对士卒一定要威严，只有这样，他们才会听从号令，打仗才能克敌制胜。"听了孙武的一番解释，吴王阖闾怒气消散，便拜孙武为将军。

孙权的故事

孙权是三国时期吴国的建立者。当时他手下有个大将军叫吕蒙，勇敢善战，二十多岁就已成为名将，但出身贫贱，早年没有读书机会，所以没有什么学问。孙权曾语重心长地对吕蒙说："你现在担任着很重要的职位，又掌握很大的权力，要想能够胜任自己的职位，很好地处理事务，不可不进一步去学习啊！"

吕蒙想："凭我的本事还不能处理那些事吗？多学习那些书本上的知识有什么用呢？"但是他不敢把自己的真实想法说

出来，就以军营中事务繁多为理由
加以推辞。孙权说："我难道是想
要你钻研经史典籍而成为学问渊博
的学者吗？我只是想让你广泛地学
习知识。你说要处理许多事务，能
比得上我处理的事务那么多，那么
重要吗？我还常常读书呢，而且读
书常常让我感到有很大的收获。"

　　听了孙权的话，吕蒙开始学习了。过了一段时间，东吴名
将鲁肃路过寻阳，与吕蒙研讨论说天下大事，鲁肃听到吕蒙的
见解后非常惊奇地说："看你如今的才干谋略，你已不再是过
去的吕蒙了！"吕蒙说："对于有远大志向的人，分别了三日
后，就应当擦亮眼睛重新看待他，先生为什么这么晚才看到事
物的变化呢？！"于是鲁肃去拜见吕蒙的母亲，并与吕蒙结为
好友，然后告别离去。

　　人的短处是可以通过努力转化为长处的，孙权正是看到了
这一点，才劝吕蒙学习的。我们看人、看物、看事，都要用发
展的眼光，而且不能光看事物的表象，还要看到事物的本质，
这样才能寻找到事物发展的规律性。无论是养成良好的学习习
惯，还是练就一双"慧眼"，都对我们人生有极大的益处。

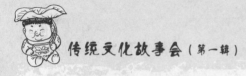

孙姓名人堂

孙叔敖：春秋时期楚国令尹，辅佐楚庄王施教导民，宽刑
　　　　缓政，发展经济，政绩赫然。

孙　膑：战国初期军事家，兵家的代表人物。

孙思邈：唐代医药学家、道士，被后人尊称为"药王"。

孙　复：北宋理学家、教育家。

孙中山：中国近代民族民主主义革命的开拓者，中国民主
　　　　革命伟大先行者，中华民国和中国国民党的缔造
　　　　者，三民主义的倡导者。

马姓的汉字演变

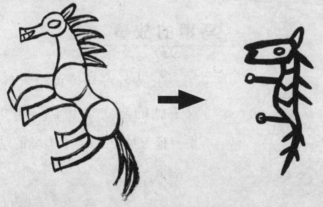

　　马是食草性家畜，在古代，马是农业生产、交通运输和军事战争的重要工具，这个字的字形就是一匹马的形状，尤其是甲骨文和金文，字的形状充分体现了马的特点。随着社会生产力的发展，科学技术的不断进步，马逐渐退出了原来的舞台，主要用于体育竞技。

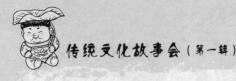

马姓的起源

1. 战国时，赵国大将赵奢击败秦军，赵王把马服（今河北邯郸）封给赵奢，并赐号"马服君"。赵奢的后代便以"马服"为姓，后又改为单姓"马"。

2. 少数民族改姓。如：满族人中的马佳氏，后改姓"马"。

马姓名人的故事

马援的故事

东汉名将马援英勇善战，为东汉王朝的建立立下了汗马功劳。后来，他又率兵平定了边境的动乱，威震南方。

有一次，马援打了胜仗凯旋，快到洛阳时，亲友们都高兴地前去迎接他，向他表示祝贺和慰问。其中有个名叫孟冀的，平时以足智多谋出名，也向马援说了几句恭维话，不料马援听了，皱着眉头对他说："我盼望先生能说些指教我的话。为什么先生也随波逐流，一味地对我说夸奖的话

呢？"孟冀听了很窘迫，一时不知如何应对才好。

马援见他不说话，继续说道："汉武帝时的伏波将军路博德，开拓了七个郡的土地，而他得到的封地只有数百户。我的功劳比路将军小得多，却也被封为伏波将军，赏大县市。赏大于功，怎么能长久下去呢？先生为什么不在这方面指教指教我呢？"马援见孟冀还是不说话，便继续说下去："如今，匈奴和乌桓还在北方不断侵扰，我打算向朝廷请战。好男儿应该战死在战场上，不用棺材装尸体，而用马皮裹着尸体回来埋葬，怎么能躺在床上，死在儿女的身边呢？"孟冀听了，深为马援豪迈的报国热情所感动，不禁真诚地说道："将军真不愧是大丈夫啊！"

马援不说空话，在洛阳仅待了一个多月，当匈奴和乌桓又发起侵袭时，他主动请求出征，前往北方迎战。

马援六十多岁的时候，武陵的少数民族首领发动叛乱，光武帝派兵去征讨，结果全军覆没，急需再有人率军前往。于是马援再次主动请求出征武陵。光武帝考虑马援年纪大了，不放心他出征。马援见没有下文，直接找到光武帝，说："我还能披甲骑马，请皇上让我带兵去吧。"说罢，当场向光武帝表演了骑术。光武帝见他精神矍铄，矫健的动作不减当年，便批准了他的请求。

第二年，马援因长期辛劳，患了重病，在军中死去，从而实现了他"马革裹尸"的誓言。

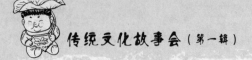

马钧的故事

马钧，三国时期魏国人，家住陕西凤县，是丝绸之路经过的地方。马钧的母亲就是织绫的。

因家境贫寒，无钱上学读书，马钧就在劳动中学习手艺，如雕木偶，结渔网，修理农具、家具，等等。他对母亲非常孝顺。

母亲织绫用的织机十分笨重。为了织花，人们把织机上的经线分成60综，每一综用一个小踏板操纵，60综，就用60块踏板来操纵，每织一根纬线要踏60块踏板。这样，操作起来既费力，又低效。

马钧见母亲每日操作这样笨重的织机，累得疲惫不堪的样子，心里非常难过。心想："自己整日修这修那，为什么不改进改进织机，来减轻母亲的劳累呢？"

有一天，他看见一个小男孩用一根绳子系在核桃树上采核桃，只用力一拉，核桃便哗啦哗啦往下落。马钧想："这要比上树用手一个一个去摘省劲儿多了。"这时，他灵机一动，计上心来，扭头就往家跑。进屋后，马钧一头扎到织机旁，摸摸这，看看那，最后目光落到踏板上。"对，就从这里下手来改进！"于是他开始量尺寸，试样子，之后将锛、

刨、斧、锯全找来，动手制作。忙了好几天，终于做出20块踏板，外加一些关联部件。经过紧张地安装之后，他亲自坐上织机试踏。他踏下一块板，经线就能提起10综来。马钧一看，心想："有门儿。"母亲见马钧如此高兴的样子，也喜在心头，她想："儿子为了减轻自己的劳累，不辞辛苦，改进织机，真是个孝顺的孩子！"

马钧虽说很高兴，但仍不满足现状。他想："既然能从60块踏板，减少到20块踏板，为什么不能再设法减少一些呢？"于是他连夜研究改进，母亲感动得亲自提灯为他照亮。终于，减少到12块。

母亲坐上儿子为她改进后的织机，织起绫来既轻又快，心里甭提多高兴了。

这种新式织机很快便推广开来。马钧这个大孝子的名字，自然也传扬开来。当时洛阳城的魏明帝闻知此事，召马钧进京，并封了个给事的官给他。可马钧对此并不感兴趣，他千方百计抽时间致力于机械方面的研究，后来竟成为三国时期魏国杰出的机械发明专家。

马致远的故事

马致远是我国元代著名的戏曲家、散曲家、杂剧家，被后人誉为"马神仙"，与关汉卿、郑光祖、白朴并称"元曲四大家"，他的作品《天净沙·秋思》被称为秋思之祖。

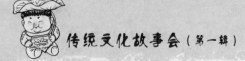

马致远自幼好学上进，据说他原名马视远，元初在家乡就以好学聪明而小有名气。为开拓自己的前程，欲离家远行。临行前，他来到县城铁佛寺参拜铁佛。东光的铁佛在远近颇具盛名，当时香火兴盛，寺里僧众甚多，尤其长老学问最高。

拜罢铁佛后，马视远求见长老，说："吾名视远，有心求学，无奈家贫无人指教，求长老赐名，促学业！"长老见他气宇不俗，便与他长谈起来，并教诲说："非淡泊无以明志，非宁静无以致远。你生于东篱，志在千里，来日定成材成器，但须牢记，才为民所有，不图富贵。"从此，他将视远改成了致远，号东篱。

马姓名人堂

马　融：东汉经学家。

马　超：三国时期蜀国名将。

马　钰：道教支派全真道二代掌教。

马君武：近代学者、教育家，中国近代获得德国工学博士第一人，广西大学的创建人和首任校长。

马本斋：抗日英雄，抗日战争时期八路军冀中军区回民支队的创建人。

郑姓

郑姓的汉字演变

　　"郑"的繁体字为"鄭"，"邑"作形旁，"奠"作声旁，表示在地基上洒酒祭祀。在古代，祭祀是一件极其庄重严肃的事情，《广雅》中有记载："郑，重也。""郑"多作姓氏、地名、国名用。"郑"也指郑国民间音乐，"郑声"被孔子称为与"雅乐"相对的新兴音乐，有成语"郑卫之音"。

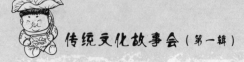

郑姓的起源

周宣王把弟弟友封在南郑（今陕西华县东），友就是郑桓公。后来，郑桓公的儿子郑武公建立了郑国，定都新郑（今属河南省）。战国时，郑国被韩国所灭，郑国子孙就以国名为姓。

郑姓名人的故事

郑和的故事

郑和是我国明朝伟大的航海家、外交家。1405年7月11日，天气晴朗，万里无云。苏州府刘家港码头人山人海，无数面彩旗迎风招展。受明朝皇帝派遣，三十五岁的三保太监郑和即将率领船队第一次出使西洋。随行的有水手、翻译、医生和护船的兵士，共两万七千八百多人。

两百多艘船只整齐地停靠在码头边。其中六十二艘大船特别雄伟壮观，这些大船又叫"宝船"。每艘宝船长一百四十八米、宽六十米，有十多层楼房那么高。船上有九根桅杆和十二面风帆，可以乘坐一千多人，需由二三百人驾驶。船上配备着航海罗盘等当时最先进的仪器。紧挨着宝船的还有许多战船、粮船和水船。

将近中午，身材魁梧的郑和健步走上指挥船，他双手抱拳向岸上的人群告别，接着高举令旗，大声喊道："启航！"在人们的欢呼声和祝福声中，船队像一条巨龙，浩浩荡荡地出发了。

船队出了长江口，驶过东海和南海，破浪西行。每到一个国家，郑和先把国书递交给国王，并代表明朝皇帝向他们赠送礼品，希望同他们友好交往。各国君臣看见船队规模宏大，使者的态度友好亲切，没有丝毫炫耀武力、威胁别人的意思，都表示热烈欢迎，老百姓听说明朝的船队来了，也都扶老携幼，争相到海边观看。他们面对那些从来没有看见过的宝船，个个惊叹不已。当时中国的丝绸、瓷器早就名扬海外，沿途的百姓听说船队满载这些产品，都很高兴，纷纷用香料、珊瑚、珠宝等去换取中国的特产。各地的商人十分乐意同中国人做生意。很多人还向中国客人赠送礼物，以表达友好的感情。

然而，这次航行也充满了凶险。在大海上，船队好几次遇上险恶的风浪。狂风呼啸着，海水像脱缰的野马，奔腾咆哮。巨浪疯狂地扑向船队仿佛要把船只撕裂。面对

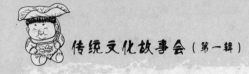

如此险境，郑和总是镇定自若，指挥船队在波峰浪谷中奋勇向前，一次次化险为夷。船队在归途中还遇到过海盗的袭击。郑和根据事先得到的消息，命令军士们严阵以待。当海盗船乘着黑夜偷偷摸摸靠近船队时，郑和的船队迅速将海盗包围起来。士兵们从大船上往下丢火把，将海盗船烧着了。海盗们无处可逃，只好乖乖地当了俘虏。

从1405年到1433年的二十八年间，郑和率领船队出海七次，前后到过三十多个国家。最后一次远航，郑和已经是六十多岁的老人，鬓发全白了。这次航行一直到达非洲东岸，直到第三年才回到祖国。

郑和远航规模之大，时间之长，范围之广，达到了当时世界航海事业的顶峰。它表现了我国古代人民顽强的探索精神，也开阔了中国人的眼界。郑和出使，促进了我国和亚非许多国家的经济文化交流和友好往来。直到现在，有关国家还流传着三保太监下西洋的故事。

郑成功的故事

明末民族英雄郑成功小时候，既爱习武，又迷读书。可是，他的父亲——福建总兵郑芝龙，却一心一意要把他培养成武将，以便将来能承袭爵位。

一次，郑芝龙父子在幕僚宾友的陪同下，乘着一只官船，在五马江上游览。船内吹箫弹琴，猜拳行令，好不热闹！郑成功却无心玩赏，他坐在角落里聚精会神地读书。郑芝龙看了，不便直说，吆喝一声："升帆！"

帆升起来了，风儿将它鼓得满满的，船就像一支离弦之箭，"嗖嗖"地向前飞去。郑芝龙又叫了声儿子，说："我出个对子，你对对看。"

"请父亲出上联。"郑成功抬起头来。

"你看对面那只舢板，尽管渔民拼命摇橹，可怎么也赶不上我们，所以我以为：'两舟并行，橹速不如帆快'——这就是上联。"

郑芝龙出的这个上联实在不好对呀！原来他语带双关，表面上是说拼命摇橹不如升起船帆，实际上"橹速"是影射周瑜的谋士鲁肃，"帆快"是隐喻刘邦的参将樊哙，其真意是"文官不如武将"。要找到两个历史人物，又利用谐音，完成这个对偶句，实在不易呀！但郑成功聪敏过人，很快就想出了下联："八音齐奏，笛清难比箫和。"

语音一落，满座叫绝。原来这也是个双关语，表面上是

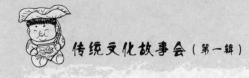

说笛声清脆但比不上箫声和谐，实际上"笛清"暗指宋仁宗驾下的大元帅狄青，"箫和"暗指协助刘邦治国平天下的丞相萧何。其真意是"武将难比文官"。

在众人的赞叹声中，郑芝龙暗暗感到自己以前的做法似有不妥。从此，他再也不干涉郑成功攻读诗书了。郑成功一边读书，一边习武，终于成为赫赫有名的文武全才。

郑板桥的故事

郑板桥是我国清代著名的书画家、文学家。

有一天，郑板桥回家乡兴化，住在一家客栈里，看见墙上挂着几幅有他署名的画，便找来店主询问。店主告诉他，这些画都是从"郑板桥"那儿买来的。郑板桥听了非常生气，马上叫店主把那个"郑板桥"找来。

"郑板桥"来了，见到了真郑板桥，不但毫无恐慌之意，反而振振有词。郑板桥见他如此无理，就说："据说郑板桥的字画能入木三分，今天我想领教一下。"假郑板桥神气活现地要来笔墨，当场挥毫。然后找来一

个木匠，用刨子刨去一分，就不见了字画的痕迹。接着，真郑板桥卷袖挥笔，顷刻，一幅兰竹就出现在画板上。木匠刨去一分，兰竹仍是原样；刨去二分，兰竹仍未改变；刨去三分，兰竹依然逼真。假郑板桥一看，知道自己遇见了真郑板桥，慌忙拜伏在地。郑板桥告诫他说："写字作画，要练真功夫，不能骗取虚名！"

郑姓名人堂

郑　国：战国时期韩国水利专家，修成了著名的郑国渠。

郑　兴：东汉经学家。

郑　谷：唐朝末期著名诗人，主要作品有《云台编》。

郑光祖：元代著名的杂剧家和散曲家，元曲四大家之一。

郑振铎：中国现代杰出的爱国主义者和社会活动家、作家、诗人、文学评论家、文学史家、翻译家、艺术史家，也是著名的收藏家、训诂家。

谢姓

谢姓的汉字演变

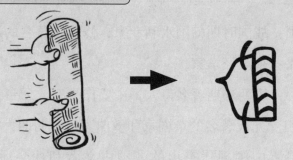

　　"谢"字本义为辞谢，是一个象形字。在甲骨文中，"谢"字左边是两只手，右边很像一张席子。而在小篆文中，"谢"字则演变为一个形声字，左边为"言"，表示字义；右边为"射"，表示字音。后来，"谢"字引申为辞别、推辞之义，如"闭门谢客"，还有凋落、衰退之义，如"凋谢""新陈代谢"。此外，"谢"还是古邑名，位于今河南省。在现代汉语中，"谢"字应用最广泛的就是"感谢"的词义。

谢姓的起源

1. 申伯因辅佐周宣王有功，被封于谢国（今河南唐河），其子孙后代便以封国名为姓。

2. 少数民族改姓。如：北方少数民族敕勒氏在与汉族的融合中，改姓谢。

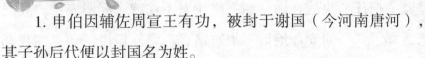

谢姓名人的故事

谢安的故事

谢安是中国历史上一个颇为传奇的人物，他是一个伟大的军事家、政治家，又是极富隐逸情怀的雅士。在他一生里隐居了30年，又出仕了30年，并且在这出仕的30年里留下了很多奇迹和佳话。

公元383年，前秦攻打东晋，苻坚率领百万大军挥师南下，直逼都城。当时的东晋国力衰弱，军备空虚，能够迎战的军士不足8万人，大臣们都吓得要死，有的干脆建议投降保命。谢安默默地担起了征讨大都督的职责，

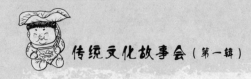

带领士兵在淝水边布下了阵势。尽管大家都很相信谢安的军事才能和谋略，但两军的差距实在太过悬殊，大家都提心吊胆，捏着一把汗。决战在即，谢玄终于忍不住跑去问谢安："战况怎么样了？"谢安却绝口不提军情，只是随口说了句："我都安排好了。"谢玄无奈，过了一会儿心急难耐，又派张玄去问，结果谢安仍然不动声色，还要求张玄留下陪他一起下棋。

大军压境，还有下棋的心思？谢安的手下和朋友都大吃一惊，张玄更是一颗心怦怦乱跳，哪里还能下什么棋，差不多每一步都是乱走乱放，全无章法。谢安看他这样，竟然哈哈大笑起来。过了不知多久，前方探子送来一份军报，谢安接过看了一眼放在一边，继续和张玄对弈。张玄实在受不了了，投子认输，急切地询问道："前线到底打得怎么样啦？这可是关系咱们国家生死存亡的一战啊！"谢安收拾好棋子抬起头平淡地说："放心，小伙子们已经打败敌人了。"满屋的人顿时长出了一口气，同时大为惊奇，谢安的镇定已经超出了他们的想象，这以少胜多、以弱胜强的惊人战果反而显得不那么令人咋舌了。

其实，谢安心里何尝不是激情难抑呢，他告别众人走回自己房间的时候，在门槛上绊断了木屐的齿都没有察觉到！淝水之战胜利后，前秦的力量大为削弱，东晋也借以保全了自己的半壁江山。谢安的丰功伟绩为国家带来了太平，也为他自己赢

来了巨大声誉，但是他在这辉煌的顶点仍然选择了急流勇退，辞官还乡，再次回到幽静的隐士生活中去。

不喜不忧，心态平静，这就是谢安多次出奇制胜和在官场之中游刃有余的诀窍。谢氏家族在魏晋几百年历史中留下了辉煌的印迹，这位名臣良相的故事也一直流传至今。

谢道韫的故事

谢道韫是魏晋时期乃至整个中国历史上难得的才女。《三字经》中说："蔡文姬，能辨琴。谢道韫，能咏吟。"

《世说新语·言语》讲过这样一个故事：谢道韫很小的时候，有一回和兄弟姐妹们在一起，适逢下雪，谢安兴致大起，指着洋洋洒洒的雪问孩子们："白雪纷纷何所似？"他的侄儿谢朗立即答道："撒盐空中差可拟。"而谢道韫则说："未若柳絮因风起。"谢朗将下雪比喻为空中撒盐，而谢道韫则将其比喻为柳絮因风而飞舞。显然，"撒盐"显得太实而呆滞俗气，而"柳絮"的

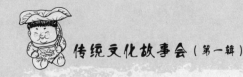

比喻则轻灵飘忽、变幻万千，所以谢道韫之句为佳。这一段吟诗偶得的佳话，也成为后世文人墨客津津乐道的典故——"咏絮之才"。也因为这个故事，谢道韫与汉代的班昭、蔡文姬等人成为中国古代才女的代表人物，而"咏絮之才"也成为后来人称许有文才的女性的常用词语。

《晋书·列女传》中记载了关于谢道韫的另外一个故事：谢安问谢道韫《诗经》之中哪一句最好？谢道韫回答："吉甫作颂，穆如清风。仲山甫永怀，以慰其心。"这个问题本来很难回答，因为这是一个见仁见智的问题，不同的人会从不同的角度来欣赏和判断。比如谢安也曾拿同一个问题来考过谢玄，谢玄便回答"昔我往矣，杨柳依依；今我来思，雨雪霏霏"这一句最好。谢玄认为《采薇》中的这一句最好，是从艺术的角度出发的，而谢道韫则引用了《生民》之句来回答，这显然是花了心思的，因为叔父谢安是宰相，朝野所望，所以她就从安邦定国的贤人政治、太平盛世方面来选择名篇佳句，暗中比拟谢安的宽阔胸怀和宰相风度。这一下果然见效，引起了谢安的思想共鸣，于是充分肯定了谢道韫的才华，认为她有高深雅致的意趣。

谢灵运的故事

谢灵运是南朝时宋国的著名诗人、画家、文学家，他的诗歌创作开创了文学史上的山水诗派。

谢灵运酷爱登山，而且喜欢攀登幽静险峻的山峰，高达数十丈的岩峰他也敢上。为了登山的便利，他登山时常穿一双木制活齿木屐的钉鞋，上山取掉前掌的齿钉，下山取掉后掌的齿钉，便于蹬坡和在泥泞中行走，给登山活动带来极大方便。据说当时的人们争相效仿，这就是著名的"谢公屐"。李白在《梦游天姥吟留别》中曾有这样的诗句："谢公宿处今尚在，渌水荡漾清猿啼。脚著谢公屐，身登青云梯。半壁见海日，空中闻天鸡。"可见其影响之大。

谢灵运是永嘉山水知己。他虽为官员，到楠溪游玩却不用轿抬，实属难得，登山还特地发明了木屐，更说明他热爱山水，尤其钟情永嘉楠溪江山水之情。《石室山》诗是写楠溪江大若岩。大若岩是楠溪江腹地，道路艰难险阻，但是诗人如此醉心于山水，无远不到。诗中写道："微戎无远览，总笋羡升乔。"他少年时就喜欢游览，羡慕升仙的王子乔。"灵域久韬隐，如与心赏交"。这里的石室可韬光养晦，可结交推心置腹的朋友。从诗中描绘大若岩的景状来看，这首诗是描绘大若岩山水精品。谢灵运游山水是一种神游。正如钱锺书所说："人于山水，如'好美色'；山水于人，如'惊知己'。"他与大自然结成朋友，才能写出真山真水真性灵的好诗篇。

谢姓名人堂

谢　尚：东晋时期名士、将领、书法家。

谢　朓：南朝齐杰出的山水诗人，出身高门士族，与"大谢"谢灵运同族，世称"小谢"。

谢　赫：南朝齐、梁间画家、绘画理论家。

谢　迁：明代名臣。

谢婉莹：笔名冰心，诗人、现代作家、翻译家、社会活动家、散文家。

韩姓

韩姓的汉字演变

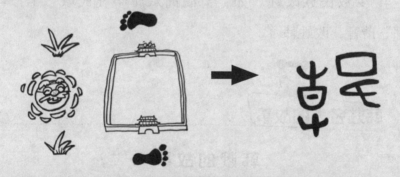

"韩"是一个形声字,《说文解字》:"韩,井垣也。"其本义是"井上的木栏"。也有说法认为篆文中"韩"由"倝"与"韦"组成,"倝"意为日始出,光辉灿烂之义,"韦"指兽皮之韦可以束。所以"韩"是指能鞣制光鲜的皮革,加工皮衣的一种技能。在古代"韩"是国名,韩姓也多由国名而来。

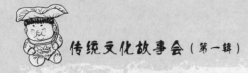

韩姓的起源

1.黄帝的儿子昌意被贬谪到若水，生了韩流。韩流既是人名，也是其所在氏族的名称，于是这个氏族的人便以韩为姓。

2.周成王的弟弟叔虞的后代毕万被封在韩原（今陕西韩城），建立韩国，韩被晋灭后，其子孙后代就以国名为姓。

3.战国时期，晋国的韩景侯于"三家分晋"后，建立韩国。后韩国被秦国所灭，其子孙后代就以国名为姓。

4.少数民族改姓。如：清满洲八旗罕札氏取"罕"与"韩"谐音，改姓韩。

韩姓名人的故事

韩娥的故事

春秋时期，韩国有一个叫韩娥的歌唱家。有一次韩娥到齐国去，粮食吃完了，于是她在齐国临淄城西南门卖唱，以换点儿食物充饥。

韩娥的歌声婉转动听，深深地打动了人们的心弦，给人们留下了深刻的印象。她离开后，她的歌声似乎还在人们的耳边回响，在屋梁间飘荡，三天没有停止，人们以为她还没有离开。

有一次，韩娥投宿一家旅店，因为贫困，旅店的老板对韩娥很不礼貌，还辱骂她。韩娥非常伤心，她拖长声音，悲伤地哭泣，周围一里以内的老人和小孩听到她的哭声，心似乎都被掏空了，纷纷忍不住流下泪来，三天三夜都吃不下饭。旅店的老板急忙追赶她，向她赔礼道歉。韩娥

原谅了店老板，返回旅店，为人们唱起了一首快乐的歌。周围一里以内的老人和小孩听到她的歌声，瞬间忘记了哀伤，情不自禁地拍着手跳起舞来。

韩非的故事

韩非是法家思想的集大成者。早年曾和李斯一起师从荀子，后来由于命运的捉弄分别走上了不同的生活道路，走完了迥异的人生之旅——李斯成了秦国相国，而韩非则受诬屈辱而亡。

韩非自幼聪慧过人，不幸的是有口吃的毛病。不过他热衷于学习，青年时期就以才学渊博而闻名天下。

当时，韩国在"战国七雄"中势力最弱，政权被一些各

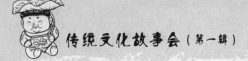

怀私心的大臣所控制，内忧外患，国家随时都可能被强国吞并。韩非为振兴韩国，便向韩王上书，倡议变法强兵。韩王是个昏庸无能的人，对韩非的话不仅充耳不闻还语出伤人："你说话都结结巴巴的，还能有什么妙策？"

韩非的主张在韩国没有得到重视，于是他便发愤著书立说，写出了《韩非子》一书，总结了历史上的"得失之变"，洋洋洒洒十万余言。其中具有代表性的文章是《五蠹》《说难》《显学》《孤愤》《定法》《用人》《内外储》等篇，系统阐述了他治国救世的主张，提出以法为中心，法、术、势三者合一的封建君主统治术。

韩非的治国方略传到了秦国，秦王读后大为赞叹，对作者很是佩服，曾对人说："我要是见不到这个人，不能和他一同讨论问题，就是死了也是不甘心的！"当时已当上秦国廷尉的李斯告诉秦王：这本书是韩非写的，韩非是韩国的贵族。

秦王急欲见到韩非，便在公元前234年发兵攻打韩国，向韩王索要韩非。韩王不得已，便派韩非出使秦国。秦王见到韩非十分高兴，谈话很是投机，秦王就想把韩非留在秦国辅佐自己治国。

李斯知道韩非的才能在自己之上，十分嫉妒，向秦王进

谗言说韩非是韩国派来的奸细，不可重用，更不可以让他回韩国，以免留下后患。秦王一向宠信李斯，并没有产生怀疑，就将韩非投入了监狱。韩非想面见秦王为自己辩解，却被李斯暗中阻止。

李斯怕秦王再召回韩非，就派人送了毒酒给他。韩非无奈含恨喝下了毒酒身亡。没过多久，秦王就后悔了，想再次起用韩非，可是为时已晚。

韩信的故事

韩信是中国古代一位有名的将军，他辅助刘邦打败了项羽，是建立汉王朝的功臣。汉朝以后，民间流传着很多关于韩信的故事，讲述了他在战争和政治方面的才华。可是大家也许不知道，韩信的数学计算能力也是非比寻常的，下面这个"韩信分油"的故事就是明证。

有一天，韩信经过一个路口，看见两个人站在路口围着一个竹篓争执不休，就走到跟前打听究竟。原来，这两个人是乡邻，一个人带了能装7斤油的陶罐，一个人带了能装3斤油的葫芦，在一个商铺里合伙买了10斤油，当他们把装油的竹篓抬到分手的路口时，发现没有办法把油平均分开。

韩信一听，对这个问题产生了浓厚的兴趣，他仔细想了

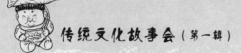

想说："只要你们相信我，我就能把油给你们分开。"两个人一看，认出了眼前的人就是著名的韩信大将军，赶快向他行礼。他们都知道韩信是个聪明人，但对他能不能把油平均分开却半信半疑。他们想了想，决定听从韩信的指挥。

韩信让他们用葫芦装满油，分两次把6斤油倒进陶罐里。然后又将葫芦灌满，说："现在你们一共从竹篓取出了9斤油，竹篓里只剩下1斤油了，对吧？"两个人赶快点头。"那现在，你们用葫芦里的油将陶罐灌满，陶罐里就是7斤油，葫芦里剩下2斤油。"两个人想了想，点头称是。

韩信拎起陶罐，把陶罐里的油全部倒进了竹篓，他指着竹篓问："现在这里面是多少油？"那两个人齐声回答："回将军，里面是8斤油了。""好了，下面就能让你们每人拿着5斤油回家了。"韩信笑了笑，一边说，一边把葫芦里剩下的2斤油倒进空的陶罐里，再把葫芦放进竹篓灌满油，将葫芦里刚灌满的3斤油倒进了陶罐。看着陶罐里的5斤油，两个乡人顿时醒悟，对韩信的智慧心悦诚服。

韩姓名人堂

韩　当：三国时期吴国名将。

韩　干：唐代画家，以画马著称。

韩　滉：唐代宰相，书画家，代表作品有《五牛图》。

韩　愈：唐代杰出的文学家、思想家、哲学家、政治家，
　　　　著有《韩昌黎集》等。

韩世忠：南宋名将，与岳飞、张俊、刘光世合称"中兴
　　　　四将"。

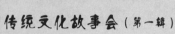

曹姓

曹姓的汉字演变

 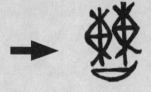

　　"曹"是个会意字，本义是一对或一双。甲骨文的"曹"字，上方是两个"东"，下方是个"口"字，代表大口袋，合起来的意思就是大口袋里装了很多东西。金文的"曹"，将"口"字替换为"日"字，字义没有变化。小篆中"曹"的字形，和金文的写法相近。"曹"字由"对"引申为"群"，又由"群"引申为"辈"，"尔曹"就是"你们"的意思。现在，"曹"则主要被用为姓。

曹姓的起源

1. 周武王灭商后，封自己的弟弟振铎于曹邑（今山东定陶），建立曹国，其后代子孙就以国名为姓。

2. 周武王封颛顼的后裔曹挟于邾国（今山东邹县）。战国时，邾国被楚国所灭，邾国有些人就以曹为姓。

3. 少数民族改姓。如：满族鄂托氏，后改姓曹。

曹姓名人的故事

曹刿的故事

曹刿是我国春秋时期著名的军事理论家。

鲁庄公十年的春天，齐国军队攻打鲁国，鲁庄公准备迎战。曹刿请求拜见鲁庄公。他的同乡说："当权的人自会谋划这件事，你又何必参与呢？"曹刿说："当权的人目光短浅，不能深谋远虑。"于是入朝去见鲁庄公。曹刿问："您凭借什么作战？"鲁庄公说："衣食这一类养生的东西，

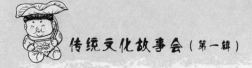

我从来不敢独自专有，一定把它们分给身边的大臣。"曹刿回答说："这种小恩小惠不能遍及百姓，老百姓是不会顺从您的。"鲁庄公说："祭祀用的猪牛羊、玉器、丝织品等祭品，我从来不敢虚报夸大数目，一定对上天说实话。"曹刿说："小小信用，不能取得神灵的信任，神灵是不会保佑您的。"鲁庄公说："大大小小的诉讼案件，即使不能一一明察，但我一定根据实情合理裁决。"曹刿回答说："这才尽了本职一类的事，可以凭借这个条件打一仗。如果作战，请允许我跟随您一同去。"

到了那一天，鲁庄公和曹刿同坐一辆战车，在长勺和齐军作战。鲁庄公要下令击鼓进军。曹刿说："现在不行。"等到齐军三次击鼓之后。曹刿说："可以击鼓进军了。"齐军大败。鲁庄公又要下令追逐齐军。曹刿说："还不行。"说完就下了战车，察看齐军车轮碾出的痕迹，又登上战车，扶着车前横木远望齐军的队形，这才说："可以追击了。"于是追击齐军。

打了胜仗后，鲁庄公问他取胜的原因。曹刿回答说："作战，靠的是士气。第一次击鼓能够振作士兵们的士气，第二次击鼓士兵们的士气就开始低落了，第三次击鼓士兵们的士气就耗尽了。他们的士气已经消失而我军的士气正旺盛，所以才战胜了他们。像齐国这样的大国，他们的情况是难以推测的，我怕他们在那里设有伏兵。后来我看到他们的车轮痕迹混乱了，望见他们的旗帜倒下了，所以下令追击他们。"

曹操的故事

曹操是我国东汉末年杰出的政治家、军事家、文学家、书法家，是三国时期曹魏政权的奠基人。

有一年夏天，曹操带兵去攻打张绣，一路行军，走得非常辛苦。时值盛夏，太阳火辣辣地挂在空中，散发着巨大的热量，大地都快被烤焦了。曹操的军队已经走了很多天了，十分疲乏。这一路上又都是荒山秃岭，没有人烟，方圆数十里都没有水源。头顶烈日，将士们一个个被晒得头昏眼花，大汗淋淋，可是又找不到水喝。大家都口干舌燥，感觉喉咙里好像着了火，许多人的嘴唇都干裂得不成样子，鲜血直淌。每走几里路，就有人倒下中暑死去，就是身体强壮的士兵，也渐渐地快支持不住了。

曹操目睹这样的情景，心里非常焦急。他策马奔向旁边一个山冈，在山冈上极目远眺，想找个有水的地方。可是他失望地发现，龟裂的土地一望无际，干旱的地区大得很。再回头看看士兵，一个个东倒西歪，早就渴得受不了了。

曹操是个聪明人，他在心里盘算道：这下可糟糕了，找不

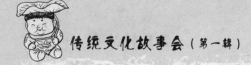

到水，这么耗下去，不但会贻误战机，还会有不少的人马要损失在这里，想个什么办法来鼓舞士气，激励大家走出干旱地带呢？他立刻叫来向导，悄悄问他："这附近是否有水源？"向导摇摇头说："泉水在山谷的那一边，要绕道过去还有很远的路程。"曹操想了一下说："不行，时间来不及。"他看了看前边的树林，沉思了一会儿，对向导说："你什么也别说，我来想办法。"

曹操想了又想，突然灵机一动，脑子里蹦出个好点子。他就在山冈上抽出令旗指向前方，大声喊道："前面不远的地方有一大片梅林，那里的梅子又大又好吃，可以解渴。我们快点儿赶路，绕过这个山冈就到梅林了！"

将士们听了曹操的话，想起梅子的酸味，就好像真的吃到了梅子一样，口里顿时生出了不少口水，精神也振作起来，步伐不由得加快了许多。就这样，曹操终于率领军队走到了有水的地方。

曹雪芹的故事

曹雪芹是我国清代著名作家，名著《红楼梦》的作者。

曹雪芹出生在南京，少年时代过着锦衣玉食的富贵生活。在他十三岁时，即曹家被抄的第二年，全家迁至北京，家道衰落。从此，曹雪芹过着"茅椽蓬牖，瓦灶绳床""举家食粥酒常赊"的困顿生活。从曹雪芹的好友张宜泉、敦敏、敦诚等人的零星记载中，我们仅知道曹雪芹多才多艺、工诗善画、嗜酒狷狂，对黑暗社会抱傲岸的态度。曹雪芹创作《红楼梦》是在极端困苦

的条件下进行的。这部巨著耗尽了他毕生的心血，但全书尚未完稿，他就因爱子夭折悲伤过度而一病不起，"泪尽而"，终年还不到五十岁。

　　青年时代的曹雪芹才华出众，能诗能文，绘画也很有名气。有人请他到皇宫书院里当画师，收入丰厚。但曹雪芹穷而有志，宁肯过苦日子，也不愿去侍候达官贵人。后来他在一所贵族子弟学校任职。在这里他结识了敦敏、敦诚兄弟，与他们成了终生的好友。晚年，曹雪芹在城里也没有立足之地了，便搬到香山卧佛寺附近的一个山村里居住，过着十分贫困的生活。敦诚、敦敏的诗里说他和妻子、儿子一家三口常常喝粥。曹雪芹爱喝酒，却没钱买，于是便赊酒喝，待卖了画再还钱。中国古代的文学家中，生活清贫的也不少见，但苦到曹雪芹这步田地的实在不多。但是，在这样艰辛的条件下，曹雪芹讲过"并不足妨我襟怀"，仍然坚持写作《红楼梦》。大约乾

隆二十八年（公元1763年），曹雪芹竟在除夕这一天，当别人欢欢喜喜过新年的时候，悄然离开了人世。然而，他以"字字看来皆是血，十年辛苦不寻常"的精神创作的鸿篇巨制《红楼梦》，为他矗立了历史的丰碑。

曹姓名人堂

曹　参：西汉开国功臣，名将，汉代第二位相国，史称"曹相国"。

曹　植：三国时期著名文学家，建安文学的代表人物之一与集大成者，代表作有《洛神赋》《白马篇》《七哀诗》等。

曹不兴：三国时期著名画家，被称为"佛画之祖"。

曹　霸：唐代画家，擅画马，尤精鞍马人物。

曹邦辅：明代抗倭名将，有《军机事宜》《名将方略》流传于世。

沈姓

沈姓的汉字演变

　　"沈"的本义是水从高处顺流而下的情形，是个形声字。甲骨文中的"沈"就像一头牛被困在了河流中间，无法挣脱。"沈"和"沉"在古时曾经是同一个字，从字形也可看出，"沈"有沉没、淹没之义。金文的"沈"像一个人被锁在了枷锁上，然后被沉入水中。汉字简化后，"沈"成了"瀋"的简体，而"瀋"的本义是植物花叶中的汁水。

沈姓的起源

1. 周成王封周文王第十子季载于聃国，聃又写作冉，古时冉、沈读音相同，因此又名沈国（今河南平舆北）。其后世子孙有些就以国名为姓，称沈姓。

2. 春秋时期，楚庄王的儿子公子贞被封在沈邑（今河南沈丘），其后人就以封邑名为姓。

3. 少昊金天氏的后人建立沈国，春秋时期为晋国所灭，其后世子孙为怀念旧国，便以国名为姓。

沈姓名人的故事

沈括的故事

沈括是北宋政治家、科学家。他出生于一个官宦家庭，自幼勤奋好学，14岁就读完了家中的藏书。后来他跟随父亲到福建、江苏、四川和京城开封等地居住，对当时人民的生活和生产情况都有所了解，也增长了不少见闻。

24岁时，沈括踏上了仕途。他先是担任地方县令，之后又担任过掌管司法、天文、史书编撰等的职务，有机会阅览皇家藏书，学识也进一步丰富起来。王安石变法失败后，沈括受到牵连，被贬到西夏边疆，在那里他又充分发挥了自己在军事方面的才能，为朝廷立下功劳，争取到了回京的机会。

沈括的人生价值绝对不仅仅表现在仕途方面，他还是一位非常博学的科学家，他的贡献涉及自然科学的许多领域。在天文学方面，他首倡与我们今天日历法极其相似的"十二气历"，改进了浑仪、浮漏和圭表等天文仪器；在物理学方面，他早于欧洲400多年发现了地磁偏角的存在，对声音共振规律也有研究；在地质学方面，他从岩石生物遗迹中推论出冲积平原的形成，还提出了石油的命名；在医药学及其他社会科学和人文科学方面也都有着重大的成就。他的《梦溪笔谈》成了他科学人生的巅峰之作。

但罕为人知的是，沈括其实也是一位大数学家。他在酒店里喝酒的时候，对堆起来的酒坛很感兴趣，看到别人下象棋，那些垒起来的棋子间的空隙给了他很大启示。就这样，他对这些有空隙的堆积物体进行了一系列数学研究，找出了求它们总数的正确方法，这就是"隙积术"，也就是二阶等差级数的求和方法。这项研究扩展了自《九章算术》以来的等差级数问题，在我国古代数学史上开辟了高阶等差级数研究的方向。在做地方官的时候，沈括还从计算田亩的实际需要出发，考察了

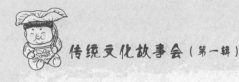

圆弓形中弧、弦和矢之间的关系，提出了我国数学史上第一个通过弦和矢的长度求弧长的比较简单实用的近似公式，这就是后来的"会圆术"。这一方法的创立，不仅促进了平面几何学的发展，而且在天文计算中也起了重要的作用，并为我国球面三角学的发展做出了重要贡献。虽然他的数学成就和他在其他方面的辉煌成果相比，并没有那么脍炙人口，但他对数学史的贡献仍然如同星辰闪烁着异彩，在历史的长河中历经千年。

沈万三的故事

沈万三，原名沈富，字仲荣，俗称万三，元末明初人，江南富商。沈万三的一生富有传奇色彩，民间传说众多。这里讲一个沈万三与聚宝盆的故事。

据传，沈万三家早年是耕种起家的，后来富庶了便雇人耕种。后来有一年，他们那个地方发生了旱灾，许多草木都不能成活，唯有他家一个工人每天能割来许多青草。沈万三好奇地问他为什么每天都能割来如此多的青草，工人隐瞒了事实。于是后来几天，沈万三便悄悄跟随在其后。

　　沈万三一连几天跟随在工人后边，偷看着，见他每天都在沈家村北一华里处的沈家桥底睡觉，睡到中午无人时，才去村北牛蛋山上割草。于是他强令工人带他去割草的地方，到了那儿之后，他发现一片圆形的草地上长着绿油油的草。他让人去割，无论割多少，草都会立刻长出来，源源不断。沈万三观察发现此山西南靠凤凰山，凤凰不落无宝之地。第二天他带着两人到那里挖出了一个铁盆。

　　沈万三将铁盆带回去之后，并没有发现有什么不一样的地方。研究了很久都没有结论，最后他将这盆用来盛猪饲料，拿来喂猪，猪长得很快。于是他将铁盆洗干净了，拿回家洗手洗脸。发现并没有什么事情发生，便又将其放在了一边。

　　后来有一次沈万三的儿媳妇洗手的时候，一不小心将金戒指掉在了盆里。她连忙将戒指捞出，奇怪的事情发生了，金戒指越捞越多，源源不断。沈万三这才知道，这铁盆当真是一个宝贝，此后便凭借它发家致富。

沈从文的故事

　　沈从文是我国著名作家，他出生在一个农户家庭。小时候，沈从文特别喜欢看木偶戏，常常因为看戏入迷而耽误了读书。

　　有一天上午，沈从文从课堂里溜出来，一个人跑到村子里去看戏。一直看到太阳落山，他才恋恋不舍地回到学校。

这时，同学们都已放学回家了。第二天，沈从文刚进校门，老师就严厉地责问他为什么旷课。他红着脸，支支吾吾地答不上来。老师气得罚他跪在树下，并大声训斥道："你看，这楠木天天往上长，而你却偏偏不思进取，甘愿做一个没出息的人。"

隔了一天，老师又把他叫去，对他说："大家都在用功读书，你却偷偷溜去看戏。昨天我虽然批评了你，可这也是为了你好。一个人只有尊重自己，才能得到别人的尊重。"老师的一番话，使沈从文感动得流下了眼泪。他暗暗发誓，一定要记住这次教训，做一个受人尊重的人。

此后，沈从文一直严格要求自己，长大后成了著名的作家。

沈姓名人堂

沈 莹：三国时期吴国将领，曾担任左将军，丹阳太守。

沈 约：南朝梁文学家、史学家。

沈佺期：唐代诗人，与宋之问齐名，并称为"沈宋"。

沈德潜：清代诗人、诗论家，著有《沈归愚诗文全集》。

沈雁冰：笔名茅盾，中国现代著名作家、文学评论家、文化活动家以及社会活动家。

苏姓

苏姓的汉字演变

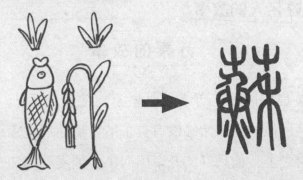

　　"苏"的本字是"蘇"，是一个形声字。"苏"的本义是一种植物，也表示须状下垂的饰物，如"流苏"。现在"苏"是江苏省和苏州市的简称。也作动词，表示唤醒、重生等，如"死而复苏""苏醒"。

苏姓的起源

1. 周武王时，颛顼的后代忿生任职司寇，掌管刑狱、纠察，后因功被封于苏国（今河南温县一带），史称苏忿生。春秋时期，苏国被狄人灭掉，其子孙便以国名为姓。

2. 少数民族改姓。如：彝族阿苏氏改汉姓为苏。

3. 回族苏姓。苏姓是"回族十三姓"之一，回族苏姓大多取自回族名的首音，如"苏里曼"的后裔就姓苏。

苏姓名人的故事

苏秦的故事

苏秦是战国时期著名的纵横家。他曾前后十次上奏章劝说秦王，可他的主张始终没有被采纳。黑貂皮袍穿破了，百斤黄金也用光了，他只好离开秦国回家。他裹着绑腿布，穿着草鞋，背着书籍，挑着行李，面色憔悴，一副羞愧的样子。

回到家里，正在织布的妻子不下织机迎接，嫂子不肯为他做饭，父母也不搭理他。苏秦长叹道："妻子不把我当作丈夫，嫂子不把我当作小叔，父母不把我当作儿子，这都是我苏秦的过错啊！"他当夜取出藏书，找到了专讲谋略战术的《太

公阴符》，坐在桌子前埋头苦读，反复钻研、琢磨。当他读书读到很疲倦想要睡觉的时候，就拿锥子刺自己的大腿，刺得鲜血直流。

经过一年，苏秦学成了，他说："这回一定能说服各国的君主了！"于是他来到赵国，在华丽的殿堂上拜见并劝说赵王，苏秦谈得兴高采烈，赵王听得十分高兴，封他为武安君，让他当了赵国的宰相。并给他百辆兵车，千匹锦绣，百双白璧，几十万两黄金，让他去游说列国，建立合纵、拆散连横，来遏制强横的秦国。在苏秦的游说下，六国联合起来，形成合纵，苏秦也成了六国的宰相。当时，天下这样广大，王侯威势这样显赫，谋臣权柄这样巨大，但凡大事都要等待苏秦的决策。

锥子刺大腿是非常痛的，一般人是做不到的，而苏秦却做到了。当时，路人嘲笑他，甚至家里人也嘲笑他，可苏秦却不为所动。他心里藏着抱负，多次失败后，仍不服输，苦读百书。最后他成功了，挂上了六国相印，为合纵伐秦做出了重大贡献。若没有当时的刺股，若没有当时的学习态度，若没有当时永不服输的精神，苏秦可能是一个百无一用的普通书生。不过要注意，虽然苏秦刻苦学习的精神值得我们学习，而锥刺股属于自残身体的行为，我们千万不要学。

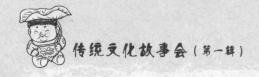

苏武的故事

　　苏武是汉朝时候的一位官员。有一年，他作为汉朝使臣出使匈奴。不料，匈奴人违背了诺言，不放苏武返回汉朝，扣留了他，还劝他投降。苏武严词拒绝，说："我奉国家命令出使匈奴，丧失气节就是侮辱了使命，丢大汉王朝的脸。我假如那样，还有什么脸见人！"匈奴人用刀威胁他，他索性把脖子伸过去，宁死不从。

　　匈奴人把他关进地窖，不给吃喝，他就吃羊皮，吃雪，顽强地活着。匈奴人又把他送到遥远的北海，叫他放羊，说不投降就让他在那里待一辈子。苏武没有忘记自己是汉朝的使臣，代表着国家。他坚决不做有辱国格的事，宁可天天挖野菜，吃田鼠，受冷挨饿，也不向匈奴人央求什么。而且，那根代表汉朝，表明使者身份的旄节（一根长棍，上面挂着穗子），他一直放在身边，放羊的时候也拿在手中。天长日久，旄节上的穗子都掉光了，他仍然紧握不放。

　　悠悠十九载，已是两鬓斑白的苏武，终于有了回国的机会。回到祖国的那一刻，他依旧手拄着那根跟随自己十九年，色已褪尽的旄节，高抬头颅，激动地流出幸福的泪水。

苏轼的故事

北宋著名文学家苏轼，幼年受到良好的家庭教育，自己又刻苦学习，青年时期就具有广博的历史文化知识，显露出多方面的艺术才能。苏轼考进士时，欧阳修见到他的文章连连称赞。苏轼二十一岁时就高中进士。

"自古雄才多磨难"，苏轼也不例外。当年王安石主持变法，苏轼站在对立面，几次向神宗皇帝进言，极力陈述新法的各种弊端，他也因此遭到了改革派的弹劾。苏轼感到在汴京举步维艰，就请求到外地做官。后来，苏轼到湖州做官，可是到任不久，一场灾祸便从天而降。御史台（旧称乌台）派人将苏轼逮捕，押送汴京，罪名是他作诗诽谤朝廷。苏轼在狱中被关押了一百多天，受审十余次，惨遭折磨。后经多方营救，苏轼终于被释放，被贬为黄州团练副使。这就是北宋有名的"文字狱"——乌台诗案。

苏轼被贬官到黄州的那段时期，不但在精神上感到十分寂寞，在生活上也是穷困潦倒。当时，朝廷给他的薪金已经用完了，苏家人口又不少，他只得想方设法节约开支。他规定每日的开支不得

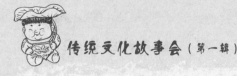

超过一百五十枚钱。每月初一，他会拿出四千五百枚钱，分为三十份，装在小袋里，挂在屋梁上。每天早晨，他用一根平时取画、挂画用的长叉从梁上挑下一袋，然后就把长叉收藏好。当天用不完的钱，则用大竹筒另外收藏，做招待客人之用。若还有剩余就再攒起来，当攒下不少钱时，就做别的安排。就这样，苏轼和家人度过了人生中最为惨淡的几年。

苏轼在给好友秦观写信时曾说："估计袋中的钱还可用一年多，到时候再另想办法，水到渠成，不必预先考虑。"在如此落魄之际，苏轼仍然能够做到泰然自若，实在非常人所及。这正是：唯大英雄能本色，是真名士自风流。

苏姓名人堂

苏定方：唐代杰出的军事家，在抗击突厥、援救新罗的战斗中战功卓越。

苏舜钦：北宋词人，与宋诗"开山祖师"梅尧臣合称"苏梅"，著有《苏学士文集》。

苏　颂：北宋中期宰相，杰出的天文学家、天文机械制造家、药物学家。

苏曼殊：近代作家、诗人、翻译家。

苏步青：我国著名的数学家、教育家，中国微分几何学派创始人，被誉为"东方国度上灿烂的数学明星""东方第一几何学家""数学之王"。

魏姓

　　"魏"在篆文中由三个部分组成：左边是一株禾苗和一个女子，右边是一个鬼的形象。《说文解字》中解释"魏"是高的意思。"魏"在古代曾多次被作为国名和朝代名称，有西周初年周成王分封姬姓诸侯国魏国，有战国七雄之一的魏国，还有汉末三国时期的曹魏政权，以及南北朝的北魏、东魏、西魏政权。

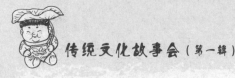

魏姓的起源

1. 周文王的后代毕万在晋国做了大夫，毕万的后代魏斯与韩、赵三家分晋，各自建国，魏斯建立了魏国。后来，魏国被秦所灭，魏斯的后代便以魏为姓。

2. 他姓或少数民族改姓。如：南宋蒲江人魏了翁，本来姓高，后改姓魏。又如：鄂伦春族魏拉依尔氏改汉姓为魏。

魏姓名人的故事

魏相的故事

魏相是我国西汉时期著名的政治家。

当时，车师（古西域国名）骚扰汉朝边境，汉朝的军队打败了车师，派士兵留驻在那里。之后，匈奴派骑兵袭击车师。听到这个消息，汉宣帝召集群臣商量对策。有人主张趁匈奴势力尚弱，派兵攻打匈奴，迫使它从

车师撤军。丞相魏相却有不同的主张："近年来匈奴并没有侵犯我们的边境，怎能为了车师去攻打匈奴呢？而且边境上的老百姓生活困难，怎能轻易兴兵打仗呢？眼前最重要的事情是整顿朝纲，任用贤能。如果我们出兵的话，即使打了胜仗，也会后患无穷。仗着国大人多而出兵攻打别人，炫耀武力，这样的军队就是骄横的军队，是注定要失败的。"汉宣帝觉得魏相说得有道理，就听从了他的意见。

魏徵的故事

魏徵是我国唐代著名的政治家。唐太宗时被提升为谏议大夫，一生陈谏200余事。

他小时候爱好读书，曾有过"神童秀才"的美名。那时候，魏徵家乡有个姓赵的财主，横行乡里，无恶不作。乡亲们都恨透了他。这年，他花银两向官府买了个"孝廉"美名，人们戏称他"假孝廉"。

这年春节，"假孝廉"对"神童秀才"魏徵说："我想借你的手，给我写副春联可以吗？"魏徵答应下来，想了想说："爆竹一声普天同庆人增寿，梅花数点大地皆春福满门。行不行？""假孝廉"听了，说："人人增寿哪能行！只有我爹娘才配增寿。"魏徵听了，十分气愤，心想：谁不知你是假孝

顺，既不孝顺爹，也不孝顺娘，觉得爹放过羊，娘当过支使丫头，不光彩。你想图虚名吗？好！便眉头一皱，计上心来。"那就把'人增寿'——改成'娘增寿'，贴在你门上自然是你娘了。写对子讲'天对地，雨对风，大陆对长空'，'娘'自然对'爹'了。别处一点不动，你看如何？""假孝廉"点头称是。魏徵说："那就一言为定！""假孝廉"说："一言为定。"

大年初一，乡亲们到各家去拜年。走过"假孝廉"大门口发现贴着这样一副对联：

爆竹一声普天同庆娘增寿，梅花数点大地皆春爹满门。

凡是认字的乡民看了，都捧腹大笑。而"假孝廉"呢，还在屋里得意着呢。

当人们知道这副对联，是出自"神童秀才"魏徵之手时，都说："'假孝廉'，碰上真秀才，假撞真，哪有不栽的？"

魏源的故事

魏源是我国清末著名的政治家、思想家、学者、向西方学

习的先驱之一。他生于我国由封建社会沦为半殖民地半封建社会的历史转折时期，一生跨越了鸦片战争前后两个不同的历史阶段。鸦片战争前，他潜心于"经世致用"之学，抨击时政，力主改革；鸦片战争中，曾协助两江总督裕谦办理浙江军务，参加抗击英国侵略者的实际斗争；鸦片战争后，他努力探索清王朝衰弱和西方国家强盛的原因，写成里程碑式的巨著《海国图志》，提出了"师夷长技以制夷"的主张，在近代中国人向西方寻求真理的历程中具有"创榛辟莽，前驱先路"的地位和作用。魏源和民族英雄林则徐一样，是近代杰出的爱国者。

魏源幼时沉静，喜欢默坐。他后来刻有一颗上书"默好深湛之思"的方印章，正说明取字默深的用意。祖父很喜欢他，曾对家人说：这个孩子性情、体貌异乎寻常，应按超常儿童来培养他。

魏源七八岁入家塾读书，除从塾师刘之纲学习外，还从伯父魏辅邦学习经史。他学习十分勤奋，足不出户，闭门苦读，"就局一室，偶出，犬群嗥"。连自家豢养的狗也把很少外出的他

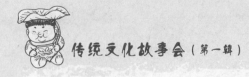

当陌生人而狂吠不已。他常苦读至深夜，乃至黎明，"夜手一编，渐晤达旦"。母亲怜其过勤，每每劝令他熄灯入睡。有时待父母熟睡，魏源又起来偷偷地点着灯在被底下翻阅。后被发觉，父母劝谕以长夜苦读非童稚所宜。因魏源既聪颖又勤奋，故学业进步很快。9岁到邵阳县城应童子试，他进入考场时，县令指着茶瓯中画的太极图出句"杯中含太极"，当时，魏源随身带有两个麦饼充饥，略加思索即对以"腹内孕乾坤"，主考官和在场的人无不惊服。

魏源15岁时考中秀才，开始研究陆象山、王阳明的著作，并喜读历史。因家贫少书，常向亲友借阅，孜孜于学。后到邵阳县城学宫读书，因成绩优异得到助学食米津贴。17岁，他在家乡设馆授读，成为年轻塾师。

少年魏源已颇有文名，慕名前往的学童日益增多。他故居的楹联如"读古人书，求修身道；友天下士，谋救世方"；"学贵运时策，友交立德人"；"淡泊以明志，平易而近人"；"尽交天下士，长读古人书"等，都是魏源少年时代自撰自书的。他少年时的诗作《村居杂兴》生动地描绘了故乡淳朴的田园风光，抒发了他对故乡山水与风土人情的淳厚感情。

魏姓名人堂

魏　斯：战国初期魏国的建立者，历史上著名的魏文侯。

魏　冉：战国时期秦国大臣。

魏伯阳：东汉著名的黄老道家、炼丹术家。

魏　收：北齐史学家、文学家，与温子升、邢邵并称"北
　　　　地三才子"。

魏良辅：明代戏曲音乐家，昆腔的创立者，被后人奉为
　　　　"昆曲之祖"。

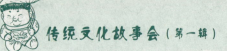

田姓

田姓的汉字演变

"田"字是一个象形字，本义为种田，为动词。在甲骨文中，"田"字的字形很像一块块大小不等的田地。随着汉字的演化，在金文中，字形中的田地被简化为四块。"田"字还有打猎的含义。此外，"田"字用作名词，指与农业有关的事物，如"农田""田园"等。

田姓的起源

1. 田即甸，是商王派驻都城外负责田事的官，主要职责是为朝廷管理和提供谷物、龟甲，其官世代承袭，因此有人就以官名"田"为姓。

2. 陈厉公的儿子陈完因陈国内乱，逃到了齐国。陈完为人谦逊有礼，齐桓公任命他为公正（管理工匠的官），并封其食邑于田。陈完的后世子孙就以封地名为姓，称田姓。

3. 他姓所改。如：明初大臣黄子澄，因上削藩策而被杀。其子黄子经为逃避杀害改名为田终，其后世子孙也以田为姓。

4. 少数民族改姓。如：金朝女真人阿不哈氏改汉姓为田。

田姓名人的故事

田忌的故事

赛马是古代的一种竞赛项目，古时候人们在战争的间歇时间里经常组织赛马。

田忌是战国时期齐国的名将。在与齐王的一次赛马比赛中，田忌的马又跑输了。他回到帐篷后一言不发地坐在那里发呆。他的朋友孙膑也看了比赛，见状就安慰说："你的马也很

好，每场比赛只差一点点距离，下次再赛的时候也有赢的机会，何必自己懊恼呢？"田忌叹了一口气说："我和齐王经常进行赛马，每次都是我输，每场都落后一点，如果落后多了，我也不会再和齐王赛马，就是那么一点点的距离让自己不甘心啊！"孙膑听了一笑："下次赛马你按我说的去做，保你赢得比赛。"

几天后，齐王又约田忌赛马，约定进行三场比赛，赌注为一千两黄金。比赛一开始，齐王最好的马毫无悬念地超过了田忌最差的马，赢了第一场。接下来的比赛，田忌最好的马将齐王中等的马甩在后面，田忌获得了胜利。最后一场比赛，田忌中等的马超过了齐王最差的马。最终，田忌以两胜一负赢得一千两黄金。

比赛的结果让齐王大吃一惊，他亲自上门询问田忌赢得比赛的办法，田忌如实地把孙膑献策让他用下马对上马、上马对中马、中马对下马的办法告诉给齐王。从那以后，孙膑就做了齐国的军师，把他的策略运用到保卫齐国的战争之中。

田忌赛马的故事告诉我们，在总体差距不大的时候，调整

策略能够改变结果；它还告诉我们，面对生活中的问题应该多思考，想出对策后再去实施，效果也许会更好。

田稷的故事

田稷担任齐国的相国时，收受了下属官吏贿赂的大量财物，并把它们送给母亲。

他的母亲看到这么多财物，觉得儿子有问题，就问他："你出任相国已经有三年了，但俸禄都不曾有这么多，这些是从哪里得来的？难道是从你手下一些人那里搞到的吗？"田稷回答说："确实是收受属下的。"母亲说："我听说士大夫要修身洁行，不能随便收受人家的东西。诚心诚意地做事，不弄虚作假；不符合道义的事情，不在心里盘算；不合理的利益，不带回家里。如果言行一致，就会表里如

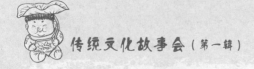

一。如今，君主用高官厚待你，用很多的俸禄供奉你，你的一言一行就应该报答君主。臣子辅佐君主，就像儿子孝敬父亲，尽心竭力，忠贞不贰，廉洁公正，这样就不会有祸患。如今，你却与此相反，远离了忠诚啊！作为臣子不忠，就是作为儿子不孝。不义的财物，不是我应该拥有的；不孝顺的儿子，不是我的儿子。你起来走吧。"

田稷羞愧地走出家门，退还了财物，主动向齐宣王认罪，请求处罚自己。齐宣王听后，对他母亲的深明大义大加赞赏，于是免除了田稷的罪责，并且拿出国家的钱财奖赏给田稷的母亲。

君子无功不受禄，更何况是别人贿赂的金子呢？田稷母亲的做法值得我们赞扬。

田豫的故事

田豫是三国时期魏国的将领，是个难得的清官。他清廉节俭，上级赏赐给他的东西，他常常分送给将士们。

鲜卑族素利等部落，常来拜见田豫，并送上牛马等礼物，田豫就把这些礼物转送给官府。这些部落的使节认为以前送给田豫的礼物太显眼，不如送黄金，就秘密地在怀里藏了三十斤黄金，对田豫说："希望您让左右的侍从退下，我有话要说。"田豫让身边的人回避，部落使节跪下说："我们看到您十分清贫，所以送您一些牛马，但您却把它们交给了官府。今天秘密地送些黄金给您，可以作为您家中的财产。"田豫听到此话大吃一

惊。他暗想，如果当面拒绝，恐怕会伤了和气，于是就故意张开宽大的衣袖，收下了黄金，并感谢他们的好意。

等到部落使节回去后，田豫立即将这三十斤黄金全部交给官府，然后又把这一情况写了一份奏折上报给魏文帝。魏文帝看了这份奏折后，下诏表彰他说："春秋时期有个魏绛，为表示与戎族友好，光明正大地接受他们送来的礼物。现在你举袖接受鲜卑送来的黄金而交公，你的这种做法，我十分赞赏。"

由于田豫廉洁奉公，所以他家里非常清贫。正因为如此，即使不是他的同道，也都对田豫的高尚品德给予肯定。嘉平六年皇帝下诏褒扬他的事迹，还赐给他许多金钱和粮食。

田姓名人堂

田因齐：即齐威王，战国时期齐国开明国君。

田　文：即孟尝君，战国时期齐国贵族、大臣，战国四公子之一。

田　骈：战国时期思想家、教育家，先秦天下十豪之一。他本学黄老，与慎到齐名。曾讲学稷下，雄于辩才。代表作品有《田子》。

田　何：西汉著名学者、今文易学的开创者。

田　汉：戏剧家、文艺活动家，中国现代戏剧三大奠基人之一。中华人民共和国国歌《义勇军进行曲》的词作者。

姓

姜姓的汉字演变

　　"姜"是个会意兼形声字，本义是美丽。甲骨文的"姜"，就像是一个头戴"羊"角的美丽女子，正面朝左方跪坐在地上，其中的"羊"也是声旁。金文的"姜"，字形和甲骨文相近，不过更加凸显了女子弯曲的眉毛和妩媚的眼睛。"姜"也是一种姓氏，族人为神农氏的后代，因居住在姜水一带而得名。

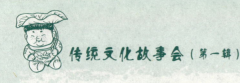

姜姓的起源

1. 炎帝生于姜水，他的后人有些就以姜为姓。

2. 少数民族改姓。如：满族的姜佳氏，后改为姜姓。

田姓名人的故事

齐桓公的故事

春秋时期的管仲是我国历史上著名的政治家。他辅佐齐桓公，九合诸侯，一匡天下，成就了齐桓公的霸业。但是管仲以前曾是齐桓公的政敌。

齐桓公姓姜，名小白，其前任国君是他的兄长齐襄公。齐襄公昏庸无道，使齐国政治潜藏着极其深刻的危机。诸公子纷纷逃亡，以避灾难。公子小白与心腹鲍叔牙投奔莒国，他的弟弟公子纠则同心腹管仲投奔了鲁国。不久，国内发生政变，

齐襄公被杀。公子小白和公子纠得知消息后，分别由他们所居住的国家派遣军队，护送他们回国。两兄弟谁先回到齐国，谁就能成为国君。为了帮助公子纠夺得齐国君位，管仲单人匹马驰向通往莒国的大道，奋力追赶上了公子小白。他假装恭顺，上前拜见小白，趁小白不注意，突然猛发一箭，直向小白心窝射去，小白大叫一声，口吐鲜血，从车上栽了下来。管仲大喜过望，急忙策马而逃。管仲赶上公子纠的队伍后，把事情对公子纠讲了。他们以为政敌已除，于是便从容不迫地向齐国进发。但是当他们赶到齐国首都临淄时，却得知小白已经登基为国君了。

原来小白并没有死，那一箭正射在他腰带的铜钩上，他便幸运地躲过了劫难。小白知道管仲是有名的神射手，于是急中生智，咬破舌尖，大叫一声，口吐鲜血，栽下马去，瞒过了管仲。然后他们抄小路疾驰回国，抢先登上了国君的宝座。鲁国军队见小白捷足先登，便用武力攻打城门，哪知齐国早有防备，鲁军大败而回。

小白即位，称齐桓公。齐桓公要封鲍叔牙为相，鲍叔牙却向齐桓公极力推荐管仲，他对齐桓公说："管仲之才，胜我百倍，君若欲大展宏图，非管仲莫属。"齐桓公也知道管仲是旷世奇才，又见鲍叔牙竭诚推荐，于是决定摒弃前嫌，重用管仲。为了能让管仲回国，齐桓公派人对鲁国国君说，杀掉公子纠，缚送管仲回国，以报一箭之仇。若不应允，即兴兵伐鲁。鲁国弱小，只得照办，杀了公子纠，把管仲捆绑起来，装入囚

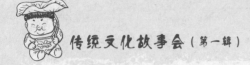

车，送回齐国。管仲自以为必死无疑，他早已置生死于度外，大义凛然，泰然处之。哪知当他被押进宫廷时，齐桓公快步走下座位，亲自为他松绑，当即拜他为相。齐桓公的这一举动使管仲深受感动，从此他尽心辅佐齐桓公，大刀阔斧进行改革，结果齐国大治，国力大增。管仲又建议齐桓公打出"尊王攘夷"的旗号，存邢救卫，九合诸侯，最后终于称霸天下，成为春秋时期五霸之首。

姜子牙的故事

姜子牙是我国古代杰出的韬略家、军事家和政治家。他出生在一个没落的家庭，为了生活，他年轻的时候做过宰牛卖肉的屠夫，也开过酒馆卖过酒。但姜子牙志向很高，无论是宰牛还是做生意时，他都抓紧时间学习天文地理、军事谋略，研究治国安邦之道，期望有一天能施展自己的才华。

在对商朝绝望以后，姜子牙听说西部周国的姬昌（就是后来的周文王）为了治国兴邦，正在广求天下贤能之士。于是他毅然离开家乡，来到周国的领地，终日以垂钓为事，静观世态的变化。

一般人钓鱼都是用弯钩，钩子上挂有鱼饵，然后把它沉在水里，诱骗鱼儿咬食物，这样也就把钩子咬住了。但姜子牙的鱼钩却是直的，上面不挂鱼饵，也不沉到水里，而是离水面三尺高。

他一边高高举起钓竿，一边自言自语："不想活的鱼儿呀，你们愿意的话，就自己上钩吧！"

路过的人都嘲笑他说："像你这样的钓法，一百年也钓不到一条鱼啊！"姜子牙不屑一顾，说："我不是为了钓到鱼，而是为了钓到王与侯！"

有一天，姬昌路过此地，见到姜子牙奇特的钓鱼方法，觉得此人有些与众不同，便主动与他聊了起来。姬昌见姜子牙学识渊博，通晓历史和时势，便向他请教治国兴邦的良策。

姜子牙说："要治国兴邦，必须以贤为本，重视发掘和使用人才。"

姬昌听后十分高兴，说："我的父亲曾预言，当圣人来到周时，周才得以兴盛。您应该就是那位圣人吧？我们盼望您很长时间了！"

姜子牙见姬昌诚心诚意请自己，便答应为他效力。于是，姬昌亲自将姜子牙扶上马车，拜他为太师。从此，英雄有了用武之地。

后来，姜子牙辅佐姬昌，振兴周国，还帮助姬昌的儿子武王姬发灭掉了商朝。

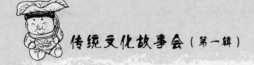
姜肱的故事

汉朝的时候，有个人姓姜名肱。他有两个弟弟，一个叫姜仲海，另一个叫姜季江。他们兄弟三人手足情深，非常友爱，天天在一起读书，下课又一起温习功课、玩耍，还一起帮家里做家务事。三兄弟还缝了一床大棉被，每天都睡在一起。

或许我们会觉得，这种情形在幼年的时候才会有，长大之后不可能发生，因为他们各自都已经成家立业了。可是姜肱三兄弟长大之后感情依旧非常好，好到有时还三个人睡一块，这就真的非常难得。

有一次姜肱跟弟弟季江一同去京城，结果半夜路遇强盗。月光下，强盗面目狰狞，嚣张地晃着寒光闪闪的匕首，一步步逼近抱在一起的两兄弟。突然，哥哥推开弟弟，抢上前一步说："我弟弟还小，我是做哥哥的，我可以牺牲，我要挽救我的弟弟，希望你们放他一条生路。"这时，后面的弟弟也走上前来说道："不！你不可以伤害我哥哥。哥哥学问、品德很好，

是家里的珍宝，是国家的栋梁，我年纪小，能力差，不及长兄，还是杀我吧！"兄弟俩都争着让对方活着，想到兄弟就要生离死别，两人不禁抱在一起，痛哭流涕。

盗贼也不是铁石心肠，也是因饥寒才起盗心的。他被兄弟俩的手足情深深地感动了，说道："我今天终于见到什么叫亲情了。"于是抢了一些财物便匆匆离开。

进了京城，有人见到姜肱衣冠不整，穿得很破烂，就问他："出了什么事，你会如此落魄？"但是姜肱绝口不提被抢的这件事，因为他心里深盼盗贼能悔改。

后来事情辗转传到盗贼那里，他听到姜肱被抢而不说，非常感激，悔恨交加。于是就跑去求见姜肱，亲自把所有抢来的财物还给了姜肱，并表明了痛改之意。

姜姓名人堂

姜　维：三国时期蜀汉名将，官至大将军。

姜公辅：唐朝宰相。

姜　夔：南宋词人、音乐家。

姜　才：南宋抗元将领，民族英雄。

姜宸英：明末清初文学家、书法家、史学家，与朱彝尊、
　　　　严绳孙并称"江南三布衣"。

毛姓的汉字演变

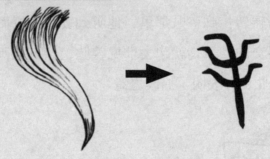

　　"毛"字本义为须发、兽毛，是一个象形字。其古文字形看上去很像毛发。在汉字中，"毛"常作为一个偏旁部首出现，很多带有"毛"的汉字都与毛发有关。现在，"毛"泛指动植物皮上所生的丝状物。由于这些丝状物手感大多不是很光滑，所以"毛"字引申为"粗糙的"，如"毛坯"。也指"不纯净的"，如"毛重""毛利"。此外，"毛"也有粗率、冒失之义，如"他做起事来总是毛手毛脚"。

毛姓的起源

1. 周文王之子伯聃被封于毛邑（今河南宜阳），其后代便以封邑名为姓。

2. 周文王庶子叔郑被封于毛国（今陕西岐山一带），史称毛公，其后代便以封国名为姓。

毛姓名人的故事

毛遂的故事

毛遂是战国时期平原君赵胜的门客，在平原君门下三年未得崭露锋芒。

有一次，秦国军队包围了赵国都城邯郸。赵王派平原君去说服楚王出兵解救赵国。平原君打算从手下众多门客中挑选二十人做随从，但挑来挑去只有十九人符合要求。正在着急时，毛遂自我推荐说："让我去吧！"平原君笑笑说：

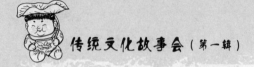

"有本事的人，随便到哪里，都好像锥子放在口袋中，一定会露出尖锋来。可你来了三年，没听人说起你的大名，可见你没有什么才能啊。"毛遂说："我如果早被放在口袋里，早就脱颖而出了，何止露出一点尖锋呢！"平原君见他说得有理，便带毛遂等二十人来到了楚国。

平原君请楚王出兵，从早晨谈到中午，还没有结果。其余十九个门客十分着急，但却没有主意。只有毛遂按剑上前说："结盟的事，非利即害，非害即利，无非'利害'二字而已，这样明白的道理，为何现在还下不了决定？"楚王大怒，斥道："我与你主人说话，你来干什么？还不给我退下！"

哪知毛遂不但没有退下，反而又上前几步说："现在大王的性命掌握在我手上，您的百万兵马都没有用了！"楚王一时无言对答。毛遂继续进逼说："其实，楚国有五千里辽阔的土地，上百万士兵，这么强大的国家，为什么要害怕秦国呢？大王不同意楚赵结盟，难道要等秦国逐个击破，坐以待毙吗？"楚王听了连连点头，答应与赵国结盟，出兵解赵国之围。

毛晋的故事

毛晋是我国明朝末期著名的藏书家、出版家、刻书家。

毛晋早年师从钱谦益，但终生无意于仕途，一生以访书、

抄书、藏书、刻书、著书为业。他一生中前后聚书达84000余册，多为宋、元刻本，建汲古阁、目耕楼藏之。藏书之后他还苦心校勘，雇刻工、印工等多人，先后刻书600多种。曾校刻《十三经》《十七史》《津逮秘书》《六十种曲》等书，流布甚广，有"毛氏之书走天下"之说，居历代私家刻书者之首。

毛晋刻书以缮写精良、纸墨上品、印本赏心悦目而著称，刊有"世美堂""绿君亭""汲古阁"等字样。

毛晋在目录学上造诣颇深，编有《汲古阁书目》，并作题跋152篇。毛晋一生为弘扬中华文化做出了杰出贡献。

毛泽东的故事

伟大领袖毛泽东一生读书无数，其中对我国四大名著之一的《三国演义》更是爱不释手。毛泽东从少年时代到人生结束，至少读了70年《三国演义》。他熟读《三国演义》，经常运用并赋予《三国演义》以时代含义，传播他深刻的思想。

少年时代，出生于韶山农村的毛泽东就爱看书。当时在他老家湖南湘潭县韶山冲，《三国演义》还不多见，毛泽东第一次读到这部书就爱不释手。毛泽东不但爱看《三国演义》，还喜欢把看到的内容讲给同伴听。少年毛泽东是同伴们中最有才学的人，每当他讲起《三国演义》时，就连村里的大人也情不自禁地前来倾听。

毛泽东的父亲是一个地地道道的农民，他对儿子爱看书是又喜又忧。喜的是毛泽东聪明伶俐，对读书很有天赋；忧的是毛泽东爱看闲书，怕他受到书籍的影响长大后惹事。为此，父亲特地把毛泽东送到韶山井湾里，拜堂兄毛宇居为师，在毛宇居开设的私塾里读书。

当时的私塾读的是"四书五经"，毛泽东却不感兴趣。在

毛泽东看来，"四书五经"枯燥无味，而《三国演义》里的人物栩栩如生，仿佛是一双无形的手，紧紧地揪住了他的心，让他欲罢不能。有一次，毛宇居在台上讲《增广贤文》，毛泽东就把《增广贤文》盖在《三国演义》上面，偷偷地读。因为看得太入迷了，以至于毛宇居走到面前他还不知道。

虽然毛宇居对毛泽东不好好读正书很失望，但学堂里的同学却很喜欢毛泽东，经常偷偷地央求他给他们讲《三国演义》。为了听毛泽东讲故事，同学们都想尽办法借来各种古典文学送给毛泽东看，然后通过毛泽东讲故事的方式传授给他们。少年时代的毛泽东，对四大名著均爱不释手，但《三国演义》是他的最爱。

毛泽东有浓厚的求知欲，无论是什么书，他都喜欢涉猎。广泛的阅读让他视野开阔，深受师生的喜爱。1910年，毛泽东去县城的东山学堂读书，他只带了一套换洗衣服，此外全是书籍，其中《三国演义》和《水浒传》被他端端正正地放在箱子里。

毛姓名人堂

毛延寿：汉代画家。善画人形，"好丑老少，必得其真"。因为丑化王昭君而在历史上留名。

毛　宝：东晋将领。

毛伯温：明朝兵部尚书、将领。

毛先舒：明末清初文学家，西泠十子之一。

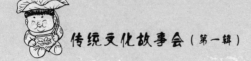
秦姓

秦姓的汉字演变

    "秦"是会意字。"秦"原本是我国的一个地方名称，也是古代一个诸侯国和朝代的名称，而现在指陕西中部一带。这一带以产谷著称，这一点在"秦"的字形上有很好的体现。其字形上边很像两只手拿着杵高高举起，下边则是两棵代表谷禾的禾苗，意思是"春禾"。后来，它被假借为专名用字，如秦国、秦朝。现在，"秦"主要作为陕西的代称和姓氏来使用。

秦姓的起源

1. 周孝王封嬴姓伯益的后裔非子在陇西秦亭（今甘肃天水张家川县城南），并让他继续举行嬴姓的祭祀，称为秦嬴。后来，秦嬴王族子孙就以秦为姓。

2. 周文王的后代伯禽的孙子被封于秦邑（今河南范县旧城），其后代便以封地名为姓。

3. 汉化改姓。如：古代大秦（即罗马帝国）人来中国，多因中国的富饶和山川秀美、文化高度发达而不愿再回去。这些人依从汉人的风俗习惯，便以秦为姓。

秦姓名人的故事

秦叔宝的故事

秦琼，字叔宝，是我国隋末唐初的名将。

相传，隋朝末年，靠山王杨林有多个义子。一次，这些义子押送银子为隋炀帝杨广贺寿，不料半路遇见了盗贼，银子全部被抢走了。这伙盗贼的首领长

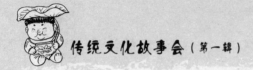

相奇特，令人印象深刻。杨林根据描述，要求县衙务必将盗贼全部捉拿归案。

这个案子的主要负责人正是秦叔宝。当他往下查案时，发现这个盗贼首领正是自己的朋友。这可让秦叔宝左右为难了：朋友虽然是盗贼，却劫富济贫，深受百姓爱戴；可要是不抓他，找不回银子，自己和手下的捕快不仅会丢了工作，还要被发配充军。这可怎么办呢？最后秦叔宝做了一个大胆的决定，自己易容去登州，冒充朋友自首。

第二天早上，秦叔宝骑着自己的黄骠马上路了。路过一个叫两肋庄的地方时，眼前出现了岔路，一条去登州，一条回家。秦叔宝不由得想起了家中的老母妻儿，可他仅仅犹豫了一下，最后还是为了朋友，视死如归地选择了往登州的路。

秦叔宝的举动得到杨林赏识，也让天下好汉十分佩服。秦叔宝为朋友两肋庄走岔道的故事，后来演变成成语"两肋插刀"。

秦韬玉的故事

唐代诗人秦韬玉，一生穷困潦倒，郁郁不得志，但是他很有才华，擅长写七言律诗，他写的很多诗都被人争相传诵。其中有一首诗叫作《贫女》："蓬门未识绮罗香，拟托良媒益自伤。谁爱风流高格调，共怜时世俭梳妆。敢将十指夸针巧，不把双眉

斗画长。苦恨年年压金线，为他人作嫁衣裳。"这首诗写的是一个贫穷女子悲惨的处境和难言的苦衷。作者通过独白揭示贫女内心深处的苦痛，着意刻画贫女持重清高的品行，对贫女给予深切同情，也寄寓了作者自己的不平和感慨。诗的大意是，我生在底层贫民之家，原来连绫罗绸缎都不认识，更谈不上穿过。父母想托人为我做媒，想起来心里更加难过。如今，人们只看重衣着、打扮和家世，谁会把你品格高低当回事？像我这样，纵然有一手出色的女红，却没有条件去修饰自己；至于把眉毛画得长长的去讨人家喜欢，跟别人争妍斗丽，也绝不是我所情愿干的事情。如此看来，我这样不迎合当今世态人情的人，即使托到了再好的媒人，不也是难以找到如意郎君吗？唉！我年龄一天天大了，终身大事却至今还没有着落，心里本来就烦闷、忧伤，可是还得天天穿针引线，给绸衣罗裙刺绣，不停地为别人家的姑娘缝制出嫁用的漂亮衣裳，真叫人心酸！

秦观的故事

　　秦观是北宋时期著名的词人，与黄庭坚、晁补之、张耒合

姓氏的故事

137

称"苏门四学士"。这里的"苏"字，指的是苏轼。苏轼可以算得上是秦观的伯乐和老师，秦观在政治上的成就，很大一部分都来自于苏轼的成全。在与苏轼交往过程中，秦观得到了许多的收获。

已经叫作苏门四学士，可见秦观与苏轼的关系多么亲密。不管当时的事实如何，秦观绝对是已经打上了苏轼标签的人。所以现在留下的很多与秦观有关的故事，都和苏轼有关。

秦观和苏轼的关系，是在苏轼做徐州知州之后产生的。秦观写信拜谒苏轼，两人相见，苏轼对秦观的文采十分欣赏，此后两人游览湖州、徐州、润州等地，谈天说地，建立了深厚的友谊。

有一次秦观外出游玩，苏轼很久都没有得到秦观的消息。因为挂念秦观，于是苏轼给秦观写了一封信，询问秦观的情况。没有让苏轼等多久，秦观就给他回了一封信。不过这封信却十分奇怪。信上只写了十四个字，还排成了一圈，就像这样：

<pre>
        已 暮 赏
     时   花
     醒   归
     微   去
     力   马
        酒 飞 如
</pre>

　　这又是个什么意思？要是我们第一次看，多半要惊叹：
"这是什么？"但是苏轼看了之后，却连连叫好。苏轼自然是
看懂秦观信中所言，秦观写了一首回环诗，向苏轼讲述了自己
的情况。

　　这首诗正确的读法应该是这样的：

　　　　赏花归去马如飞，去马如飞酒力微。

　　　　酒力微醒时已暮，醒时已暮赏花归。

　　秦观不仅写下了许多优美的诗篇来抒发自己的感情，甚至
还曾经梦中题诗，十分玄幻。

　　话说秦观被贬到雷州之后，有一次梦见在雷州海康宫亭庙
下，一个天女手持一幅维摩画像给他看，并开口请求他写一首
诗赞扬。秦观是信佛之人，听到天女的要求后便写道："竺仪
华梦，瘴面囚首。口虽不言，十分似九。应笑荫覆大千作狮子
吼，不如搏取妙喜似陶家手。"

　　后来梦醒，发现天女全是虚妄，但是梦中所著的诗却历历
在目，于是将这首诗写了出来。这事听起来玄幻，但是后世许
多学者都称，在雷州天宁寺的确存有这幅字，字迹正是秦观的
笔迹。

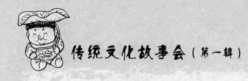

秦姓名人堂

秦越人：即扁鹊，春秋战国时期名医。

秦　桧：南宋奸臣，主和派的代表人物，担任宰相期间，极力主和，打击众多抗金将领，是历代奸臣的代表。

秦九韶：南宋官员、数学家，与李冶、杨辉、朱世杰并称"宋元数学四大家"。

秦简夫：元代戏曲家。

秦良玉：明代著名女将，抗金英雄。

文姓的汉字演变

"文"字是一个象形字，甲骨文中"文"字很像是一个人站立在大地上，胸前或背后被刺上了很多花纹。因此，"文"字的本义是文身，也可用来表示花纹、纹理。先秦时期，"文"有文字之义。而"字"直到秦朝时才被用来指代"文字"。后来，"文"引申为用文字记下来以及与之有关的事物，如文体、文献、文采。人类劳动成果的总结，称为"文化"。

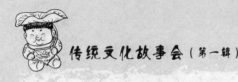

文姓的起源

1. 周武王灭商，追谥他的父亲为文王。文王的支庶子孙中有的以他的谥号"文"为姓。

2. 春秋时期卫国有个将军叫孙文子，是个很有声望的人物，他的子孙有的以其字"文"为姓。

3. 避讳改姓。如：五代时期，为避后晋高祖石敬瑭的名讳，将"敬"姓改为"文"姓。

文姓名人的故事

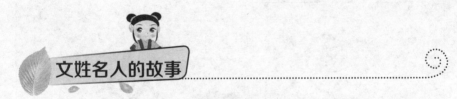

文种的故事

春秋时期，吴越两国经常起争端。公元前497年，吴国打败越国，越王勾践向吴国求降，委曲求全去吴国给吴王夫差当奴仆。在大夫范蠡的帮助下，越王勾践终于骗得夫差的信任，三年后，被释放回国。勾践为了不忘国耻，就每天晚上睡在柴草上，坐卧的地方也悬着苦胆，每天吃饭之前都要先尝一口苦胆。经过十年的奋斗，越国终于打败了吴国。

辅助越王勾践报仇雪恨的主要是两个人，一个是范蠡，还有一个是文种。当时勾践在会稽山一战中大败，国力也不足以

与吴国相抗。他就和范蠡、文种两个大臣商议怎样才能报仇雪耻。范蠡劝勾践主动向吴王示好，以便争取时间发展生产，增强国力，提高军事力量。

这时候，夫差因当上了霸主，骄傲起来，一味贪图享乐。文种劝勾践向吴王进贡美女。越王勾践就派人到处物色美女，结果在浣溪边找到了花容月貌的西施。越王派范蠡把她献给了夫差。夫差一见西施，顿时被迷住了，把她当作下凡的仙女，宠爱得不得了，也逐渐放松了对勾践的监视。随后，文种和范蠡又帮助勾践取得夫差的信任。他们还设计让夫差杀了忠臣伍子胥；送给吴国浸泡过、不能发芽的种子，害得吴国当年颗粒无收，到处闹饥荒，国内人心大乱。

越国灭掉吴国，范蠡和文种是最大的功臣。勾践在灭掉吴国后，便要拜范蠡为上将军，拜文种为丞相。但是范蠡不仅不接受封赏，还执意要离国远去。他不顾勾践的再三挽留，离开越国，隐居齐国。范蠡离开后，还惦记着好友文种，于是就悄悄派人送了一封信给文种，在信上告诉他："你也赶快离开吧，我们的任务已经完成了。勾践心胸狭窄，只可与他共

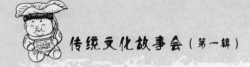

患难，不能同他共富贵。你要记住：'飞鸟尽，良弓藏；狡兔死，走狗烹。'"

但是，文种不相信越王会加害自己，坚持不肯走，还回信说："我立下这么大的功劳，正是该享受的时候，怎么能就这样离开呢？"果然在文种当丞相不久，勾践就给他送来当年夫差叫伍子胥自杀时用的那把剑，同时带了这么一句话："先生教给寡人七种灭吴的办法，寡人只用了三种，就把吴国给灭了，还剩下四种没有用，就请先生带给先王吧。"文种一看，就明白了，后悔当初没有听范蠡的话，无奈之下只好举剑自杀了。

文与可的故事

北宋时候，有一个著名画家，姓文，名同，字与可。他画的竹子远近闻名，每天总有不少人登门求画。

文与可画竹的妙诀在哪里呢？原来，为了画好竹子，长期以来，无论春夏秋冬、阴晴雨雪，他都去竹林观察竹子的生长变化情况，琢磨竹枝的长短粗细，叶子的形态、颜色。每当有新的

感受，他就回到书房，铺纸研墨，把心中的印象画在纸上。

有一次，天空刮起了一阵狂风。接着，电闪雷鸣，眼看着一场暴雨就要来临，人们都纷纷往家跑。可就在这时候，坐在家里的文与可急急忙忙抓过一顶草帽，往头上一扣，直往山上的竹林奔去。他刚走出大门，大雨就跟用脸盆泼水似的下了起来。

文与可一心要看风雨当中的竹子，哪里还顾得上雨急路滑！他撩起袍襟，爬上山坡，奔向竹林。他气喘吁吁地跑进竹林，没顾上抹一下流到脸上的雨水，就观察起竹子来了。只见竹子在风雨的吹打下，弯腰点头，摇来晃去。他细心地把竹子受风雨吹打的姿态记在心头。

文与可对竹子做了长年累月的细微观察和研究：在春夏秋冬四季，竹子的形状有什么变化；在阴晴雨雪天，竹子的形态、颜色有什么两样；在强烈的阳光照耀下和在明净的月光映照下，竹子有什么不同；不同的竹子，又有哪些不同的样子……他对这些都记得一清二楚。文与可只要在画纸前一站，凝神提笔，平日观察到的各种形态的竹子立刻浮现在眼前。所以每次画竹，他都显得非常从容自信，画出的竹子，无不逼真传神。

当人们夸奖他的画时，他总是谦虚地说："我只是把心中琢磨成熟的竹子画下来罢了。"

北宋文学家晁补之称赞文与可说："与可画竹时，胸

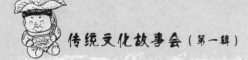

中有成竹。"北宋著名文学家苏轼在《文与可画筼筜谷偃竹记》中写道："故画竹，必先得成竹于胸中，执笔熟视，乃见其所欲画者，急起从之，振笔直遂，以追其所见，如兔起鹘落，少纵则逝矣。"

"胸有成竹"这个成语便出自这个故事，指画竹子时心里有一个竹子的形象，比喻做事之前已经有通盘的考虑，也说"成竹在胸"。

文天祥的故事

文天祥是宋末政治家、文学家，爱国诗人，抗元名臣。

1278年12月，文天祥在广东与元军交战时终因寡不敌众被俘。文天祥是抗元斗争的代表性人物，元朝统治者见文天祥被俘，非常高兴。他们想，如果能让文天祥归降，此举必将有力地缓解各地人民的抗元斗争，进而收服人心、巩固政权。于是元朝统治者极力对文天祥进行劝降。

首先是已投降元军的宋朝官员张弘范来规劝，遭到了文天

祥的严词拒绝。张弘范又要文天祥给仍在坚持抗元斗争的爱国将领张世杰写信劝降，文天祥仍然不答应，并把自己写的一首《过零丁洋》抄录给张弘范。这首诗是这样写的：

辛苦遭逢起一经，干戈寥落四周星。
山河破碎风飘絮，身世浮沉雨打萍。
惶恐滩头说惶恐，零丁洋里叹零丁。
人生自古谁无死，留取丹心照汗青。

张弘范看到文天祥的这首诗，为他的那种大义凛然、宁死不屈的精神所折服，也就不再勉强他了。

接下来，文天祥被送到"会同馆"，那里是专门招待投降宋臣的地方。这时，原来在宋朝做过丞相的留梦炎登场了。留梦炎跟文天祥一样，也是"状元宰相"，投降元军后仍然像在宋朝一样享受着高官厚禄。文天祥在富贵的诱惑面前，丝毫不动摇，留梦炎只好悻悻而归。当元朝统治者把已投降元军的9岁的宋恭帝赵㬎派来劝降时，文天祥也只说了一句"圣驾请回"。

文天祥宁死不降的精神远远超出了元朝统治者的想象。他们见利诱不行，就实行威逼。经过三年多牢狱生活的折磨，文天祥仍然没有丝毫的屈服。软硬兼施都不奏效，他们弄不懂文天祥究竟想要什么，而文天祥给元朝统治者的回答却是：除了死，他什么都不要。

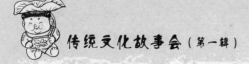

1283年1月8日，文天祥拒绝了元世祖忽必烈的亲自劝降，气急败坏的元朝统治者决定将他处死。

第二天，被押赴刑场的文天祥在临刑前问明了哪边是南方以后，就朝着南方拜了两拜，然后面不改色地从容就义了。

文天祥这种宁死不屈的气节被明朝的于谦赞为"殉国亡身，舍生取义，气吞寰宇，诚感天地"。几百年过去了，当年那些贪图富贵、苟且偷生的投降之徒早已化作尘土，而文天祥那种宁死不屈的浩然正气却永远存留人间！

文姓名人堂

文　翁：西汉循吏，汉景帝末年为蜀郡守，兴教育、举贤能、修水利，政绩卓著。

文　丑：东汉末年冀州牧袁绍帐下的大将。

文彦博：北宋时期宰相，著名政治家、书法家。

文徵明：明代画家、书法家、文学家，诗、文、书、画无一不精，人称"四绝"全才。在画史上与沈周、唐寅、仇英合称"明四家"；在诗文上，与祝允明、唐寅、徐祯卿并称"吴中四才子"。

文廷式：近代著名爱国诗人、词人、学者，维新派思想家。

钱姓

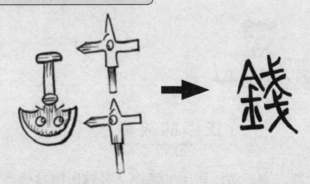

　　"钱"字本义为铁铲，是一个形声字。该字左边为"金"，说明最初的"钱"与金属有关；右边为"戋"，表示字音，同时"戋"字与"残"通用，有"小"的意思，这里是说铁铲可以使土变成小块。后来，"钱"专指货币。"钱"还是我国市值重量单位之一，一两的十分之一为一钱。现在，"钱"在我们的日常生活中是一个最为熟悉的字眼。

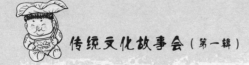

钱姓的起源

1. 彭祖是中国古代最长寿的人，他是颛顼的后代，也是先秦道家的先驱之一。他的孙子彭孚在西周时任钱府上士，掌管财政，其后人就以他的官职为姓，即钱姓。另一种说法是彭祖姓篯名铿，他的子孙去掉"竹字头"而改姓钱。

2. 赐姓。如：台湾高山族土著七姓中有一支因有功于国家，被乾隆帝赐姓为钱。

钱姓名人的故事

钱镠的故事

五代十国时期，浙江属于吴越国。吴越国国君就是钱镠，人们都称他为钱王。钱王治国，最头疼的一件事就是钱塘江两岸海塘的修筑问题。由于钱塘江潮的潮头极高，潮水冲击力量又猛，因此钱塘江两岸的海塘，总是这边修好，那边已经坍塌，以至于出现了"黄河日修一斗金，钱江日修一斗银"的说法。

当时，有人告诉钱王，海塘难修，是钱塘江潮神作怪的缘故。于是，生性勇猛的钱王，便在农历八月十八潮神生日这一天，精选了一万名弓箭手到江边聚集。途中经过一座宝石山，山路狭窄，只能容纳一人通过，钱王便用脚把这座山蹬成了两半，使山中间出现了一条宽宽的道路。从此，这儿就被叫作"蹬开岭"，钱王那硕大无比的脚印，至今还深陷在石壁上，清晰可见呢。

当弓箭手在江边聚齐后，钱王奋笔写了两句话："为报潮神并水府，钱塘且借与钱城。"并把这两句话扔进了江中。但潮神却仍然不理不睬，还是像往常一样，凶猛地扑了过来。钱王见此，大吼一声："放箭！"并射出了第一箭。顿时，万箭齐发，直射潮头。围观的百姓们都跺脚拍掌，大声呐喊助威。一会儿工夫，便连续射出了三万支箭，竟逼得潮头不敢向岸边冲击。钱王又下令："追射！"那潮头只好弯弯曲曲地向西南逸去，最后消失得无影无踪了。

从那时起，钱塘江海塘的修筑工程才能顺利进行。百姓们为了纪念钱王射潮的功绩，就把钱塘江海塘称为"钱王堤"。并在与功臣山一水相隔的地方建起钱王祠，让后世可以永远怀念一代明主——钱镠。

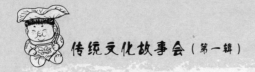

钱元瓘的故事

吴越国国君钱镠生病了，他对文武官员们说："我这次生病一定好不了了，我的几个儿子又都愚笨懦弱，有谁能够继承我的位子呢？"大家都哭着说："两镇令公（钱传瓘）性情仁孝，又有功劳，哪一个不拥戴？"钱镠于是把所有的印信、钥匙都拿出来交给了钱传瓘，对他说："文武官员们都拥戴你，你要好好守住这份基业。"接着又说："今后子孙们要好好地侍奉中原，不要因为中原改朝换代而放弃了侍奉大国的礼节。"又过了不久，他就去世了。

钱传瓘与兄弟们共同在一个幄帐内守丧，内牙指挥使陆仁章说："您继承先王的霸业，将吏们早晚要进见，应当与诸位公子分开住。"便命人另设一帐，扶着钱传瓘住进去，并向将吏宣告："从今以后，这里只能谒见令公，禁止诸公子的随从未经允许而随便进入。"于是昼夜警卫，未尝休息。钱镠末年，侍奉在左右的人都依附讨好钱传瓘，唯独陆仁章因为一些事情几次触怒他。到此时，钱传瓘慰劳他，陆仁章说："先王

在位时，仁章不知侍奉令公，现在为您尽力，就和侍奉先王一样啊。"钱传瓘很嘉许他，对他称叹不已。

钱传瓘继承王位以后，改名叫元瓘，兄弟们的名字中有"传"字的一律改为"元"。宣称是先王的遗命，除去建国的议制，而行使藩镇的礼法；免除百姓田地荒芜无收和户绝无主者的租税。任命处州刺史曹仲达代为掌理政事。设置择能院，主管评定选拔人才，任命浙西营田副使沈崧掌理其事。

内牙指挥使富阳人刘仁杞及陆仁章长时间当权，陆仁章为人刚直，刘仁杞喜欢贬低人，二人都被众人所厌恶。

有一天，诸将集结在一起，前往王府，请求把二人处死。钱元瓘命他的侄子钱仁俊向他们解释说："这二位将军侍奉先王很久了，我正要表彰他们的功劳，你们竟然因为私人嫌怨而要诛杀他们，怎么可以呢？我现在是你们的王，你们应当遵从我的命令；如若不然，我就应当归返临安以避让贤路！"众人惶惧而退。于是，便任用陆仁章为衡州刺史，刘仁杞为湖州刺史。内外有上书进行私人攻讦的，钱元瓘都搁置不理，因此文武百官之间的感情十分和睦。

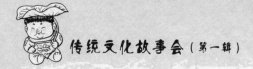

钱学森的故事

1955年10月1日清晨，广阔无垠的太平洋上，一艘巨轮正劈波斩浪驶往香港。一位四十来岁的中年人，迈着稳健的步伐踏上甲板，阵阵海风不时掠过他那宽大的前额。眺望着水天一色的远方，他屈指一算，已经在海上航行15天了。想到前方就是自己魂牵梦绕的祖国，他多么希望脚下不是轮船的甲板，而是火箭的舱壁啊！他，就是世界著名的科学家钱学森。

钱学森1934年毕业于上海交通大学，随后赴美留学，师从美国著名空气动力学教授冯·卡门，成为冯·卡门教授最得意的学生和最得力的助手。当时，钱学森享受着优厚的待遇，有富裕的生活和优越的工作条件。可是，他一刻也没有忘记自己的祖国。他说："我是中国人。我现在所做的一切，都是在做准备，为的是回到祖国后能为人民多做点事。"

1949年10月1日，中华人民共和国在隆隆的礼炮声中诞生了。这一年的中秋之夜，钱学森和十几位中国留学生一起欢度中华民族的传统节日。俗话说，"每逢佳节倍思亲"。他们一

边赏月，一边倾诉思乡情怀。年年中秋，今又中秋，在这中华人民共和国诞生后的第一个中秋节，他们谈论着祖国的美好前景，感到格外兴奋。

此刻，钱学森埋藏在心底很久的愿望越发强烈起来：早日回到祖国去，用自己的专长为祖国建设服务。他向留学生们袒露了心迹。留学生中有人劝道："中华人民共和国刚成立，要钱没钱，要设备没设备，现在回去搞科学研究，只怕有困难。"钱学森诚恳地说："我们日夜盼望着的，就是祖国能够从黑暗走向光明，这一天终于来到了。祖国现在是很穷，但需要我们大家——祖国的儿女们共同去创造。我们是应当回去的。"

听说钱学森准备回国，美国海军的一位高级将领说："钱学森无论到哪里，都抵得上五个师，决不能让他离开美国！"

然而，钱学森回国的决心一刻也没有动摇过，经过五年多的漫长岁月，在周恩来总理的关怀下，1955年9月17日，钱学森终于踏上了归国的航程。

钱学森回国后，为我国运载火箭、导弹的研制和发射做出了卓越的贡献，被誉为"中国导弹之父"。

钱姓名人堂

钱乐之：南朝宋时律历学家。

钱　乙：宋代医学家，擅长儿科，被尊称为"儿科之圣""幼科之鼻祖"。

钱　选：宋末元初著名画家，与赵孟頫等合称为"吴兴八俊"。

钱大昕：清代史学家、汉学家，与纪昀（纪晓岚）并称为"南钱北纪"。

钱伟长：世界著名的科学家、教育家，杰出的社会活动家，被称为中国近代"力学之父""应用数学之父"。

CHUANTONG WENHUA GUSHIHUI

发明发现的故事

传统文化故事会（第一辑）

《传统文化故事会》编委会 编

大连出版社
DALIAN PUBLISHING HOUSE

目录

宁封子与陶器·····················1

嫘祖与缫丝技术···············6

尧与围棋·····························10

杜康与酒·····························15

鲁班与锯·····························19

鲁班与橹·····························23

鲁班与伞·····························26

鲁班与石磨·······················30

范蠡与杆秤·······················34

墨子与小孔成像···············39

指南针·································44

蒙恬与毛笔·······················48

韩信与风筝·······················52

刘安与豆腐·······················57

李少翁与皮影戏···············62

赵过与耧·····························66

杜诗与水排 ……………… 72

蔡伦与造纸术 …………… 76

张衡与候风地动仪 ……… 80

瓷器 ……………………… 85

华佗与麻沸散 …………… 94

诸葛亮与木牛流马 ……… 99

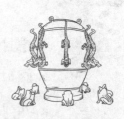

诸葛亮与孔明灯 ………… 104

马钧与指南车 …………… 108

马钧与"水转百戏" ……… 112

祖冲之与圆周率 ………… 116

火药 ……………………… 120

王惟一与铜人经穴模型 … 124

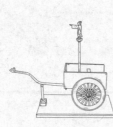

毕昇与活字印刷术 ……… 129

沈括与石油 ……………… 134

苏颂与水运仪象台 ……… 139

黄道婆与三锭脚踏纺车 … 145

郭守敬与简仪 …………… 149

侯德榜与联合制碱法 …… 153

宁封子与陶器

发明介绍

　　陶器，质地较粗且不透明的黏土制品。由黏土（或加石英等）经成形、干燥、烧制而成，可上釉（yòu）或不上釉。烧成

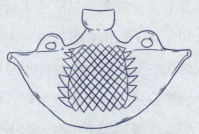

陕西宝鸡出土的船形彩陶壶

温度一般为600~1000 ℃，比瓷器的烧成温度低。按黏土成分的不同和烧制温度的差别，坯体呈灰、褐、棕等颜色。有日用、艺术和建筑陶器等。陶器在新石器时代开始大量出现，成为当时人类的主要生活用具之一。在考古学上，常根据其形制、花纹等特征区别文化类型，进行断代研究。

发明故事

宁封子，为中国古代传说中的仙人。据《列仙传》记载，他原是黄帝的陶正，后成仙。在民间流传着关于宁封子制陶的故事。

黄帝时期，人们已懂得用火烧熟食物来吃。话说有一天，宁封子从河里抓了很多鱼，他先把几条鱼直接放在火堆里烧，结果全烧焦了。他想了想，在剩下的几条鱼身上裹上了湿泥，又放进了火堆里。就在这时，黄帝派人通知宁封子外出办事，他一走就是三天。回来后，有人提起烧鱼的事，宁封子这才想起他临走时放进火堆里的鱼，他急忙跑过去刨开那堆灰烬，鱼早已没有了，只剩下一个泥壳。宁封子用手一敲，泥壳发出当当的响声。旁边一个看见的人说："宁封子真有本事，把软鱼烧成硬鱼了。"其他人哈哈大笑。宁封子没有说话，他把泥壳拿在手里左看右看，对大伙说："你们别笑，我虽然没吃上鱼，但可能烧出了一个有用的东西。"

宁封子拿起泥壳跑到河边，他用泥壳盛满水后观察了很久，发现泥壳里的水一滴未漏。

宁封子很善于思考，他从这次泥经火烧由软变硬的变

化中找到了灵感。他在河滩上发现了一截树墩，于是灵机一动，刨出河边的泥糊在树墩上，然后架起大火烧了三天三夜。待火熄后，他刨开一看：眼前已不是泥糊的一截树墩，而是一个硬泥筒。宁封子把河里的水灌进硬泥筒里，没有发现漏水现象。

宁封子高兴地抱着装水的硬泥筒往回跑，谁知不小心摔了一跤，硬泥筒摔碎了，水流得满地都是。宁封子并不气馁，他回想两次烧泥的经历，带着一块硬泥筒的碎片向黄帝汇报情况。黄帝听后非常高兴，他很支持宁封子继续进行这项研究。

经过很多次实验，中华民族的第一批陶器终于烧制成功了，人们有了盛物的器具，可以把水和食物等放在陶器里储存，可以用陶器煮食物，生活条件大大改善了。宁封子被黄帝封为陶正，主管制陶之事。

以上故事，只是传说。考古发现，在新石器时代，人们已大量制作和使用陶器，陶器成为当时人类的主要生活用具之一。在半坡遗址（距今约6000年）中，出土了用矿物颜料绘上图案，再入窑烧制的彩陶。中国古代劳动人民在生产生活实践中，创造性地发明了陶器，方便了人们的生活，推动了人类社会的进步。

相关诗词

天地有炉长铸物，浊泥遗块待陶钧①。

——［唐］徐夤（yín）《鬓发》

闻说万方思旧德，一时倾望重陶甄②。

——［唐］赵嘏（gǔ）《舒州献李相公》

相关成语

陶犬瓦鸡：用黏土制的鸡、狗。比喻无用之材，徒具其形而无能耐。

陶熔鼓铸：比喻给人的思想、性格以有益的影响。

想象力评价

远古时期，在生产生活过程中，人们对黏土的状态和性质有了较深刻的认识，也在积极寻找用以蒸煮、储存食物的新器具，经过反复思考和无数次的实验，用水、火、

①陶钧，制陶器时所用的转轮，比喻造就、创建。
②陶甄，类似于陶铸，比喻造就、培育。

黏土制作的陶器被创造出来了。陶器的发明，大大地改善了人类的生活条件，在人类发展史上开辟了新纪元。

在你心中，这项发明的想象力可以获得几颗小星星？请为其获得的小星星涂上颜色。

嫘祖与缫丝技术

发明介绍

　　缫（sāo），把蚕茧浸在热水里，抽出茧丝。缫丝，根据产品线密度要求，将若干根茧丝从煮熟茧的茧层上抽出并合制成生丝或柞（zuò）蚕丝（以食柞树叶的柞蚕化蛹前结茧时所吐的丝）的制丝工序。先从茧层上觅得丝绪，引出茧丝，再将若干根茧丝合并组成生丝，边干燥边卷绕。当部分茧丝缫完或发生断头、生丝变细至允许范围以下，应及时添绪、接绪。

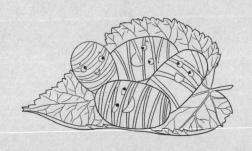

发明故事

在我国民间，一般认为养蚕缫丝的技术是黄帝的正妃嫘（léi）祖发明并传授于人的。

那时候，人们剥树皮，摘树叶，把野兽的皮毛剥下来，进行加工，制作衣服、帽子和鞋等。这些衣物虽能遮体和抵御严寒，但穿起来不舒服，也不方便。嫘祖是位聪明能干且又贤惠的女人。据传，有一次她在花园里休息，一个结在桑树上的蚕茧被风吹落掉进她装有热水的茶杯里，蚕茧在热水中慢慢变软，她捞出来后，发现蚕茧能扯出亮丽的丝。这个无意间的发现让嫘祖受到启发，她细心观察和研究起来，由此发明了缫丝技术。为了获得更多的茧丝，嫘祖开始养蚕。她用茧丝做成的衣服，轻巧、柔软又漂亮，深得黄帝欣赏。于是黄帝在全国提倡种桑树养蚕，嫘祖开始向人们传授养蚕缫丝的技术，这项技术逐渐在全国普及开来，人们的穿衣问题得以解决，嫘祖为促进人类社会的文明发展做出了重要的贡献。后人为了纪念嫘祖的功绩，尊称她为"先蚕娘娘"，有的地方还建庙祭祀她。

这个传说，从一个侧面说明了中国在远古时代就开始

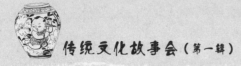
养蚕缫丝和用茧丝做衣服了。丝绸之路把中国的丝绸等物传到亚洲中部、西部及非洲和欧洲等地。中国的蚕种和养蚕缫丝技术也传到世界各处。

发明家风采

嫘祖，亦作雷祖、累祖。传为西陵氏之女，黄帝正妃。传说中养蚕缫丝技术的创造者。北周以后被尊称为"先蚕娘娘"。

相关诗词

烛蛾谁救护？蚕茧自缠萦。

——［唐］白居易

《江州赴忠州至江陵已来舟中示舍弟五十韵》

人生如春蚕，作茧自缠裹。

——［南宋］陆游《书叹》

相关成语

作茧自缚：蚕吐丝作茧，把自己包在里面。比喻做了某事，结果反而使自己受困。

抽丝剥茧：比喻层层剖析。

想象力评价

茧丝是天然存在的，古代中国人运用其智慧发现了这种光滑、美丽而珍贵的纺织原料，发明了养蚕缫丝的技术，制成轻巧、柔软而漂亮的丝绸。这是人们开发利用昆虫资源为人类服务的成功范例。

在你心中，这项发明的想象力可以获得几颗小星星？请为其获得的小星星涂上颜色。

尧与围棋

发明介绍

　　围棋，是中国传统棋种。其棋盘纵横各十九道，共三百六十一个交叉点；棋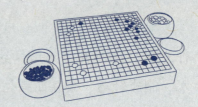子分黑、白两色，通常为扁圆形。有对子棋和让子棋之分。现代对子棋由执黑子者先行，让子棋由上家执白子先行。对局时，双方在棋盘的空交叉点上轮流下一子，下定后不准再移动位置。双方均可运用多种战术占领棋盘上的地域（即交叉点）。终局时将占有的空位和子数相加计算，或单记空位，多者为胜。战国时已有关于围棋的文字记载。围棋在南北朝时传入朝鲜半岛、日本。20世纪80年代，成为流传到世界各大洲的棋种。

发明故事

　　关于围棋的起源，有"尧造围棋，以教丹朱"的说法。相传，尧娶了富宜氏以后，富宜氏生下儿子丹朱。当时社会平静，农耕生产和人民生活呈现繁荣兴旺的景象，但丹朱却让尧十分忧虑。因为丹朱长到了十几岁，却依旧不务正业，经常招惹祸端。为了让丹朱稳定心性，努力向善，尧创制出围棋，教丹朱学习下围棋。丹朱对下围棋这种有意思的娱乐活动很感兴趣，学得很用心。学会了下围棋后，丹朱开发了智力，还陶冶了性情。但后来，丹朱围棋还没学深学透，却听信了先前的酒肉朋友的话，觉得下围棋太束缚人，还费脑子，又终日游手好闲起来。尧对丹朱很失望，把其位禅让给考核了三年的舜。舜觉得自己的儿子不大聪明，就用围棋开发儿子的智力。

　　虽然这只是一个传说，却说明了围棋能够安定并启发人的心性，是非常有益的一项活动。围棋见证了中华几千年的文明史。战国时期的弈秋是史书上有确切记载的第一位棋手。这里的"弈"，就是指围棋。东汉时期出现了《围棋赋》、《围棋铭》，可以看出，东汉时"围棋"一词已经在书面语上被普遍使用。

尧，传说中父系氏族社会后期部落联盟领袖。号陶唐氏，名放勋，史称"唐尧"。传曾命羲（xī）和掌管时令，制定历法。咨询四岳①，选舜为其继任人。对舜考核三年后，命舜摄位行政。他死后由舜继位，史称"禅让"。一说尧到了晚年为舜所囚，其位也为舜所夺。

观 弈

[明] 吴 宽

高楼残雪照棋枰（píng），

坐觉窗间黑白明。

袖手自甘终日饱，

苦心谁惜两雄争？

豪鹰欲击形还匿，

怒蚁初交阵已成。

---

① 四岳，传说为尧舜时的四方部落首领。

却笑面前歧路满，

苏张①何事学纵横？

相关成语

举棋不定：拿着棋子，不能决定走哪一步。比喻做事犹豫不决。

星罗棋布：像星星似的罗列着，像棋子似的分布着。形容多而密集。

想象力评价

围棋这种古老的棋类运动富有趣味性，且具有教育和启发智力的作用。古人往往喜欢把一些物品的发明创造归到远古某位圣贤身上，实际上这些发明创造是劳动人民聪明才智的结晶。

在你心中，这项发明的想象力可以获得几颗小星星？

---

① 苏张，指战国时苏秦和张仪。苏秦合纵，张仪连横。弱国联合进攻强国，称为"合纵"；随从强国去进攻其他弱国，称为"连横"。

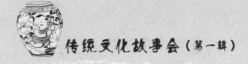

请为其获得的小星星涂上颜色。

相关发明简述

象棋 曾名"中国象棋"，是中国传统棋种，是两人对局先后下子的竞技活动。分红、黑两方，在棋盘上各放棋子十六枚，有将（帅）一，士（仕）、象（相）、车、马、炮各二，卒（兵）五，各子走法不同。棋盘中间划定楚河汉界，共有九十个据点，双方各占其半，红先黑后交替走子，以把对方"将死"或对方认输为胜，不分胜负为和。象棋历史悠久，棋制多有变迁，定型于北宋末南宋初，当时即很流行。明清两代象棋名家辈出，有大量棋谱刊印。中华人民共和国成立后，象棋被列为体育竞赛项目。

杜康与酒

发明介绍

　　酒，用高粱、大麦、米、葡萄或其他水果等含淀粉或糖的物质经过发酵制成的含乙醇的饮料。如白酒、黄酒、啤酒、葡萄酒等。

发明故事

从考古发现和历史文献记载来看，中国在夏代已经出现了酒器，如青铜爵①、青铜盉②（hé）等，这些青铜酒器已非常精美。关于酒的起源，有以下传说：

禹建立了中国历史上第一个王朝——夏。禹死后，他的儿子启自己继承了王位。继启登位的启的长子太康荒淫无道，不理民事，被东夷族后羿夺去王位。而后羿随即又被自己的亲信寒浞（zhuó）取代。之后，后羿拥立太康的弟弟仲康为王。仲康的儿子相遭到寒浞的追杀，此时，相的妻子怀有身孕，她逃到有仍氏，生下了少康。少康后成为有仍氏牧正，主管禽兽畜养。

寒浞想斩草除根，派人捉拿少康。少康无奈，跑到有虞氏的地盘，做了那里的庖正。少年的少康以放牧为生，他把带的饭食挂在树上，却常常忘了吃。有一次，少康偶然发现之前挂在树上的饭变了样子，产生的汁水竟甘美异常，这引起了他的兴趣。他反复地研究思索，终于发现了自然发酵的原理，遂有意识地制造，并不断

① 青铜爵，古代饮酒的器皿，有三条腿，口沿上有双小柱。
② 青铜盉，古代温酒或调节酒的浓淡的器具，形状像壶，三足或四足。

发明发现的故事

改进，终于形成了一套完整的酿酒工艺，成为中国酿酒业的开山祖师，其所造之酒被命名为"杜康酒"。

后来，富有反抗精神的少康联合同姓部落有鬲氏，攻杀寒浞，恢复了夏代统治。史称"少康中兴"。

发明家风采

杜康，即少康，夏代国君，姒（sì）姓，仲康之孙，相之子。传说中酿酒工艺的发明者。《说文·巾部》："古者少康初作箕帚、秫（shú）酒。少康，杜康也。"后即以"杜康"为酒的代称。曹操《短歌行》："何以解忧，惟有杜康。"

相关诗词

总道忘忧有杜康，
酒逢欢处更难忘。

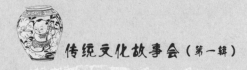

桃红李白春千树，

古是今非笑一场。

——［金］元好问《鹧（zhè）鸪（gū）天·孟津作》

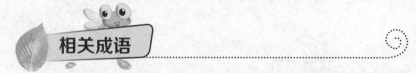

相关成语

借酒浇愁：借饮酒来排遣、消除心中的愁闷。

对酒当歌：面对着美酒和歌舞。原指人生有限，应该有所作为；后指及时行乐。

想象力评价

中国古代酿酒的历史源远流长，传说中的"酒圣"杜康发现了以黏高粱为原料通过微生物发酵作用制酒的方法，体现了古代中国人的创造精神。

在你心中，这项发明的想象力可以获得几颗小星星？请为其获得的小星星涂上颜色。

鲁班与锯

发明介绍

锯，用于手动或在机床上切断材料或开缝、开槽、切出曲线等的刀具。有在钢条边上或圆钢片周缘上开有许多齿的锯条（包括条状的和环状的）或圆锯片等。工 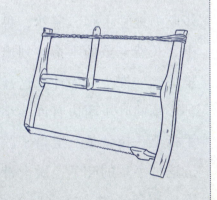 作时，做往复、循环或旋转的切削运动。传说，锯由鲁班发明。

发明故事

木工用的锯，传说是鲁班发明的。

有一次，鲁班奉命承担了一项工程，要建筑一座大宫殿。这项工程要用很多大木料，鲁班就派他的徒弟上山去砍树。当时还没有锯，砍树全靠斧子。斧子又笨又重，他的徒弟起早贪黑、累得筋疲力尽，一天也砍不了多少树。工程的期限很紧，木料供应却跟不上。鲁班非常着急，他决定到山上去看看。

山很陡，鲁班用手抓住山路两边的杂草，一步一步吃力地往上爬。突然，鲁班的手指被一棵小草划了一下，长着老茧的手指被划出一道口子，渗出血来。他心里想，一棵小草为什么这样厉害？他仔细一看，发现这种小草的叶子两边有许多小齿，非常锋利，这些小齿在手指上一拉就是一道口子。这提醒了他。他想：如果仿造这种小草的叶子，做个带锯齿的铁条，用它去拉树，不比用斧子省力得多吗？他连忙深一脚浅一脚地跑下山，找来铁匠，一起研究，一起动手，打了这样的铁条。把这个铁条拿到山上去拉树，果然又快又省力。他们的工作效率大大提高，顺利完成了任务。

这样的铁条，演变成了后来的锯。

发明家风采

鲁班，中国古代建筑工匠。相传姓公输，名般，亦作班、盘，或称"公输子"、"班输"，春秋时鲁国人，故通称"鲁班"或"鲁盘"。曾创造攻城的云梯和磨粉的石磨。相传曾发明多种木作工具，被后世建筑工匠、木匠尊为"祖师"。

相关诗词

锯 子

［明］解 缙（jìn）

曲邪除尽不疑猜，
昔日公输巧制来。
正是得人轻借力，
定然分别栋梁材。

相关成语

绳锯木断：拉绳做锯，能把木头锯断。比喻力量虽小，只要坚持不懈，仍然能把难以办到的事做成。

刀锯鼎镬（huò）：刀锯，割刑、刖（yuè）刑①的刑具。鼎镬，烹人的大锅。借指残酷的刑罚。

想象力评价

锯的出现使砍伐树木比原来轻松了很多，工作效率大大提高。鲁班用他的智慧，解决了人们生活中的不少问题。善于观察和思考的人往往能从一些小事或细节中取得很大的收获。

在你心中，这项发明的想象力可以获得几颗小星星？请为其获得的小星星涂上颜色。

---

① 刖刑，古代砍掉脚的酷刑。

鲁班与橹

发明介绍

　　橹，使船前进的工具，比桨长而大，安在船尾或船旁，用人摇。

传说，有一天，鲁班坐船回家，他看到老艄公用竹篙撑船十分吃力。等把船撑到对岸，老艄公已经累得气喘吁吁、满头大汗了。

鲁班上岸后，两眼盯着小船默默地想：有什么好办法能让人们撑船时省力一些呢？

这时，一群鸭子"嘎嘎"叫着，"扑通扑通"跳下水。只见它们用脚蹼往身后拨水，身子轻快地向前滑行。

鲁班出神地看着，忽然眼睛一亮，马上找来一根粗木棍。他把木棍上半截削成圆柱形，就像鸭子的腿，把木棍下半截削成扁扁的，就像鸭子的脚蹼。他把做好的工具拿给老艄公，老艄公拿去安在船尾，一摇，嗬，不光省力，船也行得快多了。

为了纪念鲁班的发明，人们把这种摇船的工具叫橹板，即后来所说的橹。橹的效率比桨高，有"一橹三桨"之说。

淋漓牛酒起樯（qiáng）干，

传统文化故事会（第一辑）

24

健橹飞如插羽翰。

破浪乘风千里快，

开头击鼓万人看。

——［南宋］陆游《初发荆州》

相关成语

朽竹篙舟：篙，撑船用的竹竿。用朽竹做篙竿以推舟，因工具腐劣，其事不成。比喻做事的工具或条件不佳，难能成就。

移船就岸：移动船只到岸边。比喻主动向某方靠拢。

想象力评价

橹的发明使渡河比原来省力了很多，也快了很多。这项发明与鲁班善于观察、善于思考是密不可分的。

在你心中，这项发明的想象力可以获得几颗小星星？请为其获得的小星星涂上颜色。

鲁班与伞

发明介绍

　　伞，以柄、骨、盖组成，且能张合的挡雨、遮阳用具。传说，伞是鲁班发明的。

发明故事

　　传说，有一天，鲁班和妹妹到湖边游玩，忽然下起了大雨，游人被淋得四处躲藏。

　　雨中的山更青，水更绿，景色更加迷人了。"唉。"妹妹叹了口气说，"要是在雨天也能不被淋湿地游玩该有多好哇！"鲁班说："我在湖边盖几个小亭子，人们坐在亭子里观赏风景，就不怕日晒雨淋了。"妹妹说："可是坐在小亭子里，只能看见附近的景色，要想看到全部的风景，得需要多少亭子啊？！"鲁班想：妹妹说得有道理，要是能造出一种既能挡雨又能带着走的东西就好了。

　　忽然，雨中传来一阵孩子们的嬉闹声。鲁班抬头一看，只见几个小孩正在雨中追逐玩耍。他们每个人的头上都顶着一片荷叶。那些落在荷叶上的雨珠顺着荷叶的脉络不停地向四周流去。"我有办法了！"鲁班兴奋地对妹妹说。

　　鲁班跑回家，照着荷叶的样子，先用竹条扎好架子，又找来一块羊皮，把它剪得圆圆的，蒙在竹架子上……妹妹试了试，说："要是能在用的时候把它撑开，不用的时候又能折起来，就更好了。"鲁班眼睛一亮，说：

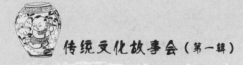

"对！"他又反复试了很多次，终于造出了能开能合的伞。用的时候，就把它撑开；不用的时候，就把它收拢。

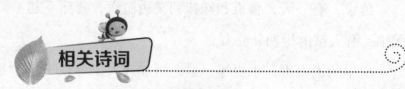

相关诗词

舟过安仁

［南宋］杨万里

一叶渔船两小童，
收篙停棹坐船中。
怪生无雨都张伞，
不是遮头是使风。

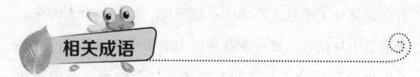

相关成语

班门弄斧：在鲁班门前舞弄斧头。比喻在行家面前卖弄本领，不自量力。有时也用作谦辞。

雨后送伞：雨停了送伞。比喻事后献殷勤。也比喻帮助不及时。

发明发现的故事

想象力评价

　　伞的出现方便了人们在雨天出行。鲁班的观察与思考使他做出了很多方便人们的发明。

　　在你心中，这项发明的想象力可以获得几颗小星星？请为其获得的小星星涂上颜色。

鲁班与石磨

发明介绍

　　石磨，用两个圆石盘做成的把粮食弄碎的工具。一般下磨盘固定，周边有集料槽。外力驱动上磨盘旋转时，从上磨盘喂料口落入上、下磨盘间的物料经磨盘齿槽挤压、搓擦、剪切成粉状，自磨盘边沿落入集料槽。也可将物料浸水后加工成糊状。

发明故事

　　据传，石磨是由中国古代优秀的创造发明家鲁班发明的。在这以前，人们要吃米粉、麦粉，都是把米、麦放在石臼里，用粗石棍来捣。用这种方法很费力，捣出来的粉有粗有细，而且一次捣的很少。鲁班想找一种用力少、收效大的方法。他用两块有一定厚度的扁圆柱形的石头制成磨盘。下磨盘中间装有一个短的立柱，用铁制成，上磨盘中间有一个相应的空套，两个磨盘相合以后，下磨盘固定，上磨盘可以绕立柱转动。两个磨盘相对的一面，留有一个空膛，叫磨膛，磨膛的外周制成一起一伏的磨齿。上磨盘有磨眼，磨粉的时候，谷物通过磨眼流入磨膛，均匀地分布在四周，被磨成粉末后，从夹缝中流出，过罗筛、去麸（fū）皮等就得到面粉。

　　我国石磨磨齿的形状在古代经历了发展变化，至隋唐时期较为成熟。石磨磨齿纯手工制作是一项专业性很强的复杂技术，其设计合理、自然、科学。磨有用人力、畜力和水力作为动力的。用水力作为动力的磨，大约在晋代就出现了。随着机械制造技术的进步，人们发明了构造比较复杂的水磨，这种磨一个水轮能带动几个磨同时转动，在元代农学家王祯的《农书》中有记载。

相关诗词

石 磨

［南宋］刘子翚（huī）

盘石轮囷①（qūn）隐涧幽，

烟笼月照几经秋。

可怜琢作团团磨，

终日随人转不休。

相关成语

卸磨杀驴：刚卸了磨，就把拉磨的驴杀掉。比喻达到目的之后，就把曾经出过力的人除掉或抛弃。

油回磨转：比喻心急火燎，团团转动。

———————————————

① 轮囷，亦作"轮菌"、"轮箘"，此处指屈曲的样子。

想象力评价

　　石磨的出现使磨粉比原来省力了很多。面对人们捣粉的不便，鲁班一直在思考改进的办法，他善于钻研的精神值得大家学习。

　　在你心中，这项发明的想象力可以获得几颗小星星？请为其获得的小星星涂上颜色。

范蠡与杆秤

发明介绍

秤，测定物体重量的器具，现有杆秤、地秤、台秤、弹簧秤等多种。杆秤，秤的一种，秤杆一般用木头制成，杆上有秤星。称物品时，移动秤砣，秤杆平衡之后，从秤星上可以知道物体的重量。

发明故事

在一种民间传说中，范蠡（lǐ）发明了十六两秤，这是最早的一种杆秤。

范蠡帮助越王勾践复国之后，急流勇退，隐姓埋名，经商去了。他在经商中发现，人们在市场上买卖东西大多是用眼睛估计，很难做到公平交易，便想创造一种测定货物重量的工具。

一天，范蠡经商回家，在路上偶然看见一个农夫用桔（jié）槔（gāo）从井里汲水。桔槔，俗称"吊杆"，是利用杠杆原理制作的原始提水机械。在一根横木上，选择适当位置作为支点，系一根绳子，悬在木柱或树干上，一端用绳挂一水桶，另一端系重物，使两端上下运动以汲取井水。范蠡受到启发，回家做了一个杆秤：找一根细直的木棍，在木棍上钻一个小孔，在小孔上系上麻绳，用手来提，在木棍一端拴上吊盘，装盛货物，且在木棍另一端用绳吊起一块鹅卵石，这块鹅卵石，相当于砣，可以移动位置，以达到平衡。鹅卵石离小孔越远，吊盘上的货物就越重。为了明确地表示出重量，范蠡觉得必须在木棍上刻出标记才行。但用什么东西做标记呢？他苦苦思索了几个月，仍不得要领。一天夜里，范蠡抬头看见天上的星宿，突发奇想，用南斗六星和北斗七星做标记，一颗星一两重，十三颗星一斤重。从此，市场上便有了杆秤这种测定物体重量的器具。

但时间一长，范蠡发现有些心术不正的商人，卖东西时缺斤少两。经过一番苦思冥想，他在南斗六星和北斗七星之外，再加上福、禄、寿三星，十六两为一斤。范蠡告诫同行：作为商人，要光明正大，不能赚黑心钱。缺一两折福，缺二两折禄，缺三两折寿。

这种十六两秤，据说用了两千多年。

发明家风采

范蠡，春秋末期越国大夫，字少伯，楚国宛（今河南南阳市）人。传说越国被吴国打败后，他到吴国当了三年人质。他返回越国后帮助越王刻苦图强，灭吴国，后来辞官。

相传，他游历到齐国，称"鸱（chī）夷子皮"。游历到

陶（今山东肥城西北陶山，一说山东定陶西北），改名"陶朱公"，以经商致富。他认为天时、气节随着阴阳二气的矛盾而变化，国势的盛衰也不断转化。对付敌人要随形势变化制定计策，强盛时应戒骄，衰弱时要争取有利时机，转弱为强。又认为物价贵贱取决于供求关系，主张谷贱时由官府收购，谷贵时平价售出。

相关诗词

咏 秤

[北宋] 梅尧臣

圣人防争心，
权衡为之设。
后世失其平，
有星徒尔列。
物物尚可欺，
铢铢不须别。
将淳天下民，
安得必毁折。

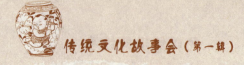

相关成语

兔死狗烹：《史记·越王勾践世家》："蜚（飞）鸟尽，良弓藏；狡兔死，走狗烹。"兔死狗烹，即兔子死了，猎狗也就被煮来吃了。比喻事情成功以后，把曾经出过大力的人杀掉。

秤不离砣：秤不能离开砣。形容关系密切，不可分离。也指两者分开后，都无用处。

想象力评价

运用杠杆原理的杆秤，作为商品重量的测定工具，曾代代相传，活跃在大江南北。它方便人们公平地买卖，反映出中国古代劳动人民的聪明才智。天地之间有杆秤，秤也成为公平、公正的象征。

在你心中，这项发明的想象力可以获得几颗小星星？请为其获得的小星星涂上颜色。

墨子与小孔成像

现象介绍

　　用一个带有小孔的板遮挡在屏幕与物体之间，屏幕上形成物体的倒像，我们把这样的现象叫小孔成像。前后移动中间的板，像的大小也会随之发生变化。这种现象反映了光在同种均匀介质中沿直线传播。现代的一些光学照相机应用的就是小孔成像原理。

发现故事

在两千四五百年以前，墨子和他的学生做了世界上第一个小孔成倒像的实验，发现了小孔成像的原理。《墨经》中记录了这个实验。

墨子和他的学生在一间黑暗的小屋朝阳的墙上开了一个小孔，一个人对着小孔站在屋外，屋里相对的墙上就出现了这个人倒立的影。为什么会出现这种奇怪的现象呢？经过研究后，墨家得出结论：光穿过小孔如射箭一样，是直线行进的，不同方向射来的光互相交叉而形成倒影。人的头部遮住了上面的光，形成的影在下面；人的足部遮住了下面的光，形成的影在上面。且人离小孔越远，影越小；人离小孔越近，影越大。

虽然《墨经》中说的是成影而不是成像，但其原理与现今的小孔成像原理是完全一致的，是对光沿直线传播的第一次科学解释。

发现者风采

墨子（约前468—前376），春秋战国之际思想家、

政治家，墨家的创始人，名翟（dí）。相传原为宋国人，后长期住在鲁国。曾学习儒术，因不满其烦琐的"礼"，另立新说，聚徒讲学，成为儒家的主要反对派。其"天志"、"明鬼"学说，不脱殷周传统

的思想形式，但赋以"非命"和"兼爱"的内容，反对儒家的"天命"和"爱有差等"说，认为"执有命"是"天下之大害"，力主"兼相爱，交相利"，不应有亲疏贵贱之别。他本人更有"摩顶放踵，利天下为之"的实践精神。他的"非攻"思想，体现了当时人民反对掠夺战争的意向。他的"非乐"、"节用"、"节葬"等主张，是对当权贵族"繁饰礼乐"和奢侈享乐生活的抗议。提出"尚贤"、"尚同"的政治主张，认为"官无常贵，民无终贱"，反对贵族的世袭制和儒家的亲亲尊尊，试图用上说下教的方法，"使饥者得食，寒者得衣，劳者得息，乱则得治"。在动机与效果问题上，强调善与用、志与功的统一。其弟子很多，以"兴天下之利，除天下之害"为教育目的，尤重艰苦实践，服从纪律。墨子学说对当时思想界

影响很大，与儒家并称"显学"。现存《墨子》五十三篇，是研究墨子和墨家学说的基本材料。

相关古文

志不强者智不达，言不信者行不果。

——《墨子·修身》

夫爱人者，人亦从而爱之；利人者，人亦从而利之；恶人者，人亦从而恶之；害人者，人亦从而害之。

——《墨子·兼爱中》

相关成语

墨守成规：墨守，墨翟善于守城，因此称善守为"墨翟之守"或"墨守"，后引申为固执保守。成规，现成的或通行已久的规章、方法。指因循守旧、不肯变通。

凿壁偷光：凿，打孔。在墙壁上打孔，偷借隔壁屋里的一点儿光亮读书。后用以形容刻苦学习。

想象力评价

　　光在同种均匀介质中沿直线传播的现象一直被人们所熟知，但要证明这一性质、解释其原理，却需要实验、思考和总结。

　　在你心中，这项发现的想象力可以获得几颗小星星？请为其获得的小星星涂上颜色。

发明介绍

　　指南针，指示方位的一种简单仪器。中国古代四大发明之一。在战国时已有用天然磁铁矿石琢磨成的指南工具，称为"司南"，其最早的记载见于《韩非子·有度》，著作年代约在公元前3世纪。北宋沈括在《梦溪笔谈》中，对磁石磨成的指南针已有详细记载，而欧洲关于磁针的记录则较晚。指南针的主要组成部分是一根可以转动的磁针。磁针在地磁作用下能保持在磁子午线平面内，利用这一性能，可以辨别方向。指南针常用于航海、旅行和行军。

发明故事

　　中国古代很早就认识到磁石指南的特性。大约在战国时期，出现了现在所用指南针的始祖——司南。《韩非子·有度》中说："故先王立司南以端朝夕。"端，正。朝夕，指东西方向。用天然磁铁矿石琢磨成一个勺形的东西，放在一个光滑的盘上，盘上刻着方位。勺形的东西在盘上转动，当它停下来时，柄就指向南方。

　　到了北宋时期，人们在实践中逐渐掌握了人工制造磁体的方法，人们用人工磁化的方法制造了指南鱼。曾公亮在其主编的《武经总要》[庆历四年（公元1044年）成书]中记载了制作和使用指南鱼的方法。用薄薄的铁片做成鱼形，将其烧红后进行人工磁化，可以像小船一样浮在水面上，鱼头指南。之后，还有木头制成、腹中放入磁体的指南鱼和指南龟（置于竹钉上）。

　　在指南鱼和指南龟之后，人们在实践中不断进行改进，出现了用磁针制成的指南针。沈括在《梦溪笔谈》中介绍和比较了指南针的四种用法，他推崇缕悬法，即取新丝绵中单根的蚕丝，在磁针中部以蜡固定住，挂在没有风的地方，针的一端常指南方。

　　为了更加准确地确定方位，人们发明了罗盘。罗盘由有方位刻度的圆盘和装在中间的指南针构成。宋代的海船上已用罗盘辨别方向。朱彧（yù）在公元1119年写成《萍洲可谈》一书，书中写道："舟师识地理，夜则观星，昼则观日，阴晦则观指南针。"明代郑和在七次下西洋的远洋航行中都使用了精度较高的罗盘。相传，乘坐中国海船的阿拉伯商人将指南针传到阿拉伯国家，后来又传到欧洲，大大促进了世界远洋航海的发展。

相关诗词

扬 子 江

[南宋] 文天祥

几日随风北海游，
回从扬子大江头。
臣心一片磁针石，
不指南方不肯休。

相关成语

迷踪失路：指迷失了道路。也指误入歧途。

想象力评价

指南针是中国古代四大发明之一。我国古代劳动人民在长期的生产生活实践中发现了磁石指南的特性，他们对此进行了研究和利用，发明并不断完善了各种指南工具，使人们能够找到方向，辨清位置，促进了世界远洋航海的发展，进而迎来了地理大发现。

在你心中，这项发明的想象力可以获得几颗小星星？请为其获得的小星星涂上颜色。

蒙恬与毛笔

发明介绍

　　毛笔，笔头用动物毛制成的笔，供写字、画画等用。

发明故事

相传，秦国大将蒙恬带兵在外作战，要定期写战报呈送秦王。他用竹签写字，很不方便，蘸了墨没写几下又要蘸墨。

有一天，蒙恬打猎时看见一只兔子，兔子的尾巴在地上拖出了一条长长的血迹，蒙恬来了灵感。他立刻剪下一些兔尾毛，插在竹管上，制作了"兔毛笔"，试着用它来写字。可是兔毛油光光的，不吸墨。蒙恬又试了几次，还是不行，于是他随手把这支"兔毛笔"扔进了门前的坑里。

过了几天，蒙恬无意中看见了门前的坑里那支被自己扔掉的"兔毛笔"，捡起来后，他发现湿漉漉的兔毛变得更白了。他将"兔毛笔"往墨盘里一蘸，这笔变得非常听话，写起字来非常流畅。原来，坑里的水是石灰水，经过石灰水的浸泡，兔毛的油脂去掉了，变得柔顺起来，很适合书写。之后，"蒙恬笔"开始流行。

事实上，出土的文物已证明，毛笔远在蒙恬造笔之前很久就有了。但蒙恬作为毛笔制作工艺的改良者，也功不可没。据说，蒙恬是在出产最好兔毫的赵国中山地区取上好的秋兔之毫制笔的。

发明家风采

　　蒙恬（？—前210），秦名将。祖先本是齐国人，自祖父蒙骜（áo）起世代为秦名将。秦统一后，率兵三十万北击匈奴，收河南地（今内蒙古河套一带），并筑长城。驻军上郡数年，匈奴不敢进攻。秦始皇死后，丞相李斯与中车府令赵高合谋，篡改遗诏，赐其死，乃自杀。相传他以兔毛改良过毛笔。

相关诗词

以笔写竹如写字，
何独钟王擅能事。
同是蒙恬一管笔，
老手变化自然异。

——［元］方回《题罗观光所藏李仲宾墨竹》

相关成语

笔饱墨酣：笔力饱满，用墨充足。形容书法、诗文酣畅浑厚，很有气势。

笔走龙蛇：形容书法雄健洒脱。

想象力评价

蒙恬虽然不能获得毛笔的专利权，但他善于观察，制的笔精于前人，对毛笔的改进是有贡献的。

在你心中，这项发明的想象力可以获得几颗小星星？请为其获得的小星星涂上颜色。

韩信与风筝

发明介绍

　　风筝，亦称"纸鸢"、"鹞（yào）子"，是一种民间玩具。用细竹扎成骨架，再糊薄纸（或牛皮、绢等），系以长线（绳），玩时利用风力升入空中。造型有兽、鸟、虫、鱼等。现有以塑料代替纸竹的。相传为汉初韩信所作。初名"纸鸢"，五代时在纸鸢上系竹哨，风入竹哨，声如筝鸣，故名"风筝"。放风筝是中国民间传统体育活动，现已成为一项国际比赛项目。

发明故事

　　相传，风筝的发明者是大军事家韩信。公元前202年，垓（gāi）下（今安徽固镇东北，沱河南岸）之战中，刘邦与韩信、彭越等合兵，将项羽的军队团团包围。传说，为了瓦解楚军的军心，韩信派人用牛皮制成风筝，上面捆上陶制的吹奏乐器埙（xūn），夜晚放到高空中，风吹着埙发出凄凉的声音，汉军和着笛声唱起了楚歌。项羽粮尽援绝，又听到四面皆楚歌，以为汉军已得楚地，突围南走，至乌江（今安徽和县东北）自刎而死。

　　明代的《古今事物考》中记载了韩信利用风筝测量距离之事。书中说韩信与陈豨（xī）勾结，意图谋反，"故作纸鸢放之，以量未央宫远近，欲穿地隧入宫中"。

　　风筝一经发明，便在军事、通信活动中得到了应用。隋唐时期以后，风筝逐渐成为娱乐工具。北宋张择端的《清明上河图》中有放风筝的生动景象。人们用放风筝来锻炼身体，放风筝成为人们喜爱的户外活动。人们放飞风筝，也放飞梦想。在清明时节，有的地方的人们会将风筝放得高而远，然后将线剪断，让飞走的风筝带走一年所积的霉气。

发明家风采

韩信（？—前196），西汉初军事家，淮阴（今江苏淮安市淮阴区西南)人。早年家贫，曾寄食于人。秦末，初属项羽起义军，未得重用。后来归属刘邦，成为大将。楚汉战争时，刘邦采用他的计策，攻占关中。刘邦在荥（xíng）阳、成皋（gāo）间与项羽相持时，他率军袭击项羽后路，破赵，取燕、齐。后被刘邦封为齐王。不久率军与刘邦会合，击灭项羽于垓下。西汉建立，改封楚王。有人告其谋反，被降为淮阴侯。又被告与陈豨勾结在长安谋反，萧何与吕后定计，把他诱入宫中杀掉了。韩信善于带兵，著有兵法《韩信》三篇，已失传。

相关诗词

有鸟有鸟群纸鸢，因风假势童子牵。

——［唐］元稹《有鸟》

相关成语

断线风筝：比喻一去不返或不知去向的人或东西。

四面楚歌：楚汉交战时，项羽的军队驻扎在垓下，兵少粮尽，被汉军和诸侯的军队层层包围起来，夜间听到四面汉军都唱楚歌，项羽吃惊地说："汉军把楚地都占领了吗？为什么楚人这么多呢？"（见于《史记·项羽本纪》）形容四面受敌，处于孤立危急的困境。

想象力评价

有着两千多年历史的风筝，可以说是一种重于空气的飞行器，体现出中国古代人民的智慧。在传统的中国风筝中，随处可见反映人们向往和追求美好生活、寓意吉祥的图案。风筝渗透着民族传统和民间习俗。

在你心中，这项发明的想象力可以获得几颗小星星？请为其获得的小星星涂上颜色。

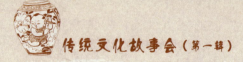

相关发明简述

木鸢　相传古时像鸟的木制飞行器。《韩非子·外储说左上》："墨子为木鸢，三年而成，蜚（飞）一日而败。"也有鲁班做木鸢以窥宋城的记载。

刘安与豆腐

发明介绍

豆腐，一种大豆制品。中国所创。色白，组织细腻、柔嫩、紧密，富有弹性，口感滑

爽。由大豆经浸泡、磨细、滤净、煮浆后，加入少量凝结剂（石膏、葡萄糖酸内酯、盐卤等），使豆浆中蛋白质凝结，再除去过剩水分而成。可作烹饪原料，制成多种菜肴。

发明故事

　　明朝李时珍在《本草纲目》中说："豆腐之法，始于前汉淮南王刘安。"

　　相传，豆腐是由汉高祖刘邦之孙淮南王刘安发明的，时至今日，已有两千多年的历史。刘安好黄白之术①，召集道士、儒士、郎中以及江湖方术之士在山中炼丹，其中较为出名的有八个人，号称"八公"。当时淮南一带盛产优质大豆，这里的人们自古就有用山上的泉水磨豆浆来喝的习惯，刘安也爱喝豆浆。有一次，在炼丹过程中，刘安无意间将盐卤（一说石膏）弄进了豆浆里，没想到豆浆与盐卤发生了复杂的化学变化，液体的豆浆变成了固体的白白嫩嫩的东西。有人大胆地尝了尝，发现非常美味可口。他们把这白白嫩嫩的东西取名菽②（shū）乳，即后来的豆腐。就这样，刘安于无意中成为豆腐的创造者，而后，豆腐从炼丹房走进了千家万户。自刘安发明豆腐之后，以"八公"命名的八公山方圆数十里的广大村镇成了"豆腐之乡"。

----

①黄白之术，古代指方士（古代称从事求仙、炼丹等活动的人为方士）烧炼丹药、点化金银的法术。
②菽，本谓大豆，引申为豆类的总称。

发明家风采

　　刘安（前179—前122），西汉思想家、文学家。沛郡丰（今江苏丰县）人。汉高祖之孙，袭父位被封为淮南王。好读书鼓琴，善为文辞，才思敏捷，奉武帝命作《离骚传》。曾"招致宾客方术之士数千人"，编写《鸿烈》（后称《淮南鸿烈》，也叫《淮南子》），其内容以道家的自然天道观为中心，综合先秦道、法、阴阳等各家思想。刘安认为，宇宙万物都是"道"所派生的，"道"是"覆天载地"，"高不可际，深不可测"而"含阴阳"的东西。认识上提出"物至而神应"，"知与物接，而好憎生焉"，并强调后天的学问和教养。在政治上主张"无为而治"。但提出"苟利于民，不必法古；苟周于事，不必循旧"的观点。后因谋反事发自杀，受株连者达数千人。

相关诗词

咏豆腐诗

［明］苏　平

传得淮南术最佳，

皮肤退尽见精华。

旋转磨上流琼液，

煮月铛中滚雪花。

瓦罐浸来蟾有影，

金刀剖破玉无瑕。

个中滋味谁得知？

多在僧家与道家。

相关成语

　　一人得道，鸡犬升天：传说汉代淮南王刘安修炼成仙，全家升天，连鸡狗吃了仙药也都升了天。后用来比喻一个人得势，他的亲戚朋友也跟着沾光。

　　塞翁失马：边塞上一个老头儿丢了一匹马，别人来安

慰他，他说："怎么知道这不是福呢？"后来这匹马竟带着一匹好马回来了。（见于《淮南子·人间训》）比喻坏事在一定条件下可以变为好事。

想象力评价

与同是在炼丹过程中发明的火药一样，豆腐也是由意外或失误而发明出来的。要产生这种发明，需要在意外之中细心总结、大胆尝试。

在你心中，这项发明的想象力可以获得几颗小星星？请为其获得的小星星涂上颜色。

李少翁与皮影戏

发明介绍

　　皮影，中国民间皮影戏所用的皮制人物形象。最初用厚纸雕刻，后采用驴皮或牛羊皮，将其刮薄再行雕刻，并施以彩绘，风格类似民间剪纸。手、腿等分别雕制后用线连缀在一起，表演时灵活自如。

　　皮影戏，亦称"影戏"、"灯影戏"、"土影戏"，用灯光照射兽皮或纸板做成的人物剪影以表演故事。其剧目、唱腔多同地方戏曲相互影响，由艺人一边操纵皮影一边演唱，配以音乐。中国皮影戏在北宋时已有演出。据说元代曾传到西亚，并远及欧洲。由于流行地区、演唱曲调和剪影原料的不同而形成许多类别和剧种，以河北滦县一带的驴皮影，西北的牛皮影和福建龙溪（今漳州）、广东潮州的纸影较著名。

发明故事

中国皮影艺术源远流长，有着悠久的历史，从有文字记载起，已经有两千多年的历史。

关于皮影戏的起源，有各种不同的说法，其中有一种说法最为普遍。《汉书·外戚传》记载，汉武帝刘彻的爱妃李夫人因染重疾而离世，汉武帝思其心切，过于悲伤而导致神情恍惚。一日，方士李少翁出门，路上遇见孩童手拿布娃娃在玩耍，布娃娃的影子倒映在地上栩栩如生。见此，李少翁心中一动。他用棉帛剪裁成李夫人的影像，涂上色彩，在手脚处装上木杆。夜晚围方帷，点灯烛，摆上酒菜，恭请汉武帝端坐帐中观看。汉武帝远远地看见了李夫人的影子，但是不能走近。从此，李夫人的剪影成了汉武帝对爱妃的情感寄托。这个载入《汉书》的爱情故事，被认为是皮影戏的渊源。

北宋时，皮影戏已有演出。同任何艺术形式一样，皮影戏能够流传下来有着深刻的历史和文化渊源。皮影戏里演出的内容大多是流传在民间脍炙人口的故事，这些剧目大多扬善抑恶，伸张正义，有着人世间的真情实感。皮影戏的表演生动活泼，让观众感到亲切。

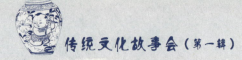

发明家风采

李少翁，汉武帝时的方士，自称能与神仙接触，以招神术受汉武帝宠信。曾为汉武帝招李夫人神，被封为文成将军。后来，其术败被诛。

相关诗词

李夫人歌

[汉] 刘 彻

是邪，非邪？

立而望之，

偏何姗姗其来迟？

相关成语

姗姗来迟：姗姗，形容走路缓慢从容的姿态。形容慢腾腾地来晚了。

立竿见影：在阳光下立起竹竿，立刻就能看到竹竿的影子。比喻立见功效。

想象力评价

方士李少翁利用影子这一光学现象"招神"，与其善于观察和思考是密不可分的。

在你心中，这项发明的想象力可以获得几颗小星星？请为其获得的小星星涂上颜色。

赵过与耧

发明介绍

耧（lóu），亦称"耧车"、"耧犁"、"耩（jiǎng）子"，是一种畜力条播农具。相传为西汉时期的赵过所创。由耧架、耧斗、耧腿、耧铲等构成。作业时，

三脚耧模型

扶以畜力牵引的耧架前进，耧斗中的种子经排种口、耧腿落入耧铲开出的种床中，完成播种。可播大麦、小麦、大豆、高粱等。

发明故事

　　相传，公元前1世纪，汉武帝末期职掌农耕及屯田事宜的搜粟都尉赵过推广代田法[①]，取得一定成果后，他又决心研制先进的农具，以进一步提高效率。在总结前人经验的基础上，赵过独具匠心地发明了三脚耧。

　　1959年，在山西平陆枣园村发掘了一座汉代王莽时期的壁画墓，主室内的南壁和西壁上绘有牛耕图和耧播图。耧播图上，有一个穿单衣赤足的农夫驾黄牛，用三脚耧播种，真实地描绘了当时农业生产场面及三脚耧的形象。

　　使用三脚耧播种时，用一头牛拉着三脚耧，一个人在后面扶着三脚耧，这样将种子按一定的行距、适当的密度和深度，成条状或带状均匀播入土中。三脚耧可以把开沟、播种、掩土三道工序一次完成，沟垄整齐、宽窄划一、深浅均匀，改撒播为条播，既灵巧合理，又省工省时，可达到"日种一顷"。

------

　　① 代田法，中国古代北方干旱地区的一种耕作方法。将一亩田（古代以长百步、宽一步作为一亩，每步六尺，每尺约合23.3厘米）做成三畎（quǎn，指低畦）三垄，每畎宽深各一尺，作物种在畎内，畎和垄的位置逐年调换。此法既有利于抗旱保持湿度，又可使地力获得休养。

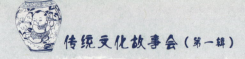

三脚耧功能多、效率高，对促进农业生产起了重要作用。汉武帝曾下令在全国范围内推广这种先进的工具。它的原理和功能同现代播种机的类似，在构造上也有很多相似之处。

发明家风采

赵过，西汉时人，汉武帝末期任搜粟都尉。《汉书·食货志上》："（赵）过能为代田……其耕耘下种田器，皆有便巧。"东汉崔寔（shí）《政论》："（赵过）教民耕殖，其法三犁共一牛，一人将

之，下种挽耧，皆取备焉。日种一顷。至今三辅犹赖其利。"大致当时在他的主持或设计下，创造了三脚耧。他还改进其他耕耘工具，同时提倡代田法，对农业生产都起了一定的作用。

相关诗词

和圣俞农具诗十五首其九耧种

[北宋] 王安石

富家种论石，

贫家种论斗。

富贫同一时，

倾泻应心手。

行看万垄空，

坐使千箱有。

利物博如此，

何惭在牛后？

相关成语

刀耕火种：一种原始的耕种方法，把地上的草木烧成灰做肥料，就地挖坑下种。

精耕细作：原为农业科技用语，指认真细致地耕作。现常比喻研究或创作工作中的严谨态度。

想象力评价

赵过创制的三脚耧是我国古代农业机械的重大发明之一。它使开沟、播种、掩土三道工序一次完成，大大地提高了播种的效率和质量。

在你心中，这项发明的想象力可以获得几颗小星星？请为其获得的小星星涂上颜色。

其他农具发明简述

骨耜（sì）　用骨头制成的形状像现在的锹的农具，在河姆渡遗址有出土。

曲辕犁　是唐代发明的翻土用的农具，其辕弯曲，区别

于直辕犁。曲辕犁由11个部件构成，设计精妙，轻便灵巧，操作时可自如地控制入土深浅，回转省力，适于精耕细作，大大提高了耕作的效率和质量。

筒车 亦称"转轮式水车"，用转轮带动汲水筒提取河水的机具。其转轮用木或竹制成，直立于河边，底部浸入水中，受水流冲击而转动。轮周系有竹制或木制的盛水筒，筒在河中盛水后，随转轮转至上方，水自动倾入特备的槽内，流入农田。唐代刘禹锡的《机汲记》中有记载。

龙骨水车 亦称"翻车"，一种古老的木制提水工具。东汉灵帝（公元168年—189年）时由毕岚发明，后被广泛应用，流传至今，基本结构并无变化。由车槽、刮板、链条和齿轮等组成，用人力、畜力或风力带动链条循环转动，由装在链条上的刮板将水刮入车槽，水沿车槽上升，流入田间。龙骨水车的提水高度一般为1~2米，出水量随车槽尺寸和齿轮转速的不同而不同，一般为6~35米^3/时。

杜诗与水排

发明介绍

水排，又称"水力鼓风机"，由东汉杜诗创造。以水为动力，通过传动机械，使皮制鼓风囊连续开合，将空气送入冶铁炉，铸造农具，用力少而见效大。较欧洲早约一千一百年。

据王祯《农书》中的卧轮式水排图

发明故事

　　东汉光武帝刘秀在位期间，重用人才。建武元年（公元25年），杜诗一年中迁升三次，任侍御史。建武七年（公元31年），杜诗出任南阳太守。南阳地区土地肥沃，气候温和，水资源比较丰富，当时该地区农业和水利都比较发达。人们已经以铁制造农具，使农具不断得到改进。要获得用于铸造的液态铁，需要有很高的炉温。鼓风技术对于生铁冶铸的发展有着极重要的意义。之前的鼓风设备以人力或马力为动力，费时费力。为了提高效率，杜诗经过反复研究，发明了一种以水为动力，通过传动机械连续送出空气给冶铁炉送风加氧，使燃烧更充分的鼓风设备，即水排。使用这种设备，比此前的马力鼓风设备效率提高了三倍，大大节省了开支，得到了百姓的普遍称赞。可以说水排是东汉时期冶铁技术的重大创新，极大地促进了冶铁业的发展。

　　在西汉时期，南阳太守召（shào）信臣为当地的农田水利建设做出了杰出的贡献，百姓非常爱戴他，称他为"召父"。鉴于杜诗的功绩，百姓将他与召信臣相比，说"前有召父，后有杜母"。

发明家风采

杜诗（？—38），东汉河内汲县（今河南卫辉西南汲城）人，字君公，光武帝时为侍御史。建武七年（公元31年）任南阳太守，曾创造水排，又征发民工修治池沼，广开田地，有利于当地农业生产的发展。时人称"前有召父，后有杜母"。

相关诗词

杜母遗芳岂远求，

田功谁比此邦优。

麦鳞桑陇疑淮左，

近水遥山似秀州。

——［南宋］陈造《杜母》

相关成语

召父杜母：西汉召信臣和东汉杜诗，先后为南阳太守，两人为官清廉，被誉为百姓的父母官。

想象力评价

杜诗发明水排，一改中国冶炼鼓风装置以人力和畜力为动力的局面，大大提高了劳动效率，且比欧洲早了约一千一百年，在中国古代冶炼工艺发展史上具有里程碑的意义。

在你心中，这项发明的想象力可以获得几颗小星星？请为其获得的小星星涂上颜色。

发明介绍

　　西汉时期，人们已经懂得了造纸的基本方法。东汉时，宦官蔡伦总结前人经验，改进造纸工艺，用树皮、麻头、破布、旧渔网等植物纤维为原料造纸，纸的质量大大提高。这种纸原料易找，价格便宜，易于推广。此后纸的使用日益普遍，逐渐取代简帛，成为人们广泛使用的书写材料，也便利了典籍的流传。

发明故事

　　纸问世之前，古人把文字刻画、书写在甲骨、竹简、丝帛上面，或铸刻在青铜器物上面。秦汉时期的公文往来、私人书信以及典籍等都用竹简、丝帛写成。后人用"册"、"编"、"卷"来称书籍的篇幅，就是从竹简的编连方式和存放特点得来的。竹简用竹制成，很重；丝帛虽然轻，但价格昂贵。无论是竹简还是丝帛，人们使用起来都受到很大限制。

　　考古学家在陕西西安、甘肃天水和敦煌等地多次发现了西汉时期的麻纸，有的纸上面还有文字和地图，这证明西汉时已生产纸。但这种纸质地粗糙，使用不便。到了东汉，蔡伦决心改进造纸技术，提高纸的质量，他想造出又轻便又便宜且使用方便的纸，供人们写字。

　　蔡伦想了很多办法，他不断地做实验，终于找到了一个好方法。他把树皮、麻头或者破布等泡在水里，打碎成浆。再把浆薄薄地铺在竹帘上，晾干后轻轻揭下来，就成了一张张的纸。

　　元兴元年（公元105年），蔡伦把他制造出来的一批优质纸献给汉和帝刘肇（zhào），汉和帝很满意，厚赏

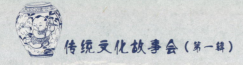

了蔡伦，并下诏大力推广这种造纸技术。此后，这种质量有了很大的改进、产量有了很大的提高的纸，被人们广泛采用，给典籍的流传创造了便利条件。

发明家风采

蔡伦（约62—121），东汉造纸术发明家，字敬仲，桂阳［郡治今湖南郴（chēn）州］人。曾任中常侍、尚方令等职。他发明用树皮、麻头、破布、旧渔网等为原料造纸的技术，奏报朝廷后在民间推广。蔡伦在元初元年（公元114年）被封为龙亭侯，其所造纸张有"蔡侯纸"之称。

相关记载

自古书契，多编以竹简；其用缣（jiān）帛者，谓之为纸。缣贵而简重，并不便于人。伦乃造意，用树肤、麻头及敝布、鱼（渔）网以为纸。元兴元年奏上之，帝善其

能，自是莫不从用焉，故天下咸称"蔡侯纸"。

——〔南朝·宋〕范晔（yè）《后汉书·蔡伦传》

相关成语

纸上谈兵：在书本上谈论用兵，到实际中却用不上。比喻空谈理论，不能解决实际问题。

洛阳纸贵：洛阳地区纸张的价格因用量增加而抬高了。形容好的书籍或文章风行一时。

想象力评价

造纸术是中国古代四大发明之一。造纸术的发明，是书写材料的一次重要的变革，是中国对世界文明的伟大贡献之一。世界各国的造纸术大都是从中国辗转流传过去的。

在你心中，这项发明的想象力可以获得几颗小星星？请为其获得的小星星涂上颜色。

张衡与候风地动仪

发明介绍

　　候风地动仪，中国古代一种测验地震方位的仪器。东汉张衡于顺帝阳嘉元年（公元132年）创制。用铜铸造，形如大酒樽，顶上有凸起的盖，周围八个龙头对准八个方向，每条龙的嘴里含一个小铜球。对着龙嘴有八个铜蛤蟆，它们昂着头，张着嘴，蹲在地上。哪里发生地震，对准那个方向的龙嘴会张开，铜球就落到铜蛤蟆嘴里，由此即可得知哪里发生地震。

候风地动仪模型

发明故事

东汉时期，有一位杰出的科学家名叫张衡。那时候，经常发生地震。每发生一次地震，都会影响到很多地区。不仅城墙、房屋大量倒塌，还会死伤许多人畜。当时，很多人把地震看作不吉利的征兆，认为是得罪了上天的结果。张衡却不这么看，他决心发明一种可以及时预测地震的仪器，以便老百姓和朝廷有所准备，避免造成更大的损失。

张衡认真记录、研究地震现象，经过细心的考察和分析，终于发明了一种测定地震方位的仪器——候风地动仪。

据《后汉书·张衡传》等史料记载，顺帝永和三年（公元138年）二月初三，候风地动仪正对西方的那个龙嘴突然张开，吐出了铜球。按照张衡的设计，这就说明京城西部发生了地震。可是那一天，京城洛阳一点儿没有地震的迹象，也没有听说附近哪儿发生了地震。大家议论纷纷，说张衡的候风地动仪是骗人的玩意儿，甚至有人说他造谣生事。而张衡坚信洛阳以西一定有地震发生。过了几天，有人骑着快马来向朝廷报告，说离洛阳

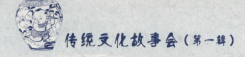

一千多里的陇西（今甘肃东南部）一带发生了大地震，还发生了山崩。大家这才信服了，纷纷夸赞候风地动仪的绝妙。从此以后，朝廷就责成史官根据候风地动仪记录地震发生的方位。

发明家风采

张衡（78—139），东汉科学家、文学家，字平子，河南南阳西鄂（今南阳石桥镇）人。曾任郎中、尚书侍郎等职，两度担任掌管天文历法的太史令。创制世界上最早利用水力转动的浑天仪和测定地震方位的候风地动仪，制造了指南车、自动记里鼓车和飞行数里的木鸟。定出圆周率 $\pi=\sqrt{10}=3.1622$。张衡也是东汉六大画家之一。其天文著作有《灵宪》、《浑天仪注》，数学著作有《算网论》，地图制图学著作有《地形图》，文学作品有《二京赋》、《归田赋》等。

相关古文

游都邑（yì）以永久，无明略以佐时。徒临川以美鱼，俟河清乎未期。感蔡子①之慷慨，从唐生②以决疑。谅天道之微昧，追渔父以同嬉。超埃尘以遐逝，与世事乎长辞。

——［汉］张衡《归田赋》

相关成语

天崩地坼（chè）：崩，倒塌。坼，裂开。天地碎裂。比喻令人震惊的重大变故。

山崩地裂：山倒塌，地裂开。多形容响声巨大，也比喻巨大的声势。

想象力评价

候风地动仪的出现，开启了人类对地震科学研究的先

---

① 蔡子，指战国时燕国人蔡泽，曾被秦昭王任为相国。
② 唐生，指战国时期的唐举，以擅长相术著名。

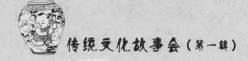
河，揭开了人类预知自然灾害的序幕。它是人类发明史上的重要成果之一。张衡勇于对未知现象进行探索，不屈不挠，通过长期的研究帮助人们认识和避免地震灾害。

在你心中，这项发明的想象力可以获得几颗小星星？请为其获得的小星星涂上颜色。

瓷器

发明介绍

瓷器，以高岭土、长石和石英为原料，经混合、成形、干燥、烧制而成的黏土类制品。其特点是坯体洁白、细密，较薄者呈半透明，音响清脆，断面不吸水。可分为硬瓷和软瓷两大类。前者的烧成温度较高，物理、化学和机械强度较好，如化学瓷、电瓷、中国的日用瓷和艺术瓷等；后者的烧成温度较低，如骨灰瓷。

瓷器是中国古代的伟大发明之一。其起源有两种说法：一是"早期瓷器"，形成于西晋，或据浙江上虞的发现，可提早到东汉时期；二是"原始瓷器"，出现于商代。

中国瓷器以青瓷、白瓷和彩瓷为主要品种。青瓷到唐代达到成熟阶段，最著名的是越窑的青瓷；白瓷最著名的是邢窑的白瓷。宋代著名的瓷窑，青瓷有汝窑、官窑、龙泉窑、哥窑、钧窑、耀州窑等，白瓷有定窑，影青有景德镇窑，黑瓷有建窑等，都各具特色。明以后，景德镇窑成为瓷业中心，各种釉色和彩绘瓷器不断有着新的创造和发展。而一般瓷窑，几乎遍及全国。

陕西扶风法门寺地宫
出土的秘色瓷

唐宋以来，中国瓷器大量运销海外，其制造方法也传到东、西方各国。

发明故事

青花瓷的传说

青花瓷是一种白地蓝花的瓷器，清秀素雅，具有很高的艺术价值。关于青花瓷的来历，有一个动人的传说。

　　相传元代时，一个小镇上有个在瓷器上刻花的青年工匠，名叫赵小宝，他有个未婚妻，名叫廖青花。一天，青花问小宝："这瓷坯上的花儿，如果能用笔画上去，不更好吗？"小宝皱了皱眉头，说："我早就想过，可是找了很久，找不到一种适合在瓷上画画的颜料啊。"

　　青花听后，暗暗下定决心，一定要想办法找到这种颜料。她央求专门找矿的舅舅带她进山找矿。开始舅舅不答应，说找矿太辛苦，女孩子受不了。后来，经青花再三恳求，舅舅勉强答应下来。

　　青花和舅舅进山找矿去了。秋去冬来，时间一晃过去了三个月，小宝见青花和舅舅还未归来，放心不下，便冒着刺骨的寒风，踏着厚厚的白雪，直奔山上找青花和舅舅。小宝走了三天三夜，发现前面的山谷中有一缕青烟，急忙朝冒烟的地方奔去。

　　离得近些了，小宝发现青烟是从一个地洞里冒出来的，他赶紧钻进去，发现地洞的一角堆满各种矿石，再一看，地洞的另一角躺着一个闭着眼睛的老人，老人身边有一

个火堆，火堆上正冒着缕缕青烟。小宝仔细一看，老人正是青花的舅舅。他不停地喊："舅舅！舅舅……"老人苏醒过来，一看是小宝，急忙对小宝说："快，快，快上山……去找青花。"

小宝顺着舅舅指的方向，拼命朝山顶跑去，他找到了青花的尸体，在她身旁的雪地上，还堆着一堆堆已选好的矿石。小宝见状，哭得死去活来。

掩埋了青花后，小宝含着泪水，搀扶舅舅回到镇上。从此，他潜心研究在瓷上画画。他将青花采挖的矿石研成粉末，配成颜料，在瓷坯上描绘纹饰，再上一层无色透明釉，以高温烧制，白地的瓷器上出现了明艳的蓝色花纹，原来青花找到了含氧化钴（gǔ）的钴土矿，青花瓷从此诞生。

釉里红瓷器的传说

釉里红瓷器，其颜色亮堂润泽，像有红宝石镶嵌在瓷器里一样。这种瓷器是怎样制造出来的呢？传说是这样的：

元代，有个叫赵子聪的制瓷工人，他烧瓷很有一手，加上肯用心思钻研，被窑工称为"赵全能"。那时候瓷

器上的花纹大多是用手工刻上去的，赵全能立志在瓷器上描绘花纹，于是着手研制适合的颜料。开始时，赵全能帮工的那家窑的老板以为他会很快研制成功，这样自己就可以发大财了，所以愿意给他提供帮助。后来，老板见他一次次地失败，便提出，每借窑位烧一次瓷器，要收一贯铜钱。赵全能研制颜料的决心没有动摇，他答应了老板的条件。他不停地做实验，不知不觉间已欠老板三百贯铜钱。这一天，正是大年三十，家家户户都准备着过年，赵全能却蹲在屋里，摆弄他从山里找来的矿石，他的女儿小梅在旁边帮着研磨。父女俩正专心干活，老板和他的管账先生前来要钱，他们打起了小梅的主意，要把小梅卖给一个大户人家当童养媳，换来三百贯铜钱。赵全能苦苦哀求，坚决不同意，管账先生帮腔道："这是老板给你的一条活路，小梅跟着你挨饿受冻的，卖了小梅，你还清了债，小梅也不用过苦日子。再说，等你有了钱，还可以将小梅赎回来嘛。"在老板的威逼利诱

下，赵全能把心一横同意了。他抱着小梅，哽咽着说："小梅，我苦命的孩子呀！爹爹实在没法子，你不去，咱们都活不成了，你去了，等爹爹试成了颜料，再把你赎回来。"小梅用手擦着眼泪，从口袋里掏出两枚铜钱，往赵全能手里一放，说："爹爹，这是我攒下的，留着你做事用吧！"这一夜，赵全能手里捏着这两枚铜钱，呆呆地坐到天亮。

过了年，赵全能又在窑里忙碌着，老板说这是最后一次让他在这里做实验了。他在放瓷坯时，口袋里的那两枚铜钱正巧落在瓷坯上。他本想将铜钱拾起来，但又怕碰坏了瓷坯，误了实验。烧窑时，赵全能在窑边守了三天三夜。第四天一开窑，前几件瓷器上一点儿颜色都没有，赵全能叹了口气，以为实验又失败了，突然，他发现一个瓷碗上有两个红红的铜钱的印子。赵全能心里有了谱。他找到老板，请求再借一次窑位做实验，老板不答应。赵全能说："再让我试烧一次，若不成功，我终身给您做工，不要工钱。"老板贪婪地望着赵全能说："好吧，再给你一次机会，不成功，你就得免费给我做一辈子的工啊！""要是成功了呢？"赵全能问。"我就给你三百贯铜钱，让你将女儿赎回来。"在老板的心里，赵全能是不可能成功的。

赵全能回家把铜锁磨成了粉末，细心调制了颜料，在瓷坯上画上花纹，这次试烧成功了！那透明的釉下，红光闪闪的花纹，是那样绚丽迷人！而小梅终于回到了赵全能的身边，父女得以团聚。

哥窑的传说

相传，南宋时期，龙泉县有一位很出名的制瓷艺人，姓章，名村根。他有两个儿子，哥哥名生一，弟弟名生二。章村根以擅长制青瓷而远近闻名，章生一、章生二兄弟俩自小跟父亲学艺。章生一厚道、肯学、能吃苦，深得其父真传；章生二亦有绝技在身。章村根去世后，兄弟俩分家，各自开窑。章生一所开的窑即为哥窑，章生二所开的窑即为弟窑。兄弟俩都烧制青瓷，各有成就。但章生一技高一筹，被皇帝指定为其烧制青瓷。

章生二心生妒意，趁章生一不注意，把黏土扔进章生一的釉缸中。章生一用掺了黏土的釉施在坯上，烧成后一开窑，他惊呆了，满窑

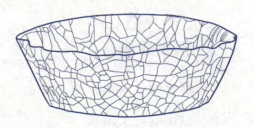

的瓷器表面的釉面全都裂开了，裂纹有大有小，有长有短，有粗有细，有曲有直，且形状各异。他欲哭无泪，痛定思痛之后，重新振作起来，他泡了一壶茶，把浓浓的茶水涂在瓷器上，裂纹马上变成茶色线条，他又把墨汁涂上去，裂纹马上变成黑色线条。这样，不经意中发明了釉面有疏密不同的纹片的"百圾碎"。

又于韦处乞大邑瓷碗

［唐］杜 甫

大邑烧瓷轻且坚，

扣如哀玉锦城传。

君家白碗胜霜雪，

急送茅斋也可怜。

雪碗冰瓯（ōu）：瓯，小盆。形容碗、盆等器皿洁白干净。也比喻诗文清雅。

想象力评价

瓷器是中国古代劳动人民在生产生活实践中的伟大发明，瓷器的发展史是中华文明史的一个重要组成部分。瓷器在具有实用价值的同时体现了中华民族对美的追求与塑造，是中华民族对世界文明的伟大贡献。

在你心中，这项发明的想象力可以获得几颗小星星？请为其获得的小星星涂上颜色。

华佗与麻沸散

麻沸散，方剂名，古代施行外科手术作为全身麻醉的内服药方。《后汉书·华佗传》中说："若疾发结于内，针药所不能及者，乃令先以酒服麻沸散，既醉无所觉，因刳（kū）破腹背，抽割积聚。"原书未载药物，据《华佗神医秘传》称：本方由羊踯（zhí）躅（zhú）（亦称"闹羊花"，杜鹃花科）、茉莉花根、当归、菖（chāng）蒲组成。

羊踯躅

发明故事

　　魏、蜀汉、吴鼎立时，战争频繁，很多人受伤或生病。那时没有麻醉剂，病人在接受手术时，要忍受巨大的疼痛。为了保证手术顺利进行，做手术时，华佗总是把病人的手脚捆住。看着病人痛苦的样子，华佗希望能找出减轻疼痛的方法。

　　传说，有一天，几个人抬着一个摔断了腿的男人来找华佗医治。华佗见此人伤得很严重，便把他的手捆住，准备做手术。令人感到意外的是，华佗给这个男人做手术时，他没有挣扎，任由摆布。手术顺利地做完后，此人还在昏睡，一点儿也看不出有什么痛苦。华佗在他身上闻到一股很浓的酒味，不免沉思起来：应该是酒暂时麻醉了他的神经，因此，他暂时感觉不到疼痛。如果有一种药，让人吃下去，也像醉了一样失去知觉，不就可以免除病人在手术过程中忍受的痛苦了吗？

　　从此，华佗时时留心，开始搜集各种具有麻醉作用的药材。为了保证病人的安全，他亲自试吃各种草药，尝试将它们按照一定的比例配制，形成药方。通过不断进行实验，华佗终于配制出了一种中药麻醉剂——麻沸散。

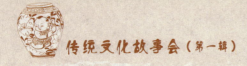
此后，在给病人做手术前，华佗都会让病人用酒服下麻沸散。这样病人就会失去知觉，感觉不到疼痛，华佗就能在病人毫无知觉的情况下为他做手术，使手术取得更好的效果。

发明家风采

华佗（？—208），东汉末期医学家，又名旉（fū），字元化，沛国谯（qiáo）［今安徽亳（bó）州］人。精通内、外、妇、儿科及针灸，尤其擅长外科。对"肠胃积聚"等病创用麻沸散做全身麻醉后施行腹部手术，反映了中国医学于公元2世纪时，在麻醉方法和外科手术方面已有相当成就。他还创编出五禽戏，帮助人们以体育锻炼增强体质。后因不从曹操征召被杀。所著医书已失传，现存《中藏经》，为后人假借其名之作。

相关古文

虚则补之，实则泻之，寒则温之，热则凉之，不虚不实，以经调之，此乃良医之大法也。

——《中藏经》

相关成语

刮骨去毒：刮去深入骨头的毒物，彻底医治。比喻从根本上解决问题。

对症下药：针对具体病情下药。比喻针对具体情况决定解决问题的办法。

想象力评价

内服麻沸散可以使病人暂时失去痛觉，以便手术顺利进行。麻沸散是世界上最早的麻醉剂，是外科手术史上一项划时代的发明，为我国医学发展做出了巨大贡献。华佗的大胆想象、细心观察、执着追求造就了他在医学上的巨大成就。

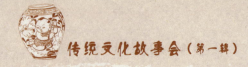

在你心中，这项发明的想象力可以获得几颗小星星？请为其获得的小星星涂上颜色。

五禽戏简述

五禽戏 由汉末医学家华佗首创，以模仿虎、鹿、熊、猿、鸟的动作和姿态进行肢体活动，可增强体质、防治疾病。《后汉书·华佗传》："吾有一术，名五禽之戏……亦以除疾，兼利蹄足，以当导引。体有不快，起作一禽之戏，怡而汗出，因以著粉，身体轻便而欲食。"

诸葛亮与木牛流马

发明介绍

　　木牛流马，古代一种运输工具，相传由三国时诸葛亮创制。《三国志·蜀志·诸葛亮传》："亮性长于巧思，损益连弩，木牛流马，皆出其意。"《事物纪原·小车》："木牛即今小车之有前辕者；流马即今独推者是，而民间谓之江州车子。"木牛流马确实的形态、结构现在不明。

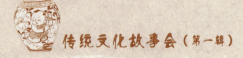

发明故事

　　据《三国志·蜀志·后主传》、《诸葛亮集》等史料记载，建兴九年（公元231年），诸葛亮再一次出祁山（在今甘肃礼县东）攻打魏。为了方便军队在崎岖不平的山路上运输粮食，诸葛亮创制了木牛。据说，木牛每日行程为"特行者数十里，群行者二十里也"，"载一岁粮，日行二十里，而人不大劳，牛不饮食"。粮食用尽后，蜀汉军队班师回返。

　　建兴十二年（公元234年）春天，诸葛亮带领军队从斜谷出发，用流马运送军粮。与木牛相比，流马更加小巧，更加灵活。蜀汉军队占据武功、五丈原（在今陕西岐山南斜谷口西侧），和魏司马懿（yì）的军队在渭水南边列阵对抗。

　　木牛流马节省了大量的人力，对当时的军粮运输有很大的贡献，使得蜀汉军队能够迅速行军。

　　《三国演义》第一百〇二回"司马懿占北原渭桥，诸葛亮造木牛流马"中，司马懿依样制造了木牛流马，用以搬运粮草，被诸葛亮所劫。

发明家风采

诸葛亮（181—234），三国蜀汉政治家、军事家，字孔明，琅邪阳都（今山东沂南南）人。东汉末年，隐居邓县隆中（今湖北襄阳市襄州区），留心世事，被称为"卧龙"。建安十二年（公元207年），刘备三顾草庐，他向刘备提出占据荆（约当今湖南、湖北等地）、益（约当今四川、重庆等地）两州，谋取西南各族统治者的支持，联合孙权，对抗曹操，统一全国的建议，即所谓的"隆中对"，从此成为刘备的主要谋士。后刘备根据其策略，联孙攻曹，取得赤壁之战的胜利，并占领荆、益两州，建立了蜀汉政权。曹丕代汉的次年，诸葛亮劝刘备称帝，后任丞相。建兴元年（公元223年），刘禅继位，诸葛亮被封为武乡侯，兼任益州牧，政事无论大小，都由他决定。当政期间，励精图治，赏罚严明，推行屯田政策，并改善和西南各族的关系，有利于当地经济、文化的发展。曾五次出兵攻魏，争夺中原。建兴十二年（公元234年），

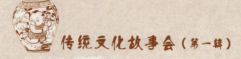

与魏司马懿在渭水南边对阵，病死于五丈原军中，葬于定军山（今陕西勉县西南）。谥忠武侯。传曾革新连弩，能同时发射十箭，又制造木牛流马，利于山地运输。著作有《诸葛亮集》。

相关古文

亲贤臣，远小人，此先汉所以兴隆也；亲小人，远贤臣，此后汉所以倾颓也。

——［三国·蜀汉］诸葛亮《出师表》

相关成语

鞠躬尽瘁：诸葛亮《后出师表》："鞠躬尽力，死而后已"（"力"选本多作"瘁"）。指小心谨慎，贡献出全部精力。

俭以养德：诸葛亮《诫子书》："夫君子之行，静以修身，俭以养德。"节俭有助于养成质朴勤劳的美德。

想象力评价

　　木牛流马的发明使蜀汉军队运输军粮变得方便、快捷而省力。之后，运物载人的工具——车，不断创新发展，方便了人类的生产生活。

　　在你心中，这项发明的想象力可以获得几颗小星星？请为其获得的小星星涂上颜色。

诸葛亮与孔明灯

发明介绍

孔明灯，又叫"天灯"，俗称"许愿灯"，是一种古老的中国手工艺品。孔明灯最初用于军事，后来人们放孔明灯多为祈福，一般在元宵节、中秋节等节日施放。

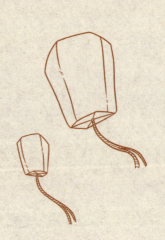

发明故事

　　孔明灯，相传是由诸葛亮发明的。当年，诸葛亮带领的蜀汉军队被司马懿带领的魏军围困于阳平（治今河北馆陶），无法派兵出城求救，大家束手无策之际，诸葛亮想出了一条妙计。他派人用竹篾（miè）扎成框架，糊上白纸，制成许多大型纸灯，在纸灯的底架上放置松脂，之后算准风向，点燃，燃烧使纸灯里的空气变热，纸灯膨胀起来，纸灯里的热空气比周围同体积的冷空气轻，这样纸灯就飞上了天空，并随着风向飘浮。纸灯上带有求救的信息，松脂燃完之后，纸灯降落，信息终于传递出去。后来，被困的蜀汉军队得以顺利脱险，后世称这种纸灯为"孔明灯"。

　　孔明灯的原理与1783年法国蒙哥尔费兄弟发明的热气球的原理是相同的。孔明灯发明之后，在很长一段时间里一直作为传递军事信息的工具。现代人在孔明灯上亲手写下祝福的心愿并放飞，祈求平安、幸福。

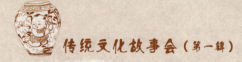

相关诗词

蜀　相

[唐] 杜　甫

丞相祠堂何处寻，

锦官城外柏森森。

映阶碧草自春色，

隔叶黄鹂空好音。

三顾频烦天下计，

两朝开济老臣心。

出师未捷身先死，

长使英雄泪满襟。

相关成语

张灯结彩：张挂彩灯、彩带等，形容场面喜庆、热闹。

万家灯火：形容城镇夜晚灯火通明的景象。

想象力评价

孔明灯可以认为是热气球的始祖。孔明灯涉及热胀冷缩原理及密度和浮力的相关知识，体现了中国古代人的聪明才智。

在你心中，这项发明的想象力可以获得几颗小星星？请为其获得的小星星涂上颜色。

马钧与指南车

发明介绍

指南车，我国古代用来指示方向的车。在车上装着一个木头人，车子里面有很多齿轮，无论车子转向哪个方向，木头人的手总是指着南方。

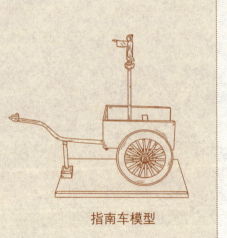

指南车模型

发明故事

　　传说，黄帝和东方九黎族的首领蚩（chī）尤作战，蚩尤施法术造出漫天大雾，黄帝尽管武艺高强，但由于迷失方向，还是战败了。战后，黄帝总结失败的教训，精心研制了指南车，可以在浓雾中辨别方向。在后来于涿（zhuō）鹿（今河北涿鹿东南）的交战中，打败并杀死了蚩尤。

　　根据史书记载，东汉时期，伟大的科学家张衡制造了指南车。可惜，其方法失传了。

　　到了三国时期，马钧任魏给（jǐ）事中。有一次，他和散骑常侍高堂隆、骁骑将军秦朗讨论关于指南车的事。高堂隆和秦朗说，古代根本没有指南车，记载上的说法是虚假的。马钧说："古代是有指南车的。只是人们没有认真思考、深入研究罢了，如果认真思考、深入研究，哪儿是什么遥远的事呢？"高、秦二人嘲笑他说："你名钧，字德衡。'钧'是器物的模（古时制陶器所用的转轮叫陶钧），'衡'是量物体轻重的，你这个'衡'轻重不准，还想成'模'吗？！"马钧说："空口争论，不如一试，即见分晓。"高、秦二人把这件事报告给魏明帝曹叡（ruì），魏明帝要马钧制造指南车。马钧经过刻苦钻研、反复实验，把指南车制造出来了。从此之后，"天下服其巧矣"。

发明家风采

马钧，三国时期机械制造家，字德衡，魏扶风（今陕西兴平东南）人，曾任博士、给事中。当时丝绫机构造繁复，效率低，五十综①（zèng）者五十蹑②（niè），六十综者六十蹑，他都改为十二蹑，生产效率提高四五倍。又改进灌溉用的提水机具，能连续提水，效率很高，对当时社会生产力的发展起了一定作用。对于诸葛亮所造连弩，他认为尚可改进，并提高效率五倍。曾试制轮转式发石机，作为攻城器具，能连续发射砖石，远至数百步。又曾制造指南车和"水转百戏"。因在传动机械方面造诣很深，当时人称"天下之名巧"。

相关诗词

车中幸有司南柄，试与迷途指大方。

——［南宋］曾丰《呈罗春信》

———————————

① 综，指织布机上使经线交错着上下分开以便梭子通过的装置。
② 蹑，指踏具。

相关成语

无名之璞：晋·傅玄《赠扶风马钧序》："又马氏巧名已定，犹忽而不察，况幽深之才，无名之璞乎！"璞，未经雕琢的玉。道家指质朴自然、玄默①无为。也比喻不为人知的有识之士。

想象力评价

马钧在前人方法已失传的情况下制造了指南车，他敢想、敢做、刻苦钻研的品格值得我们学习。

在你心中，这项发明的想象力可以获得几颗小星星？请为其获得的小星星涂上颜色。

---

① 玄默，指清静。

马钧与"水转百戏"

发明介绍

　　百戏是古代乐舞杂技表演的总称。"水转百戏"，三国时期机械制造家马钧利用齿轮传动原理创制的一种水动力乐舞杂技表演木偶模型。

发明故事

　　一次，有人给魏明帝曹叡进献了一套乐舞杂技表演的木偶模型。这套木偶模型很精致，但不能活动，只能作为摆设。魏明帝对马钧说："你能让它们动起来吗？"马钧说："我可以让它们动起来。"魏明帝又说："你可以做得更精巧些吗？"马钧说："我可以做得更精巧些。"就这样马钧接受魏明帝的命令开始制作新的木偶模型。

　　经过细心研究，马钧有了明确的方案。他重新雕刻了木偶，用大木头做成轮子的形状，把它放在地上，设置好齿轮传动系统，用水力推动。只要一打开机关，舞女木偶们就会翩翩起舞，乐工木偶们就会击鼓、吹箫，杂技木偶们有的叠罗汉，有的跳丸①，有的掷剑，有的走绳索，有的翻跟头……这些木偶动作灵活，惟妙惟肖。这套木偶模型还能展现坐堂审案、舂（chōng）米磨面、斗鸡等场面，非常奇妙。

---

① 跳丸，古代百戏节目。表演者两手快速地连续抛接若干弹丸。

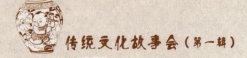

相关诗词

傀儡吟

［唐］李隆基

刻木牵丝作老翁，

鸡皮鹤发与真同。

须臾弄罢寂无事，

还似人生一梦中。

相关成语

惟妙惟肖：形容描写或模仿得非常好，非常逼真。

木人石心：形容人意志坚定，不为外物所动。也比喻人没有感情。

想象力评价

在中国古代木偶艺术中，"水转百戏"应该说是非常卓越的创造。其设计非常复杂和精巧，充分展示了马钧在

机械传动设计与制造方面的才能。

在你心中，这项发明的想象力可以获得几颗小星星？请为其获得的小星星涂上颜色。

祖冲之与圆周率

概念介绍

　　圆周率，中国古代称"圆率"、"周率"或"圆的周径相与之率"，为圆周的长同圆直径的比值。圆周率是一个常数，用希腊字母π表示：π＝3.14159265358979323846…。其值是一个无理数，又是超越数（不满足任何整系数代数方程的数）。

发现故事

　　在中国古代，人们从实践中认识到"圆径一而周三有余"，也就是说圆的周长是直径的三倍多。在祖冲之之前，经过历代数学家的相继探索，推算出的圆周率数值日益靠近真实数值，但并未达到精确的程度。

　　传说，有一天，祖冲之翻阅魏晋数学家刘徽给《九章算术》做的注解，他被刘徽的割圆术所吸引，不禁拍案叫绝，连连称赞。刘徽指出，从圆内接正六边形开始割圆，"割之又割，以至于不可割，则与圆周合体而无所失矣"。即用无穷小分割方法和极限思想证明圆面积公式并求圆周率近似值。刘徽的研究到圆内接正3072边形，得到圆周率的近似值3927/1250。

　　祖冲之决心利用割圆术的方法进一步探求更精确的数值。他在书房的地面上画了一个直径1丈（10/3米）的大圆，从圆的内接正六边形一直作到圆的内接正12288边形。凭借踏踏实实、一丝不苟的严谨态度，经过艰苦的计算，祖冲之推算出圆周率的值相当于在3.1415926与3.1415927之间，并提出其密率为355/113，均领先世界约千年。

　　祖冲之在圆周率方面的研究，有着积极的现实意义，他的研究适应了当时生产实践的需要。他亲自研究度量衡，并用最新的圆周率成果修正古代的量器容积的计算。

发现者风采

祖冲之（429—500），南北朝宋、齐科学家，字文远，祖籍范阳逎（今河北涞水），父、祖均在南朝做官。青年时在华林学省（学术机关）任职，后任南徐州（今江苏镇江）从事史、娄县（今江苏昆山东北）令。入齐后，官至长水校尉。注《九章算术》，撰《缀术》，均失传。他善于计算，推算出圆周率的值在3.1415926与3.1415927之间，领先世界约千年。制定《大明历》，首先引入"岁差"的概念，其日月运行周期的数据比以前的历法更为准确。撰《驳议》，不畏权贵，坚持科学真理，反对"虚推古人"。曾改造指南车、水碓磨、千里船、木牛流马等。注《周易》、《老子》、《庄子》，释《论语》，也失传了。又撰《述异记》，今有辑录①的版本。

---

① 辑录，即把有关的资料或著作收集起来编成书。

相关古文

夫为合必有不合，愿闻显据，以核理实。

——［南北朝］祖冲之《辩戴法兴难新历》

相关成语

径一周三：径，圆的直径。周，圆的周长。即圆的直径与圆的周长比为1:3。比喻两者相差很远。

想象力评价

中国古代许多数学家都致力于圆周率的计算。祖冲之经过刻苦钻研，继承和发展了前辈数学家的优秀成果，首次将圆周率精算到小数点后第七位，是对我国乃至世界的一个突出贡献。做出这样精密的计算，要进行细致而艰巨的脑力劳动，祖冲之为此付出了艰苦卓绝的努力。

在你心中，这项发现的想象力可以获得几颗小星星？请为其获得的小星星涂上颜色。

火药

发明介绍

　　火药，可由火花、火焰或点火器材引燃，能在没有外界助燃剂的参加下进行迅速而有规律的燃烧并放出大量气体和热的药剂，是炸药的一类。最早应用的黑色火药，俗称"火药"，是中国古代四大发明之一。

宋代火器模型

　　火药是由炼丹的人发明的。炼丹指将朱砂等药物放于炉火中烧炼，以制"长生不死"丹药（即"金丹"）。炼丹在公元前2世纪就产生了，战国时期就有方士求"不死之药"的记载。在烧炼丹药的浓烟烈火中，古代化学逐渐取得了一些成就，这其中最重要的是火药的发明。

　　《太平广记》中有这样一个故事，说隋朝初年，有一个叫杜春子的人去拜访一个炼丹的老人，他当晚就住在老人的家里。半夜，没有熄火的炼丹炉忽然冒烟，火焰转眼就蹿上屋顶，整个屋子都燃烧起来，杜春子从睡梦中惊醒，连忙往外跑。他虽然逃了出去，却也吓得不轻。原来炼丹的老人配了易燃的药物，引起了火灾。

　　炼丹过程中起火，启迪人们认识并发明了火药，据传，火药当时的意思是着火的药。唐代的一些书中记载了硫黄、硝石、木炭混合后加热起火的知识。

　　宋代，火药开始运用到军事领域。曾公亮在其主编的《武经总要》中详细记载了火药的三个配方。当时，人们主要利用火药的特性，制成爆炸性武器，或者用来制成管形火器。宋金战争中宋军使用了火器，而后金人从宋人那里学会了制造、使用火器。蒙古人在灭金、灭宋的战争中，也大量使用了火器。元朝还用金属作筒，取代竹筒，发明了火铳，其威力更大。

中国的火药在13世纪传入阿拉伯地区，14世纪初又经阿拉伯人传到了欧洲。中国发明的火药和火器传入欧洲后，对欧洲的火器制造和作战方式产生巨大影响，推动了欧洲社会的变革。

世界上许多国家都有在节日期间燃放烟火以示欢庆的习俗。火药的广泛应用也促进了矿产的大规模开采。

相关记载

火药发作，声如雷震，热力达半亩之上，人与牛皮皆碎迸无迹，甲铁皆透。

——［元］脱脱等《金史》

相关成语

炮火连天：形容炮火非常猛烈。

火树银花：形容灿烂的灯火或烟火。

想象力评价

　　火药是中国古代四大发明之一。炼丹者在炼丹过程中，广泛吸取实践经验，逐步积累了关于相关物质变化的知识，发明了火药。后来火药主要用于军事领域，导致了热兵器时代的到来，改变了人类的战争史。火药也在增添喜庆气氛、促进矿产开采方面发挥了作用。

　　在你心中，这项发明的想象力可以获得几颗小星星？请为其获得的小星星涂上颜色。

王惟一与铜人经穴模型

发明介绍

　　铜人经穴模型，最早为北宋王惟一于天圣五年（公元1027年）创铸，列示经络、腧（shù）穴（人体上的穴位的统称）位置。

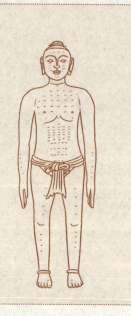

发明故事

　　宋代时，针灸学盛行，医学教育也得到很大的发展。但很多针灸学的书籍存在着图谱粗糙难辨，文字叙述比较含混，以及众说纷纭、莫衷一是的状况，用以指导临床，往往出现不应有的差错事故。而医学教育的发展也要求针灸学教学能更加直观些，以便学生记忆和临床使用。根据这些情况，王惟一产生了总结前人针灸医疗经验、考定经络穴位的念头，并多次上书皇帝。他受朝廷之命，在天圣四年（公元1026年）撰成《铜人腧穴针灸图经》，在天圣五年（公元1027年）主持设计铸成铜人经穴模型两座。在创铸铜人经穴模型的过程中，他亲自设计，参与制模、铸造等的全部过程。仁宗对铜人经穴模型赞不绝口，下令把一座放在医官院，让医官们学习参考，另一座存放起来。现两座模型均下落不明。

　　铜人经穴模型以精铜制造，工艺精巧，由前后两件构成，大小及形态与正常成年男子相似，内部脏腑齐全，外部有精确的穴位，穴名刻于穴旁。穴孔与身体内部相通，可供教学和考核用。根据文献记载，考核学生时，铜人经穴模型体表涂黄蜡，使穴名被覆盖，穴孔也被堵住，再向体腔内注入水银。当老师让针刺某穴或问某病症该如何下针时，学生便试针。若取穴正确，则针从穴孔刺入体腔内，拔针后水银便会流出；若取穴错误，则针刺不进去。

铜人经穴模型，把经穴直观地描绘出来，对明确经穴位置和促进针灸学教学发展起到了极大的作用。

发明家风采

王惟一，宋代针灸学家。为仁宗、英宗时医官。受朝廷之命总结前人针灸医疗经验，考定经络穴位，于天圣四年（公元1026年）撰成《铜人腧穴针灸图经》。第二年主持设计铸成铜人经穴模型两座。后又参与校正《黄帝八十一难经》。

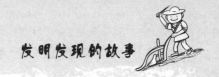

相关诗词

针 医

［北宋］释普济

药知性亦病知源，

谁管尸灵骨已寒？

痛下一针双眼活，

耆(qí)婆①应未得其传。

相关成语

法灸神针：神奇的针灸技术。

脉络贯通：脉络，中医指全身的血管和经络，比喻条理或头绪。指文章条理清楚，首尾连贯。

想象力评价

铜人经穴模型是最早的医学模型，是实物形象教学法

①耆婆，传说中的名医。

的重大发明，有利于经穴理论规范化，使经穴教学形象、直观，可操作性强，对针灸学的发展有着深远的影响，对古代医学做出了不可磨灭的贡献。

　　在你心中，这项发明的想象力可以获得几颗小星星？请为其获得的小星星涂上颜色。

毕昇与活字印刷术

发明介绍

　　印刷术，是按文字或图画原稿制成印刷品的技术。活字印刷术是由北宋时的匠人毕昇发明的。庆历年间（公元1041年—1048年），他用胶泥刻字，然后用火烧制，使字模变硬。制版时，在一块四周有框的铁板上撒上松脂、石蜡和纸灰等，将烧制好的字模在铁板上排成版，用火将铁板上的松脂等熔化，将字版压平，这样就可以印书了。印完之后，再将松脂等熔化，把字模上的泥字拆开，又可以再次排版。元代曾创木活字，明弘治时又创铜活字，这些都是铅字印刷术的前导。

发明故事

在毕昇发明活字印刷术以前，印书作坊里采取的大多是刻版印刷术，即刻字工人在一块木板上刻好字后再印刷。如果刻字时有的字出现了错误，那么辛辛苦苦雕刻的木板就没有用了。这既要花费大量的人力，也造成了资源浪费。

庆历年间，一个印书作坊里有一个叫毕昇的刻字工人，他的手上已磨出了厚厚的茧子。在木板上刻字的时候，他总是叹气："唉，要是这些字可以重复利用该有多好啊！"其他人听了纷纷嘲笑他："哪儿有这样的好事？好好干活吧，别异想天开了。"

毕昇不甘心，他想起了小时候在泥上写字的情景，泥干了，字迹就清晰了，但时间一长，泥就会出现裂痕，字迹会逐渐模糊。要怎么办才好呢？毕昇成天思索这个问题。

一天，毕昇看到妻子正在用陶罐浇水，他灵机一动："陶罐不就是由泥土烧制而成的吗？"于是，他便向陶瓷工人学习相关技术。学会了之后，他将字刻在胶泥上，经过烧制，字迹很清晰。但这些字还是连在一起的，一样不能反复利用。于是，他做出单个字的字模，烧制好之后按

顺序进行排列，但这些字模是活动的，很容易移动，不方便印刷。于是，他又苦苦思索并向人请教。后来，他终于找到了解决办法。他在一块四周有框的铁板上撒上松脂、石蜡和纸灰等，将烧制好的字模在铁板上排成版，用火将铁板上的松脂等熔化，将字版压平，这样那些字模就牢牢地按顺序靠在了一起，字块之间也没有缝隙，可以印书了。印完之后，再将松脂等熔化，字模就可以分离、反复利用了。

这就是毕昇发明的活字印刷术，它大大减少了刻字工人的劳动量，也节省了资源。

发明家风采

毕昇（？—约1051），北宋发明家，庆历年间首创活字印刷术，这在《梦溪笔谈》中有记载。其方法为用胶泥刻字，火烧使之坚硬，再排版印刷。他还研究过木活字排版。

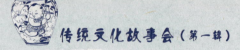

相关记载

若止印三二本，未为简易；若印数十百千本，则极为神速。

——［北宋］沈括《梦溪笔谈》

相关成语

灾梨祸枣：旧时印书，梨木、枣木多用作雕刻字版的木料。梨木遭灾，枣木受祸。形容印刷的无用书籍过多。

想象力评价

活字印刷术是中国古代四大发明之一，对人类文化的传播产生了重大的影响。这一发明早于德国人古登堡使用金属活字排版四百年。活字印刷术发明后，很多书籍被大量印制，促进了人类文明的发展。

在你心中，这项发明的想象力可以获得几颗小星星？请为其获得的小星星涂上颜色。

印刷术发展简述

　　造纸和制墨出现后，刻版印刷术应运而生，其印刷方法是把图文刻在木板上用水墨印刷，在中国唐代已盛行。宋代庆历年间，毕昇首创泥活字版。后世又陆续出现用木活字及锡、铜和铅等金属活字排版印制书籍，但因金属活字不易附着水墨而未能推广。1450年左右，德国人谷登堡用铅合金制成活字版，用油墨印刷，为现代金属活字印刷术奠定了基础。1798年，生于布拉格（今属捷克）的逊纳菲尔德利用水油相拒原理，发明石版印刷术，后人据此发明了各种平版印刷术。19世纪中叶以来，随着新科学技术的不断发展和应用，印刷术有很大的演变。手工操作转变到机械化、自动化，制版和印刷方法也多种多样，主要有凸版印刷、平版印刷、凹版印刷、丝网印刷、柔性版印刷、无水胶印、热升华印刷、热压凹凸印刷以及无压力印刷（喷墨印刷、静电印刷）等。电子计算机和网络通信技术的发展，更加速了印刷术的进步。数字化工作流程，使编辑、出版、印刷和发行更密切配合并与社会信息沟通；彩色图版制作已实现图文混排、整页拼版、计算机直接制版等；还可通过通信卫星和互联网实现远程传输，在相距遥远的地方同时印刷出版。

沈括与石油

物质介绍

石油，具有不同结构的碳氢化合物的混合物，液体，可以燃烧，一般呈褐色、暗绿色或黑色，聚集在岩石的空隙中。从石油中可以提取汽油、煤油、柴油、润滑油、石蜡、沥青等。

部分石油炼制的产品及其用途

发现故事

东汉史学家班固所著的《汉书》中已有记载石油的文字。历史上，石油曾被称为"石漆"、"膏油"、"石脂"、"水肥"、"脂水"、"可燃水"等。直到北宋，沈括在世界上第一次提出了"石油"这一名称。

沈括在《梦溪笔谈》中记载，鄜（fū）州（今富县，在陕西省中北部）、延州（治今陕西延安）境内有石油，过去说的"高奴县（治今陕西省延安市东北延河北岸）出产脂水"，指的就是石油这种东西。当地人常把石油采集到瓦罐里，用它烧火做饭、点灯和取暖。石油很像纯漆，燃起来像烧麻秆，但是冒着很浓的烟，能把帷帐都熏黑。沈括猜测这种烟可以利用，就试着收集烟中黑黑的物质来做成墨。这种墨的光泽像黑漆，就是松墨也比不上它。于是沈括就大量制造这种墨，并叫它"延川石液"。北宋文学家苏轼用过"延川石液"后评价它"在松烟之上"。

发现者风采

沈括（1031—1095），北宋科学家、政治家，字存中，杭州钱塘（今浙江杭州）人，嘉祐进士，曾参与王安石变法。熙宁五年（公元1072年）提举为司天监，推荐卫朴修《奉元历》。第二年赴两浙考察水利、差役。熙宁八年（公元1075年）使辽，斥其争地要求，又用图记

录其山川形势、人情风俗，做成《使契丹图抄》奏上。第二年任翰林学士，代三司使，整顿陕西盐政，主张减少下户役钱。后知延州，加强对西夏的防御。元丰五年（公元1082年）因为永乐城（今陕西米脂西北）的失陷，连累坐贬。晚年居润州，筑梦溪园（在今江苏镇江东），以平生见闻撰《梦溪笔谈》。他博学多闻，对天文、地理、典制、律历、音乐、医药等都有研究。对当时科学发展和生产技术的情况，如水工高超、木工喻皓、发明活字印刷术的毕昇，以及炼钢、炼铜的方法等，只要见到的，都详细记录。又细心研究药用植物与医学，著《良方》十卷（传本附入苏轼所作医药杂说，改称《苏沈良方》）。著述近四十种，传世的有《长兴集》。出使辽国时所撰《乙卯入国奏请》、《入国别录》，在《续资治通鉴长编》中还保存了一部分。

相关诗词

延 州

［北宋］沈 括

二郎山下雪纷纷，

旋卓穹庐学塞人。

化尽素衣冬不老，

石油多似洛阳尘。

相关成语

不可言喻：《梦溪笔谈·象数一》："其术可以心得，不可言喻。"喻，明白，使明白。不能用言辞来表达明白。

火上浇油：比喻使人更加愤怒或使事态更加严重。也说火上加油。

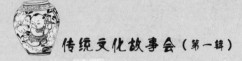

想象力评价

石油不是沈括最先发现和利用的，但他通过观察和研究提出了科学的命名，做了详细的记录，发现了石油新的用途，并加以利用。

在你心中，这项发现的想象力可以获得几颗小星星？请为其获得的小星星涂上颜色。

苏颂与水运仪象台

发明介绍

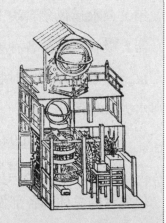

　　水运仪象台，是中国古代一种大型天文仪器，由宋代苏颂组织韩公廉等人制造，在苏颂所著的《新仪象法要》中有详细描述。台高约12米（35.65尺），宽7米（21尺）。分三层：上层置浑仪，用来观测日月星辰的位置；中层置浑象，有机械使浑象旋转周期与天球周日运动（实际是地球由西向东绕轴自转的反映）一样；下层设木阁。木阁又分五层，每层有门，每到一定时刻门中有木人出来报时。木阁后面放有漏壶和机械系统，漏壶引水升降，转动机轮，使整个仪器运转。

发明故事

北宋元祐元年（公元1086年），时任吏部尚书的苏颂想到可以把表示天象运转的仪器浑象和测量天体位置的仪器浑仪配合起来使用，于是他搜罗人才进行这项研究工作，并向皇帝推荐精通数学和天文学的韩公廉共同研制。元祐三年（公元1088年），他们经过细心研究和设计后，请了一批能工巧匠开始精心打造。元祐七年（公元1092年），水运仪象台竣工。水运仪象台是大型综合性天文仪器，吸收了以前各种天文仪器的优点，分为三层，具备浑仪、浑象和计时报时装置的功能，运用机械传动装置，由水力推动运转。

大约在公元1094年，苏颂编撰了《新仪象法要》一书，详细介绍了水运仪象台的设计和建造情况，并对水运仪象台的总体和各部件绘图加以说明。

北宋灭亡时，水运仪象台被毁。南宋时期，曾多次试图重建，均以失败告终。现今复原出的水运仪象台也未能重现它的所有功能。

发明家风采

苏颂（1020—1101），
北宋天文学家、药物学家，字
子容，泉州（今属福建）人，
官至刑部尚书、吏部尚书，晚
年入阁拜相。元祐三年（公元
1088年）组织韩公廉等人制造

水运仪象台，元祐七年（公元1092年）竣工，并著《新仪
象法要》予以介绍。还制造一具浑天仪，直径约2米。组织
增补《开宝本草》，完成后称为《嘉祐补注神农本草》；
又著《图经本草》，对药物学考订有很大帮助。

相关诗词

和土河馆遇小雪

［北宋］苏 颂

薄雪悠扬朔气清，

冲风吹拂毳（cuì）裘轻。

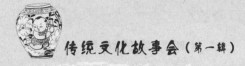

人看满路琼瑶迹，

尽道光华使者行。

相关成语

铜壶滴漏：铜壶，古代铜制壶形的计时器。将水注入铜壶，滴漏以计时刻。

想象力评价

水运仪象台是中国古代天文学家发明的一种大型综合性天文仪器，它是集天文观测、天象表演和计时报时三种功能于一体的综合性观测仪器，实际上是一座小型的天文台。这台仪器的制造水平堪称一绝，充分体现了中国古代人的聪明才智和富于创造的精神。

在你心中，这项发明的想象力可以获得几颗小星星？请为其获得的小星星涂上颜色。

发明发现的故事

古代测时仪器简述

圭表 亦称"土圭"，古代测量日影长度以定方向、节气和时刻的天文仪器。包括两部分：表，直立的标竿；圭，平卧的尺。表放在圭的南、北端，并与圭相垂直。甲骨文有"日至"、《左传》有"日南至"的记载，最晚在春秋时已使用圭表测量连续两次日影最长或最短之间所经历的时间，以定回归年长度，成为编历的重要手段。现陈列在南京紫金山天文台的圭表，是明正统年间（公元1436年—1449年）所造。

漏壶 亦称"漏刻"、"刻漏"、"壶漏"，古代一种计量时间的器具。分两种：（1）单壶，只有一个储水壶，水压变化大，计时精度低（约一刻）。中国发现的有陕西兴平漏壶、河北满城漏壶和内蒙古伊克昭盟（今鄂尔多斯市）漏壶，均为西汉初期（约公元前100年）的计时工具。（2）复壶，为两个以上的储水壶。著名的为元延祐年间（公元1314年—1320年）漏壶，由四个铜壶自上而下互相叠置而成。上面三个壶底部有小孔，最下一个壶内装一直立浮标，上刻时辰，浮标随水的注入而上升，由此可知时辰。中国早在周代已使用漏壶测定时刻。清以后钟表和日晷（guǐ）等逐渐普及，漏壶才废弃不用。

143

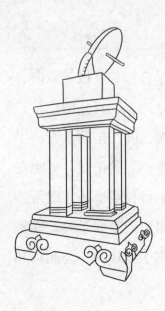

日晷　亦称"日规"，古代一种测时仪器，由晷盘和晷针组成。晷盘是一个有刻度的盘，中央装一根与盘面垂直的晷针。中国的日晷独具特色，晷盘为平行于赤道面、倾斜安放的圆盘；晷针为指向南、北极方向的金属针。针影随太阳运转而移动，刻度盘上的不同位置表示不同的时刻。

黄道婆与三锭脚踏纺车

发明介绍

纺车，手摇或脚踏的有轮子的纺纱或纺线工具。传说，黄道婆把一次只能纺一根纱的手摇纺车改为能同时纺三根纱的脚踏纺车。这种技术在当时是极为先进的。

发明故事

在上海一带，曾经流传着一首民谣："黄婆婆，黄婆婆，教我纱，教我布，两只筒子两匹布。"这首民谣所唱的"黄婆婆"便是中国历史上著名的"棉神"黄道婆。

据说，黄道婆从小做童养媳，受到公婆和丈夫的百般虐待。后来，她设法逃出家门，躲到一条海船上，随船漂泊，到了海南岛南端的崖州（今海南三亚西北崖城）。

当时，崖州盛产木棉，当地的植棉方法和纺织技术都比较先进，黄道婆便认真向当地人学习。到老年的时候，思念家乡的黄道婆毅然搭上顺道的海船，回到了家乡。

在家乡，黄道婆无私地向父老乡亲们传授崖州的植棉技术，使当地的棉花产量逐渐提高。她耐心地教人们用新式的工具纺纱织布。后来，为了进一步提高工作效率，她又潜心研究并创造出更先进的纺织工具，设计出一套轧籽、弹花、纺纱、织布的操作方法。

在纺纱工艺上，当时松江一带使用的都是旧式单锭手摇纺车，功效很低，要三四个人纺纱才能供上一架织布机的需要。针对这种纺车比较落后、费时又费力的情况，黄道婆进行了长时间的研究，她跟木工师傅一起，经过反复

实验，改制出三锭脚踏纺车，使纺纱效率一下子提高了两三倍，而且操作也很省力。这种新式纺车很容易被大家接受，在松江一带很快地推广开来。

发明家风采

黄道婆（约1245—？），亦称"黄婆"，元代纺织技术革新家，松江乌泥泾（jīng）（今上海徐汇区东湾村）人。少年时流落崖州，从黎族人民那里学得纺织技术。13世纪末返回故乡，改革轧花车、弹棉  椎弓、纺车等纺织工具以及织造、配花、织花等技术，促使松江一带棉纺织业繁荣发展，对当时植棉和纺织业起了推动作用。上海徐汇区东湾村建有黄道婆墓。

相关诗词

唧唧复唧唧，木兰当户织。不闻机杼（zhù）声，惟闻女叹息。

——北朝民歌《木兰诗》，选自北宋郭茂倩编《乐府诗集》

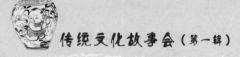

相关成语

断织之诫：孟子的母亲用割断织布机上的纱，使机上的纱不能成布的损失来告诫欲中途放弃学业的儿子。后用这个故事告诫欲中途辍学的人。

丝丝入扣：织绸、布等时，经线都要从扣（筘）齿间穿过，形容每一步都做得十分细腻准确（多指文章、艺术表演等）。

想象力评价

面对落后的工具和技术，黄道婆勇于进行研究和实验，勇于创新，创造出省时省力的先进工具和技术。

在你心中，这项发明的想象力可以获得几颗小星星？请为其获得的小星星涂上颜色。

郭守敬与简仪

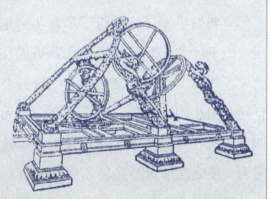

发明介绍

简仪，中国古代一种测量天体坐标的仪器，由元代郭守敬（一说王恂和郭守敬）创制。由赤道经纬仪、地平经纬仪（元史称"立运仪"）和日晷三种仪器组成。现陈列在紫金山天文台的简仪，为明正统年间所造。

发明故事

至元十三年（公元1276年），元世祖忽必烈下令王恂、郭守敬、许衡等编制新历。郭守敬指出"历之本在于测量，而测量之器莫先于仪表"。为了精确测量天文数据，以备制定新历，郭守敬精心创造和改进了一套观测天象的仪器，共12种，简仪是其中最重要的一种。简仪与浑仪一样用于天体位置测量。但是，浑仪的结构比较繁复，观测时经常发生遮蔽的现象，使用不方便，且之前使用的宋代浑仪测量已有较大的误差。郭守敬仔细考察浑仪的缺点，重新做了设计，进行了革新和简化。简仪由赤道经纬仪、地平经纬仪和日晷三种仪器组成，只保留两个最基本的环，简单实用，观测时不再受仪器上环阴影的影响，而且除北极星附近以外，整个天空一览无余。简仪中使用了四个小圆柱体，类似于滚柱轴承，以减小两环之间的摩擦阻力，使之能够灵活运转。

简仪的创制，是我国天文仪器制造史上的一大飞跃，是当时世界上的一项先进技术。欧洲直到三百多年之后的1598年才由丹麦天文学家第谷发明了与之类似的装置。

郭守敬创制的简仪，在清康熙五十四年（公元1715年）被传教士纪理安当作废铜熔化了。现陈列在紫金山天

文台的简仪，为明正统年间依照元代简仪原样所造。

郭守敬（1231—1316），元代天文学家、水利学家和数学家，字若思，顺德邢台（今属河北）人，曾任都水监、太史令兼提调通惠河漕运事、昭文馆大学士知太史院事等。在天文学方面，与王恂、许衡等编制《授时历》，沿用达360年。创造和改进了简仪、仰仪、高表、候极仪、景符和窥几等观测天象的仪器，以及玲珑仪、灵台水运浑象等12种仪器。在全国北纬15°～65°设立27个观测站进行大地测量，重新观测的二十八宿和一些恒星位置、推算的回归年长度、测定的黄赤交角均达到较高精确度。在数学方面，与王恂创立招差术、弧矢割圆术。在水利工程方面，主持自大都到通州的运河（白浮堰和通惠河）工程，修治许多河渠。著有《推步》、《立成》、《历议拟稿》、《仪象法式》等。

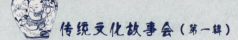

相关记载

公以纯德实学为世师法，然其不可及者有三：一曰水利之学；二曰历数之学；三曰仪象制度之学。

——［元］齐履谦《知太史院事郭公行状》

相关成语

斗转星移：北斗转向，众星移位。表示时序变迁，岁月流逝。也说星移斗转。

想象力评价

郭守敬针对浑仪在使用过程中的不便和问题，进行研究和革新简化，创制了简仪，力求测量精准简便，以在准确的数据基础上编制新历。简仪是13世纪世界上最为先进的天文观测仪器之一。

在你心中，这项发明的想象力可以获得几颗小星星？请为其获得的小星星涂上颜色。

侯德榜 与联合制碱法

发明介绍

　　联合制碱法，亦称"侯氏制碱法"，是中国工业化学家侯德榜所创造的制碱法，是将合成氨工艺与氨碱法工艺联合，同时制造纯碱（即碳酸钠，也称苏打，白色粉末，是一种无机化合物，溶于水，水溶液呈碱性，用于肥皂、玻璃、造纸、冶金等工业）和氯化铵的方法。以食盐、氨和二氧化碳（合成氨工业的副产品）为原料，将氨与二氧化碳先后通入饱和食盐水中，生成碳酸氢钠沉淀，经过滤、洗涤、煅烧而得产品纯碱。在滤液中，通入氨，冷冻和加食盐，使氯化铵析出，经过滤、洗涤、干燥而得氯化铵。此时由食盐所饱和的滤液，可再通入氨和二氧化碳，循环使用。与氨碱法相比，联合制碱法的优点是能充分利用食盐中的钠和氯，避免产生大量含氯化钙的废液，并可减少石灰窑、蒸氨塔等设备。

发明故事

　　1900年，英国卜（bǔ）内门公司在上海成立了卜内门洋碱有限公司，经营化学品进口和土产出口业务，之后长期垄断当时中国的碱类市场。第一次世界大战爆发后，纯碱进口更加困难，价格更高。在这种情况下，1917年，范旭东在塘沽（今属天津）成立了永利碱厂，他请来在美国留学的侯德榜作为总工程师。他们打算用比利时化学工程师苏尔维提出的纯碱制造法——氨碱法（也称"苏尔维制碱法"）生产纯碱，而这个方法的工艺是严格保密的。

　　初期，他们遇到各种技术难题，制出的纯碱质量很差，常常发红，销售困难。侯德榜全身心投入制碱技术和设备的改进上，他带领技术人员和工人废寝忘食，攻下一道道技术难关，终于破解了氨碱法的秘密，生产出洁白的纯碱，定名为"红三角"牌纯碱。1926年8月，中国生产的"红三角"牌纯碱在美国费城举办的万国博览会上获得金质奖。"红三角"牌纯碱打破了外国公司对中国国内和东南亚市场的垄断。1936年，该厂产纯碱约6万吨。

　　抗日战争时期，塘沽工厂被日军霸占，范旭东、侯德榜等人拒绝与侵略者合作，在四川五通桥建厂。食盐是制纯碱的主要原料，四川地区的井盐需要经过浓缩才能成为

原料，成本较高，氨碱法中食盐的利用率不高，存在浪费原料的现象，且生产过程中产生大量含氯化钙的废液，侯德榜决定弃用氨碱法，而另辟蹊径。

侯德榜带领技术人员经过500多次实验，创立了联合制碱法。这种新方法使原料利用得更加充分，降低了成本，同时生产纯碱和副产品氯化铵（可作为化工原料和肥料），还省去了石灰窑、蒸氨塔等设备，其优越性远远超过了氨碱法，成为世界制碱领域最先进的方法。

发明家风采

侯德榜（1890—1974），中国工业化学家，字致本，福建闽侯人。清华学校（今清华大学）毕业，先后就读于美国马萨诸塞理工学院、纽约市普拉特专科学院，是哥伦比亚大学哲学博士。曾任塘沽永利碱厂和南京永利硫酸铵厂总工程师兼厂长、永利化学公司总经理。中华人民共和国成立后当选为中国化工学会理事长、中国科协副主席，并任化工部副部长等职。中科院学部委员（院士）。1957年加入

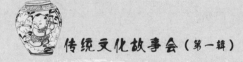
中国共产党。1939年首先提出联合制碱法的连续过程，对纯碱和氮肥工业做出了重大的贡献，为发展中国化学工业起了积极的作用。主要著作有《纯碱制造》、《制碱》及《制碱工学》等。

相关成语

另辟蹊径：指另外开辟一条路。比喻另创一种新风格或另找一个新途径、新方法。

想象力评价

侯德榜能够有这样的成就在于他有一颗热爱科学的心，更在于他有一腔爱国热血。为了打破外国人对制碱法的垄断，实现中国人自己制碱，侯德榜苦心钻研，发明了新的制碱方法，开辟了世界制碱工业的新纪元。

在你心中，这项发明的想象力可以获得几颗小星星？请为其获得的小星星涂上颜色。